Claudia Keller:
Frühstück unterm Fliederbusch
Roman

Deutscher
Taschenbuch
Verlag

dtv

Ungekürzte Ausgabe
November 1992
Deutscher Taschenbuch Verlag GmbH & Co. KG,
München

ISBN 3-7936-0265-6
Titel der Originalausgabe:
›Schaffe, spare, Häusle baue ...‹
Umschlagtypographie: Celestino Piatti
Umschlagbild: Rotraut Susanne Berner
Gesamtherstellung: C. H. Beck'sche Buchdruckerei,
Nördlingen
Printed in Germany · ISBN 3-423-11599-8

Das Buch

Frohen Mutes macht sich die Heldin aus dem Ruhrgebiet auf den Weg, um im Schwarzwald ein Quartier für die Familie zu suchen. Der Gatte hat sich nämlich verändert bzw. verbessert, und er wie die Zwillinge teilen gerne die mütterliche Vision vom idyllischen Häuschen auf dem Lande. »Frühstück unterm Fliederbusch« ist angesagt. Allerdings erweist sich das Mißtrauen der Einheimischen gegenüber Leuten, die eine Mietwohnung nicht nur als Notlösung betrachten, doch als ziemlich ausgeprägt. Am Ende findet die Familie Unterschlupf in einem Fachwerkhaus in einer schön gelegenen Kreisstadt. Dann beginnt das Eingewöhnen. Da sind einmal die fremde Sprache, dann die Rituale der Eingeborenen und die exotischen Speisen (Maultaschen etwa), aber alles in allem finden Vater, Mutter und Kinder doch, daß der Ortswechsel »koi schlechte Idee« war. Und es bleibt auch nicht aus, daß man sich schließlich wieder auf Wohnungssuche begibt, diesmal nach »ebbes Eigenem«. Ein humorvoller Familienroman und die höchst amüsante Schilderung eines Wechsels zwischen deutschen Stammesgebieten und seiner Folgen.

Die Autorin

Claudia Keller, Jahrgang 1944, lebte im Ruhrgebiet und zog Anfang der achtziger Jahre mit ihrer Familie in den Schwarzwald und lebt heute in Frankfurt. Weitere Veröffentlichungen: ›Das Ehespiel‹ (1977), ›Streitorchester‹ (1986), ›Du wirst lachen, mir geht's gut‹ (1987), ›Herbst in Baden-Baden‹, ›Selbst Wunder sind möglich‹ (1989), ›Windeln, Wut und wilde Träume. Briefe einer verhinderten Emanze‹, ›Kinder, Küche, Karriere. Neue Briefe einer verhinderten Emanze‹ (1990), ›Der Flop‹ (1991), ›Frisch befreit ist halb gewonnen. Reisebriefe einer verhinderten Emanze‹ (1992).

Vor dem heißen Ofen balgen
Katzen sich. Wie dumme Jungen.
Auf dem Tisch an kleinen Galgen
Hängen Brezeln, schön geschwungen.
Würdebärte schlürfen kräftig
Wichtig diskutierte Weine.
Links im Laden bückt die kleine
Bäckerstochter sich geschäftig.
Zinn blitzt von der Holz-Fassade
Zeichnungen an allen Wänden.
(Stumm, mit mehlbestaubten Händen
Rückt der Wirt die schiefen grade.)
Setzte mich so ganz bescheiden hin
Und vergaß auch nicht, sehr laut zu grüßen.
Dennoch ließen Blicke mich leicht büßen,
Daß ich eine »Reigschmeckte« bin!

Frei nach Joachim Ringelnatz

Erster Teil

»Aller Anfang ist schwer
oder
Der Zug des Herzens
ist des Schicksals Stimme«

Schiller

Warum nicht nach Schweighausen?

Seltsam schöne Hügelfluchten
dunkle Berge, helle Matten ...

Es begann am 20. Februar, abends um halb sechs, an einem ganz normalen Freitag, nach einer ganz normalen Winterwoche. Tageszeiten hatten heute nicht stattgefunden, und ein trüber Morgen war scheinbar übergangslos einem trüben Abend gewichen. Wohl hatte es gegen Mittag ein paarmal zaghaft versucht zu schneien, aber wie üblich war der Schnee nicht liegengeblieben und rasch zu einem schmierigen Matsch auf den Gehwegen zusammengeschmolzen. Wir im Ruhrgebiet hoffen von Jahr zu Jahr, daß es endlich einmal zu einer zünftigen Schlittenpartie oder wenigstens zum Bau eines Schneemanns im Vorgarten reichen wird, aber meist hoffen wir vergebens.

Peer und Pia, unsere Zwillinge, hatten sich, was sie sonst tunlichst vermeiden, solidarisch erklärt und sich am selben Tag mit Grippe ins Bett gelegt. Dort »ruhten« sie seit nunmehr zwei Wochen und gesundeten langsam vor sich hin, indem sie sich um die Lutschtabletten und um meine ungeteilte Aufmerksamkeit stritten. Ihr bellender Husten mischte sich mit der Musik aus dem Radio.

Ich saß am Küchentisch zwischen dem in Vorbereitung befindlichen Abendessen und einem Korb Flickwäsche, stützte das Kinn in die Hand und sah müßig zum Fenster hinaus. Unten auf der Durchgangsstraße krochen die Autos in Dreierreihen der Autobahn zu. Die gegenüberliegenden Hochhäuser versperrten den Blick in den Abendhimmel, und von der nahegelegenen Kartoffelmehlfabrik roch es nahrhaft zu mir herüber. Ich stand auf, um das Fenster zu schließen.

Peer rief aus dem Kinderzimmer, daß Pia ihm »schon wieder« die Buntstifte geklaut hätte, und Pia empörte sich, daß dies nicht wahr sei, da sie ohnehin alle ihr gehörten. Ich ging hinüber, um den Streit zu schlichten.

Während ich später die Kartoffeln schälte und mit einem Ohr dem Wunschkonzert aus dem Kinderzimmer, mit dem anderen dem Wunschkonzert aus dem Radio lauschte, dachte ich, daß, wenn *ich* mir etwas wünschen dürfte, dies mit Sicherheit kein Männerchor sei, der mir zu Ehren und mit besten Grüßen von Tante Erika »Hab' mein Feinsliebchen im Garten gesehen« anstimmt. Das Küchenmesserchen in der Hand, begann ich zu träumen.

Ich träumte mich aus der Enge unserer im dritten Stock eines Mietshauses gelegenen Dreizimmerwohnung hinaus und hinein in eine weite, sonnenüberglänzte Landschaft. Ich sah eine blumenübersäte Wiese, begrenzt von einem Halbrund dunklen Waldes, ein murmelndes Bächlein und einen geschwungenen Pfad, welcher geradewegs zu einem stattlichen Landhaus führte. In dem dazugehörigen Garten blühte es in verschwenderischer Pracht, und die Bäume bogen sich unter der Last ihrer Früchte. Dann sah ich uns selber, Peer, Pia, meinen Mann Valentin und mich, wie wir müde und glücklich von einer Wanderung heimkehrten, in den Pfad einbogen und just auf das wunderbare Landhaus zugingen ... denn es war unser Zuhause!

»Du, Dine, hör mal zu!«

Ich wachte aus meinen Träumen auf, weil Valentin mich ansprach.

»Gleich fertig«, antwortete ich geistesabwesend, »ich muß nur noch die Petersilie ...«

»Ich spreche nicht vom Essen!« Er räumte sorgfältig ein Bündel Wäsche zur Seite und setzte sich zu mir. Ich sah ihn an. Er ist seit vierzehn Jahren mein Ehemann, und ich liebe ihn von Herzen, nur im Februar liebe ich ihn ein ganz klein bißchen weniger als sonst, aber das liegt nicht an ihm, sondern am Februar.

»Ich hatte dir doch von Brenner erzählt!«

»Ja, gewiß!« Ich muß gestehen, daß ich hemmungslos gähnte.

Valentin hatte mir in den vergangenen Jahren oft von Brenner erzählt, um nicht zu sagen, er sprach zuweilen von niemand anderem als von diesem Mann, der erstens sein Chef und zweitens ein Mensch war, dem Valentin jegliche Qualifikation im beruflichen sowie im menschlichen Bereich absprach. Dieser Brenner hatte Valentins Gedanken zeitweise dermaßen beschäftigt, daß ich mich daran gewöhnt hatte, ihn gottergeben als Familienmitglied zu akzeptieren, welches man zwar niemals selbst zu Gesicht bekam, das aber überall seine Spuren hinterließ, vor allem in Valentins Gemüt.

»Du weißt doch, daß ich ihm mit meiner Kündigung gedroht habe, falls er die Sache mit Möller nicht beilegt, du erinnerst dich doch!«

»Ja, ja!« Ich erinnerte mich schwach, daß Valentin davon gesprochen hatte. Es war an dem Tag gewesen, an dem mir Peers Lehrerin Frau Drall mitgeteilt hatte, Peers Leistungen im Weitsprung würden die im Rechnen weit in den Schatten stellen, und mit hervorragenden Leistungen im Weitsprung allein würde er die Qualifikation für den Besuch des Gymnasiums wohl kaum erreichen. Es war an dem Tag gewesen, als Pia mit einem dünnen Jäckchen aus neonfarbenem Kunststoff freudig vom Sportplatz heimgekehrt war und mir stolz mitteilte, daß sie dasselbe gegen ihren Wintermantel eingetauscht hätte. Und es war an dem Tag gewesen, an dem mir ein großes Netz mit Orangen vom Gepäckträger meines Fahrrades rutschte und sämtliche Früchte einzeln die Gosse hinunterrollten. Aufgrund all dieser unerfreulichen Ereignisse hatte ich Valentins Erörterungen, Brenner betreffend, an diesem Abend nur mit halbem Ohr gelauscht, denn Valentins Wunsch, Chef und Arbeitsplatz zu wechseln, tauchten mit derselben schönen Regelmäßigkeit auf wie etwa der Heuschnupfen in Pias Nase, mein Landhaustraum und Tante Marthas Besuch zu jedem Muttertag. Auch Valentin überfiel »es« meist im Februar und »es« würde ebenso vergehen wie der Heuschnupfen, mein

Traum vom Landhaus, der Muttertag... und der Februar!

»Ja also, ich habe dir erst mal nichts davon erzählt, wollte zunächst sehen, was sich überhaupt so ergibt, und nun habe ich gleich zwei gute Stellenangebote! Elektrotechniker sind zur Zeit gefragt!«

Er lächelte zufrieden vor sich hin.

»Würde es dir nicht auch gefallen, mal wieder umzuziehen? Tapetenwechsel, neues Leben? Etwas anderes zu sehen?«

»O ja, das schon«, sagte ich zögernd, und sofort tauchte vor meinem inneren Auge das Landhaus auf.

»Ja also, hier hätten wir zwei Angebote, das eine kommt von Hamburg, das andere ist aus Pforzheim.«

»Warum nicht gleich aus Florida?«

»Wie bitte?«

»Nichts gesagt, bloß laut gedacht!«

»Ja, ich weiß«, sagte er verstehend. »Noch ein paar Wochen, dann ist wieder Frühling!« Und er schenkte mir einen seiner schönen blauen Blicke, in die ich immer noch verliebt bin. Brenner schien gegen Blicke dieser Art vollkommen unempfindlich zu sein. Er hatte, wie Valentin jetzt verbittert kundtat, die Kündigung ohne mit der Wimper zu zucken akzeptiert. Es geschah ihm ganz recht, daß er seinen besten Mitarbeiter verlor.

»Die Kündigungszeit beträgt drei Monate, bis dahin...« Ich wachte endgültig auf. Der Landhaustraum wurde im hintersten Winkel des Gehirns verstaut, auf daß ich ihn in Notzeiten parat haben würde. Bilder, eine neue Behausung und neue Tapeten betreffend, tauchten in verführerischer Fülle auf. Sie erfrischten mich sehr. Tatkraft bemächtigte sich meiner, und wenn ich die Küchenwände so betrachtete, konnte man einen Tapetenwechsel nur begrüßen. So ein Umzug gefällt mir immer, gefiel mir schon als Kind, als ich die zahlreichen Ortswechsel meiner Eltern freudig als gute Gelegenheit begrüßte, Unangenehmes, wie etwa die schlechte Note in

Erdkunde samt der dazugehörigen Lehrerin, den Streit mit meiner Busenfreundin Heidi und den unübersehbaren Tintenfleck im Teppich des Kinderzimmers hinter mir zu lassen, um einer Zukunft entgegenzueilen, in der es keine Erdkunde, keine Heidis und bestimmt einen neuen Teppich geben würde.

Auch Valentin und ich waren zu Beginn unserer Ehe mehrmals umgezogen, nun lag das letztemal etwa fünf Jahre zurück, und das schien mir doch unverhältnismäßig lange.

»Zeig her«, sagte ich unternehmungslustig und griff nach den Unterlagen.

Hamburg oder Pforzheim! Hamburg... hm! Vor Jahren hatten wir einmal einen Betriebsausflug dorthin gemacht: Kneipenbummel und Hafenrundfahrt. Der Kater infolge des Kneipenbummels hatte den Genuß an der Hafenrundfahrt stark getrübt. Kalt war es auch gewesen!

Pforzheim dagegen... Den Schwarzwald hatten wir schon immer geliebt! In den Osterferien, im Herbst oder auch ein verlängertes Wochenende lang suchten wir ihn oft und gern auf. Fröhlich-bunte Erinnerungen an romantische Wanderungen, knisternde Kaminfeuer, behäbige Wirtshäuser, bullige Kachelöfen, gesellige Weinabende mit Brot- und Schinkenvesper verbanden uns mit ihm – in Deutschland war er für mich »die« Ferienlandschaft überhaupt.

»Ich habe an Hamburg gedacht«, sagte Valentin in meine Gedanken hinein. »Die Stelle ist...«

»Ach Hamburg«, unterbrach ich ihn. »Denk doch an die unvergleichliche Lage von Pforzheim. Den Schwarzwald hast du vor der Tür, drei Stunden sind's bis zum Bodensee, vier nach Zürich. Du kannst zum Shopping nach München fahren, zum Abendessen nach Straßburg. Im Winter«, ich warf einen sehnsuchtsvollen Blick in die trübe, ganz und gar schneelose Dämmerung hinaus, »im Winter liegt das Skigebiet vor der Tür, im Sommer das Segelparadies!«

»Welches?« fragte er.

»Na, der Schwarzwald ist doch gespickt voll von Seen. Der Titisee, der Schluchsee, all die Talsperren. Und dann der Bodensee, was glaubst du, wie oft wir im Sommer übers Wochenende an den Bodensee fahren werden? Alles schnell ins Auto gepackt, und wenig später sitzen wir bereits im Boot. Wogegen hier...«

»Also ich weiß nicht«, sagte Valentin, »Hamburg würde mich doch mehr reizen!«

»Ach Hamburg. Immer kalt, immer Regen und Wind! Fährst du ans Meer: noch mehr Wind. Am Wochenende stiefelst du durch die Heide. Unten Sand, oben Wolken, Schafe blöken dich an. Wenn du mal richtig in die Sonne willst, mußt du zwei Tagestouren auf dich nehmen.«

»Wenn ich mich um eine Stelle bewerbe, denke ich eigentlich zuerst an die Arbeitsbedingungen und erst danach an die Möglichkeiten, mit denen ich meine spärliche Freizeit ausfüllen kann«, gab Valentin zu bedenken.

»Wir nicht«, schrien Peer und Pia, die unbemerkt ihr Krankenlager verlassen und sich zu uns gesellt hatten.

»Überall habt ihr schon gewohnt, in Berlin, im Münsterland, hier, und sogar im Orient ist der Papa schon gewesen, ziehen wir doch mal nach Schwaben!«

»Da tragen die Leute so Bollenhüte, hab' ein Bild davon!« rief Pia. »Wartet, ich hol's gleich mal her.«

Sie schleppte einen Kalender herbei. »Bilder aus der Heimat!« Der Monat August präsentierte sich auf das prächtigste mit der bunten Abbildung zweier frischer Mädchen vor einer romantischen Kulisse von tiefgrünen Tannen und rauschendem Bach. Beide Mädchen trugen die Schwarzwaldtracht mit dem Bollenhut.

»So einen Hut kaufe ich mir als erstes«, teilte Pia uns mit. »Und dann brauchen wir eine Kuckucksuhr!« schrie Peer.

Valentin betrachtete die Abbildung und lobte die Schönheit der Landschaft und die Schönheit der Mädchen einschließlich der bemerkenswerten Hüte.

»Ja, es ist schon schön dort«, sagte er nach einer Weile, »aber alles sitzt da voll von Schwaben!«

Ich mußte über seine Wortwahl lachen.

»Na und«, sagte ich dann, »sind sie gefährlich?«

»Es heißt, daß man sich verdammt schwer tut im Musterländle. Daß man große Mühe hat, sich einzuleben!«

»Na hör mal«, rief ich empört. »Das mag für andere gelten, für uns doch nicht. Wo haben wir uns nicht schon überall eingelebt? Wie oft bin ich im Leben umgezogen und immer habe ich mich prima zurechtgefunden und du doch auch. Ausgerechnet im Schwabenland soll es uns nicht gelingen?«

Valentin schüttelte nachdenklich den Kopf.

»Wir besitzen kein Haus«, sagte er schließlich. »Wir sind von Natur aus anders. Wir passen da nicht hin und fallen sicher überall unangenehm auf. Du bist auch immer so laut«, fügte er anzüglich hinzu.

Valentins Familie stammt aus dem Rheinland, ich komme aus dem Ruhrgebiet. Man hört es, sobald wir den Mund auftun, man spürt es, wenn wir den Leuten, die wir mögen, kumpelhaft auf die Schulter schlagen. Wenn wir zwei Schnäpse getrunken haben, neigen wir dazu, uns zu verbrüdern. Launig heben wir die Gläser und grüßen zum Nachbartisch hinüber, fordern Fremde unsensibel auf, sich doch mit an unseren Tisch zu setzen, auf daß man einander näherkomme. Wir merken gar nicht, wie sehr andere zuweilen unter unserer Fröhlichkeit leiden und verbreiten ungeniert jene »Stimmung«, mit der man sich keinesfalls überall nur Freunde schafft.

Während unserer Urlaube im Schwarzwald waren wir mit Schwaben eigentlich kaum in engere Berührung gekommen. Meist nahmen wir im Apartmenthaus »Jäger« Quartier. In unsere »eigene« Wohnung luden wir zu fröhlichen Partys ein, natürlich andere Urlauber, meist wie wir aus dem Ruhrgebiet. Wir neigen dazu, einen jeden Urlaubsort, den wir besuchen, als vorübergehende Heimat anzusehen, ihn in Besitz zu nehmen und uns drei

Wochen »ganz wie zu Hause« zu fühlen. Vielleicht liegt es daran, daß es so schwer fällt, Bottrop und Wanne-Eickel wirklich als Heimat zu betrachten.

So hatten wir auch den Schwarzwald als unser eigen angesehen, wenn wir eine Woche oder zwei in einem seiner Dörfchen verbrachten. Wir hatten die gute Küche genossen, das »Öchsle« und die »Traube« oft mit unserer Anwesenheit beehrt, und die Einheimischen eigentlich als Bestandteil der romantischen Szenerie empfunden, auf einer Stufe mit dem romantischen Marktplatz und dem hübschen Dorfkirchlein.

Ich weiß nicht, welcher gute Geist uns an jenem Abend eingegeben hat, uns für das Schwabenland zu entscheiden. Vielleicht war es der gute Geist des Kirschwassers, welches Valentin unvermutet gefunden hatte, als er im Keller nach alten Wanderführern fahndete. Vielleicht war es Pias begeistertes Interesse an einem Bollenhut oder meine Phantasie, die mich bereits »Im Frühtau zu Berge« singend über taubenäßte Wiesen wandern sah. Vielleicht lag es daran, daß die Entscheidung gerade im Februar getroffen werden mußte und es in diesem Jahr einen ganz besonders feuchten, trüben und schneelosen Februar gegeben und ich deshalb sehnsüchtig an fröhliche Rodelpartien und das »Leben auf dem Lande« gedacht hatte. Mein Plädoyer fiel dementsprechend leidenschaftlich aus.

Valentin dagegen fiel die Entscheidung schwer.

Auch er liebte den Schwarzwald, aber er sah die Nachteile, vor allem den, daß sich eine Ferienlandschaft für jemanden, der bepackt mit all seinem Alltagskrempel hinzieht, in einem ganz anderen Licht zeigt. Und ihm war wohl bewußt, daß es für »Reigschmeckte« im Ländle nicht ganz einfach wird, wenn man sich ansiedelt und Nachbar wird.

Ich dagegen sah keinerlei Probleme, schließlich waren wir schon oft im Leben umgezogen und hatten die neue Wohnung meist schnell gefunden. Gewöhnlich ging ich wie folgt vor: Ich besorgte mir einen Stadtplan, piekste einen Zirkel in die Stelle, an der sich Valentins Arbeitsplatz befand und umschrieb dann einen bestimmten Radius, über den wir bei der Wohnungssuche nicht hinausgehen wollten. Die in Frage kommenden Stadtteile strich ich mir rot an. Sodann besorgte ich alle gängigen Tageszeitungen, setzte mich gemütlich in ein Café, studierte die Rubriken: »Wohnungsmarkt« und »Zu vermieten«, notierte mir das Passende und begab mich ans nächste Telefon. In der Regel kam ich mit den Hausbesitzern schnell klar. Sie wollten vermieten, wir benötigten eine Wohnung und waren bereit, unser gutes Geld dafür zu zahlen.

Mit unserer jetzigen Vermieterin, einer Witwe, hatten wir es besonders gut getroffen. Wir bewohnten die dritte Etage ihres Mietshauses, sie das Parterre. Sie verwöhnte Peer und Pia, wann immer sie deren fröhlichen Lärm im Treppenhaus hörte. Ich revanchierte mich, indem ich schwere Einkaufstüten für sie im Wagen transportierte. Wenn Valentin zu seinem Skatabend ging, kam sie oft zu mir herauf, und wir tratschten wie alte Freundinnen. Sie war zuerst »die nette Frau Schulz«, dann »Trine«, schließlich »unser Trinchen«. Wir waren genau die Familie, die sie nie gehabt hatte, sie die Oma, die jedes Kind sich wünscht.

»Ach Mädchen«, sagte sie jetzt, »mußtet ihr mir das antun?«

»Was denn, Trinchen?«

»Daß ihr wegzieht! Noch dazu ins Schwabenland, so furchtbar weit weg!«

»Aber so weit ist es doch gar nicht, Trine! Wir kommen oft zu Besuch, und im Sommer kommst du, und wir werden im Garten...«

»Das Schwabenland *ist* weit weg«, unterbrach sie mich. »Ihr werdet es noch merken. Bis Karlsruhe geht es ja, aber danach...«

Ich lachte.

»Ja, lach nur«, sagte sie vorwurfsvoll und stippte ihre

Waffel in den Kaffee. »Aber du mußt nicht meinen, daß ich den Schwarzwald nicht kenne! Als Kind hatte ich einen Onkel, einen echten Schwaben, den ich in den Ferien oft besucht habe. Und dann später, zu der Zeit, als meine Schwester Anni mit Tuberkulose im Sanatorium lag, bin ich mehrmals hingefahren. Mit dem Zug! Bist du schon mal mit dem Zug in den Schwarzwald gefahren?« Ich schüttelte den Kopf. Fuhren wir ins Apartmenthaus »Jäger«, benutzten wir immer den Wagen.

»Man muß mit der Bahn fahren«, sagte Trine, »da merkt man so richtig, wie anders es ist. In Duisburg steigst du in den Intercity, Kurswagen Horb, meist die beiden vorderen Wagen. Anfangs ist es wie immer. Leute steigen ein und aus, du fährst sehr schön am Rhein entlang, machst nette Bekanntschaften, hast anregende Gespräche. Ab Karlsruhe wird es schon ruhiger. Aber die Landschaft ist noch weit und licht, man kann den Himmel sehen. In Pforzheim hast du dann dein Aha-Erlebnis. Der Zug hält unverhältnismäßig lange. Es ruckelt und zischt. Du langweilst dich und läßt das Fenster herunter und was siehst du? Aus dem stolzen Intercity ist ein Zügle geworden, eine schwäb'sche Eisenbahn, Lok und zwei Wagen.

Endlich ruckt das Bähnle an. Es gewinnt rasch an Geschwindigkeit und erreicht das Tor zum Schwarzwald. Ein reichlich enges Tor, wie du erstaunt feststellst. Alles Weite, Helle, bleibt draußen vor der Tür. Die Berge rükken dir auf den Pelz, Zweige streifen das Fenster des Abteils, der Himmel wird zum schmalen Streifen, der hin und wieder durch die Äste blitzt. Da sitzt du in diesem Zuckelzug, der alle fünf Meter an irgendeiner winzigen Station hält, und denkst, was soll ich hier?«

»Trinchen, du übertreibst schon wieder!«

»Denk an meine Worte«, sagte sie düster. »Und jetzt muß ich runter, nach meinen Viechern sehen.«

Trines großes Herz mit all seiner Warmherzigkeit ist nicht nur für ihre Mitmenschen da, es schlägt auch für alles, was da kreucht und fleucht. Sie beherbergt zwei Wellensittiche, von denen ihr der eine zugeflogen, der andere von einem ehemaligen Mieter vererbt worden ist. In der Küche steht der Goldhamsterkäfig, im Bad lebt ein Meerschweinchen. Die Dackelhündin »Fee« war vor zwei Wochen Mutter geworden. Die allerliebsten Kleinen hatten mir bis jetzt jedoch nur Verdruß gebracht, denn Trine in ihrer unendlichen Güte hatte zwei der Feeschen Nachkommen unseren Zwillingen als Geschenk versprochen. Diese Winzlinge und unsere Umzugspläne standen sich nun wie Kontrahenten gegenüber.

»Schaut«, sagte ich zu meinen Kindern, »wir wollen mal alle ganz vernünftig sein!«

Sie wollten nicht vernünftig sein, sie wollten die Welpen. Jeder einen, zwei im ganzen, winzige Dinger, ebenso süß wie pflegeintensiv. Sie hatten sich aus dem Wurf von Vieren die nettesten ausgesucht, sie bereits getauft und besuchten sie dreimal am Tag. Es war, ebenso wie Peer und Pia, ein Pärchen, Karl und Klara – Karl mit tiefbraunem Fell und blonden Flecken auf dem Rücken, Klara honigfarben mit dunklen Öhrchen. Ich fand sie ganz allerliebst, was ich tunlichst verschwieg.

»Wir werden zunächst einmal schauen, wohin wir ziehen. Ist ein Garten dabei, können wir uns – bei Gelegenheit – immer noch nach einem Hund umsehen. Anstelle von zwei kleinen plädiere ich allerdings für einen großen, einen, mit dem ihr unbesorgt durch den Wald gehen könnt! Einen, der uns vor Einbrechern schützt!«

Die beiden schauten unschlüssig auf Karl und Klara hinab. Ob sie uns jemals vor Einbrechern schützen würden, war ungewiß.

Im Moment jedenfalls würde es für jeden Einbrecher ein leichtes sein, sie in die Hosentasche zu stecken und dann ungestört sein Werk zu vollenden. Schließlich sagte Pia: »Kleine Hunde bellen genauso schön wie große und haben genauso scharfe Zähne. Wir können, wenn du unbedingt willst, später für dich ja noch einen Schäferhund dazukaufen«, setzte sie großzügig hinzu. Auch Pias Herz ist groß, sie möchte, daß alle ihre Lieben glücklich sind, vergißt die eigenen Wünsche jedoch selten über denen der anderen.

Ich verließ Trines gastliche Küche mit dem traulichen Hundeidyll in der besorgniserregenden Gewißheit, daß Karl und Klara unser künftiges Leben teilen würden. Ich würde sie den schwäbischen Hausbesitzern unterschieben müssen wie die Jungfrau ihr Kind!

Am Abend besuchte uns meine Schwester Lis. Sie heißt eigentlich Elisabeth, nannte sich während der Teenagerjahre Elisa und seit neuestem Lis. Valentin und ich machen ihre ständigen Namenswechsel geduldig mit. Lis arbeitet bei einem bekannten Düsseldorfer Werbefotografen als Assistentin. Ist sie bei mir, so wird sie schnell zu einem liebebedürftigen kleinen Schwesterchen, das sich gern ein bißchen verwöhnen läßt. Außerhalb unseres Familienlebens ist Lis eine Frau, die sich in der Düsseldorfer Schickeria bestens auskennt, über sämtliche Modetrends auf dem laufenden ist und mir zuweilen vorwirft, daß ich »all meine schönen Talente« in Kochtopf und Waschmaschine werfe.

Nun ließ sie sich auf dem Sofa nieder und schlug die schlanken, in Lurexhosen steckenden Beine übereinander.

»Bist du nun vollkommen verrückt geworden?« fragte sie unverblümt.

»Wieso?«

»Na, daß du ins Schwabenland ziehen willst, wo du auch nach Hamburg gekonnt hättest. Valentin hat es mir erzählt!«

»Ja, warum?«

»Aber Liebes, Hamburg hat doch eine *Szene!*«

Ich sagte ihr, daß mir, im Falle eines Umzuges nach Hamburg das dortige Szenenleben sicherlich ebenso unbekannt geblieben wäre wie die Szene in Düsseldorf.

Meine kleinen häuslichen Szenen, für die ich mich vor vierzehn Jahren nun einmal entschieden hatte, würden mich begleiten, wohin ich auch ging und sich in bekannter oder doch ähnlicher Art und Weise abspielen, einerlei, ob ich mein Zelt nun im Schwabenland, an der Elbe, oder im Herzen von New York City aufschlug. Ich teilte Lis meine Gedanken mit. Sie lachte.

»Vor Jahren hab' ich mal so einen Schwaben in einem Altstadtlokal kennengelernt«, erzählte sie. »Der kam aus einem Ort namens Schweighausen. Du lieber Himmel, nie werde ich diesen Abend vergessen! Erst wollte er keine Runde ausgeben, obwohl alle anderen an unserem Tisch es mehrmals taten. Dann starrte er mich an wie ein verschrecktes Kaninchen und bekam den ganzen Abend den Mund nicht auf. Besonders auffallend war, wie unendlich schwer es ihm fiel zu lachen! Man scheint es in Schwaben nicht gewohnt zu sein!«

»Was hast du gegen Schweighausen?« mischte sich Valentin an dieser Stelle in unser Gespräch. »Da würde ich sofort hinziehen!« Er warf mir einen anzüglichen Blick zu, ich warf einen erbosten zurück. Dabei konnte ich den armen jungen Mann aus dem Schwabenland sehr gut verstehen. Wenn man sich Lis' Lurexanzug und die dazu passend goldlackierten Fingernägel so betrachtete, brauchte man nicht unbedingt ein Schwabe zu sein, um bei ihrem Anblick zunächst einmal in stummes Schweigen zu versinken.

»Ja eben, warum nicht nach Schweighausen?« war alles, was ich von meinen Gedanken äußerte.

»Na, ich werde euch ja dann mal besuchen«, sagte Lis gnädig. »In eurer Dorfeinsamkeit. Ihr werdet doch stilgerecht auf ein Dorf ziehen?«

»Natürlich«, lachte ich. »Bloß nicht wieder in die Stadt. Wir haben den Dreck und den ewigen Krach wirklich satt. Wenn schon ländlich, dann auch richtig, mitten hinein ins Herz der Natur!«

»Ich hör's schon pochen«, sagte Lis und verzog ihr

hübsches Gesicht zu einer Grimasse. »Kräftig, gesund und immer im selben Rhythmus!«

Auch wenn Lis in der kommenden Zeit öfter anrief, um sich zu erkundigen, ob wir uns den Umzug aufs Land nicht doch lieber noch einmal überlegen wollten, wenn Trine kummervoll seufzte und Valentins Bedenken nicht nachließen, sah ich selbst unserer Umsiedlung ins Ländle frohen Herzens entgegen.

Ich ging an dieses Problem mit meiner ganzen Naivität heran und mußte später schmerzlich zur Kenntnis nehmen, daß das Ländle noch lange nicht jedem gehört, der von außen kommend hineinzieht, auch wenn das aus Urlaubersicht so aussah. Ich mußte lernen, daß ich oft nicht verstanden wurde und selbst meist nicht verstand, daß ich des öfteren auf einem gut gemeinten Scherzchen »sitzenblieb« und die einzige war, die laut darüber lachte, daß Großzügigkeit manchmal als Angeberei ausgelegt wurde und andererseits mangelnde Gastfreundschaft nicht unbedingt zu bedeuten hatte, daß die betreffenden Leute vollkommen verarmt waren oder aber unsere Anwesenheit mißbilligten. Und ich mußte lernen, daß man sich schon gewaltig anstrengen muß, um... nein nicht um dazuzugehören, so weit wird man es in der ersten Generation sicher nicht bringen, aber doch nicht so ganz am Rande stehenzubleiben.

Daß uns dies schließlich doch gelang, hatten wir Valentins rheinischer Frohnatur, meinem westfälischen Dickschädel, der Beruhigung, die von einer durch und durch grünen Kulisse ausgeht und der Freundschaft des Herrn Brösamle zu verdanken, der uns, nachdem er erst einmal in unser Ländleleben getreten war, in sämtlichen Lebenslagen hilfreich zur Seite stand. Diesem Mann, der immer ein weises Sprüchlein auf Lager hatte, der einen herrlichen Humor besaß und der es einfach nicht zuließ, daß wir, anstatt unser Gärtle umzugraben und mit Schüsseln bewaffnet »in die Beeren« zu gehen, tatenlos herumsaßen und uns jener Schwermut hingaben, in die man in der Isolation ja leicht gerät. Denn: »Wenn mer nix schafft, kommt mer bloß uff domme Gedanke!«

Und auf dumme Gedanken kamen wir, zumindest am Anfang!

Denn ein Ruhrgebietler, der ins Schwabenland gerät, kein Häusle besitzt, einen Stachelbeerbusch kaum von einem Pfirsichbaum unterscheiden kann, bei einem Gang zum nächsten Zigarettenautomaten schon von einer Wanderung spricht, der Gottes schöne Natur meist durch die Windschutzscheibe seines Wagens genießt, der vom »Schaffe« nix versteht, vom »Spare« noch viel weniger, der mag sich vielleicht auf Rhodos und an der gesamten spanischen Küste wie zu Hause fühlen und überall in Italien auf Gleichgesinnte treffen, im Schwabenland dagegen wird er zunächst einmal geraume Zeit mit Staunen verbringen. Und damit macht er sich sofort unbeliebt, denn wer sich erst lange mit Staunen aufhält, der kann unmöglich gleichzeitig was »G'scheit's« schaffen. So geht kostbare Zeit verloren.

Ja, und dann beginnt das Leben im Ländle mit einer schweren Prüfung, die nur derjenige besteht, der willig und lernbereit ist, der demütig das Haupt zu neigen versteht und Angeberei und Großmannssucht an der Grenze zum Musterländle abgegeben hat. Denn das neue Leben beginnt mit der Wohnungssuche, was wiederum den Vorteil hat, daß man das Schwerste gleich zu Beginn hinter sich bringt.

Es war ausgemacht, daß ich mich zunächst einmal allein aufmachen, in einem Dorf in der Nähe der Stadt Quartier nehmen und von da aus in aller Ruhe eine Wohnung suchen sollte.

Diese hatte bereits feste Konturen angenommen: Ländlich, still, sonnig, möglichst mit Garten.

»Und komm mir bloß nicht mit so einer Hochhausbude am Stadtrand«, schärfte Valentin mir zum hundertstenmal ein. »Und zwei Kinderzimmer sollten diesmal auch dabei sein, wenn die beiden ständig aufeinanderhokken, zanken sie sich bloß!«

Ich versprach ihm alles, was er wollte, und machte mir weiter keine Sorgen. Was sollte schon schiefgehen?

Am 2. Mai fuhr ich los.

Vater Täuble, Mutter Täuble oder »Träume sind Schäume«

Es gibt überall sottiche ond sottiche
ond manchmal au mehr sottiche als sottiche

Das Ländle ist lieblich! Der liebe Gott erschuf es sicher an einem Tag, an dem er besonders gut gelaunt gewesen ist, an einem Tag, an dem er Lust hatte, ein bißchen zu spielen: Hier ein Dörflein, da ein wenig Wald, ein Acker vielleicht und ein paar Wiesen. Durch dic Wiese ein kleiner Bach und gelbe Sumpfdotterblumen am Rand desselben. Das Ganze immer schön abwechslungsreich, ein Tupfer Grün, ein Tupfer Blau, ein bißchen Gelb, ein Hauch Vergißmeinnicht, ein Bilderbuch für heiter-besinnliche Stunden.

Der 2. Mai war ein rechter Bilderbuchtag mit Bilderbuchwetter. Die Wiesen waren saftig grün, mit Huflattich übersät. Kuglig geschnittene Obstbäumchen säumten die Straßen und standen Spalier. Fast konnte man meinen, daß sie fröhlich winkten: eine Schulklasse, artig aufgereiht, am Schluß die Lehrerin, auf daß ihr auch keines verlorengehe!

Fröhlich trällerte ich vor mich hin. Herrlich würden wir es hier haben! Was waren schon Kino und Theater, stickige Kneipen und langweilige Partys gegen eine Wanderung in dieser Landschaft. Und erst die Gartenfreuden, die uns erwarteten. Wir hatten noch nie einen Garten gehabt und verbanden den Besitz desselben mit jenen romantischen Vorstellungen, die nur derjenige in seinem Innern nährt, der noch nie eine Fuhre Mist geholt, noch nie einen Baum versetzt, noch nie vor einem von Schnecken verwüsteten Salatbeet gestanden hat. Ich sah mich statt dessen lachend mit Körben voller Blumen von der Gärtnerei kommen, frohgestimmt den Rasen mähen und für nette Leute, die es nur noch kennenzulernen galt, ein zünftiges Grillfest vorbereiten. Und dann das Kräuterbeet. Es spukte schon lange in meiner Phantasie herum und trieb dort sein Unwesen, vor allem beim Anblick der gelblich vor sich hinwelkenden Petersilienstengel in meinem heimischen Supermarkt. Endlich würde ich einmal die Rezepte ausprobieren können, deren farbenprächtige Abbildungen seit etlichen Jahren in meinem Küchenschrank ihr ungenutztes Dasein fristeten: Kalbsleber mit Salbei, Lamm mit frischem Thymian, Schmorbraten mit einer Fülle aus provenzialischen Kräutern. Und dann natürlich Lavendel! Ich würde ihn trocknen und in den Wäscheschrank legen, und alles würde duften wie zu Großmutters Zeiten. Ich war in Gedanken gerade dabei, selbstgesammelte Pilze zu sortieren, als ich auf die Bremse trat: *Zur Traube.Gastwirtschaft, bürgerliche Küche. Fremdenzimmer.*

Hier wollte ich für zwei Wochen Quartier nehmen. Ich lenkte den Wagen in den Schatten der großen Kastanie, die das Haus behütete. Ich stieg aus, sah mich um, atmete tief. Einige Stunden später lag ich zufrieden in einem bäuerlichen Bett. Ich hatte einen ganz vorzüglichen Rostbraten mit einer großen Portion Spätzle gegessen, war anschließend ein wenig durch die blaue Dämmerung hinauf bis zum Wald gelaufen und dann früh zu Bett gegangen. Dort schlief ich zufrieden einen behüteten Kinderschlaf und träumte von grünen Wiesen und der wunderbaren Wohnung, die ich inmitten all dieser Idylle sicher bald finden würde.

Wie angenehm, vom Krähen eines Hahnes geweckt zu werden! Es hat so etwas Sommerliches, Glückverheißendes, ein bißchen Zukunft schwingt mit und ein bißchen Heimatfilm. Der Hahn gehörte zum nachbarlichen Bauernhof und krähte, wie es sich für einen rechten Hahn gehört, dreimal. Dann trat eine erwartungsfrohe Stille ein. Und dann hörte ich die Wirtin Frau Täuble mit Geschirr klappern. Der Duft frisch aufgebrühten Kaffees stieg zu meinem geöffneten Fenster hinauf. Das machte mich vollends munter.

Die Wirtsstube lag in Sonne gebadet. Die helle Wandtäfelung war natürlich gealtert und hatte dadurch an Ausdruck nur gewonnen. Die Bänke ringsum waren mit Sofakissen belegt, auf daß der Gast sich auch gemütlich fühle, auf den Tischen lagen saubere grün-weiß-karierte Tischdecken. Ich nahm am Erkertischchen Platz. Frau Täuble, rund, rotwangig, geschäftig, lugte aus der geöffneten Küchentür.

»Grüß Gott!« rief ich fröhlich.

»Morgen!« erwiderte sie und war schon verschwunden. Ich hatte es schon am gestrigen Abend bemerkt: Langes Herumstehen und kostbare Zeit mit sinnlosem Geschwätz vertun, lag nicht in ihrer Natur. Statt dessen hörte ich sie nun eifrig klappern, eine Maschine zischte, irgendetwas fiel zu Boden, Schranktüren klappten auf und zu. Bald kehrte sie mit einem vollbeladenen Tablett zurück. Brötchen, Laugenbrezeln, Butter, Marmelade, Wurst und Käse, dazu Kaffee und Milch.

Ich betrachtete die Köstlichkeiten mit frohem Auge. Ferienstimmung bemächtigte sich endgültig meines Herzens, und nur mit Mühe konnte ich mich selbst dahingehend zurechtweisen, daß ich ja ab heute kein sorgloser Tourist mehr war, sondern dringende Geschäfte zu erledigen hatte.

»Bitte«, sagte Frau Täuble und setzte das Tablett blicklos nieder.

Ich dankte ihr überschwenglich und bemühte mich, sie ins Gespräch zu ziehen.

»Ein herrlicher Tag heute, so ein wunderbares Wetter! Aber schließlich wurde es auch Zeit, im Ruhrgebiet dachten wir schon, in diesem Jahr würde der Frühling überhaupt nicht mehr kommen, meine Kinder...«

»Bei ons isch der Frühling bis jetzt emmer no komme!« Mit diesem knappen, doch eindeutigen Hinweis setzte Mutter Täuble unserer Unterhaltung ein jähes Ende, drehte sich abrupt um und machte sich emsig hinter der Theke zu schaffen. Ich nahm ihr ihre mangelnde Plauderlust nicht weiter übel und biß herzhaft in mein Brötchen.

Herr Täuble erschien. Was den Leibesumfang betraf, so konnte er es mit seiner Gattin gut und gern aufnehmen. Auch er hatte eine weiße Schürze umgebunden, die Zeitung in seiner Hand verriet, daß er im Begriff stand, ein Schaffenspäuschen einzulegen. Am unteren Ende meines Tisches ließ er sich seufzend nieder und faltete die Zeitung auseinander. Mühelos konnte ich mitlesen, was sich in der Gegend so zugetragen hatte. Der heftige Sturm hatte die Weide vor dem Postamt gestürzt, der Gemeinderat debattierte über eine Beleuchtung des Uferweges. Ich betrachtete vergnügt die Kaffeekanne, die zwischen uns stand und die beiden Hände, die rechts und links die Zeitung hielten und kam mir gut aufgehoben, ja geradezu verheiratet vor. Ich schnitt ein weiteres Brötchen auf. Herr Täuble ließ das Blatt sinken und sah mich an:

»Möget Se au lese?« fragte er höflich.

»Ja, bitte gern!« Worauf er mir die Seite mit dem Lokalen und den Todesanzeigen reichte.

»Mei Frau liest des am liebschte!« setzte er erklärend hinzu.

Ich bedankte mich und las aufmerksam *vom Heimgang unserer lieben Mutter, Erna Mahler, 92* und *vom unerwarteten Dahinscheiden unseres lieben Vaters, Großvaters und Urgroßvaters Fritz Busch,* dessen plötzlicher Tod eine stattliche Reihe von Verwandten tieferschüttert hatte. Ein gesegnetes Alter mußten die Leute hier erreichen. Ich faltete das Blatt zusammen.

»Könnten Sie mir vielleicht einmal den Teil mit den Immobilien geben?«

Herr Täuble ließ die Zeitung sinken. Er betrachtete mich interessiert.

»Ah, send Se do, um a Häusle z' kaufe?«

»Nein, um etwas zu mieten!«

»A Häusle z' miete?« Er runzelte unzufrieden die Stirn.

»Nein, ich bin hergekommen, um mich nach einer Mietwohnung umzusehen. Wissen Sie da vielleicht etwas? Vier Zimmer, möglichst mit Garten, ländlich gelegen?«

Er musterte mich schweigend. Schließlich sagte er:

»Ja, hent Se sich des au richtig überlegt?«

»Natürlich haben wir das. Mein Mann wird beruflich...«

»Aber Se zahlet do Monat für Monat Ihr gut's Geld!« unterbrach er meine Erklärungen. »Ohne daß Se au bloß oin Pfennig davo wiedersehet. Des macht mit Zinse im Jahr wenigschtens...«

»Zum Kauf einer Eigentumswohnung fehlt uns das Geld!«

Dieser unerwartete Blick in das Intimleben fremder Leute hatte auf Herrn Täuble eine ähnlich schockierende Wirkung, als ob ich frank und frei erklärt hätte, mein Mann sei Gewohnheitsspieler und die ganze Familie seit Generationen verschuldet und vom Gerichtsvollzieher verfolgt. Herr Täuble verstummte augenblicklich. Wortlos reichte er mir den Teil mit den Immoblien, mich verstohlen musternd.

»Also, i tät mir's doppelt ond dreifach überlege, bevor i fremde Leut 's Konto fülle tät!« sagte er nach längerer Pause und spielte dann seinen letzten Trumpf aus: »Wenn Se überhaupt ebbes Passends fendet!«

Ich lachte, aber das Lachen verging mir bald, denn ich stellte mit Erstaunen fest, daß das Angebot an Eigentumswohnungen, die man käuflich erwerben konnte, dasjenige der Mietobjekte bei weitem übertraf. Vierzimmerwohnungen mit allem Komfort, Südlage, Garten und / oder Terrasse waren gleich mehrfach zu haben, für den der 300000 Mark und mehr dafür zu zahlen bereit und in der Lage war. Auch das Parterre eines Dreifamilienhauses mit »bereits angelegtem Garten« wurde angeboten, allerdings für 420000 Mark. Zu mieten gab es dagegen vorwiegend kleine Apartments oder Zweizimmerwohnungen, als Mieter waren alleinstehende ältere Damen oder berufstätige Herren erwünscht. Eine Familie mit zwei

Kindern und zwei Hunden wünschte sich kein Hausbesitzer. Ich wollte es schon aufgeben, da entdeckte ich die Anzeige: *Vier Zimmer, Küche, Diele, Bad. Gartenbenutzung. Erstbezug, zu vermieten.* Die Telefonnummer stand dabei.

»Na dann wollen wir mal!« sagte ich zuversichtlich gegen Herrn Täubles Zeitung gewandt. Der ließ das Blatt sinken.

»I tät mir's no überlege!« sagte er nur.

Artig fragte ich, ob ich einmal telefonieren dürfe, und wählte die angegebene Nummer. Es tutete und tutete. Durch die geöffnete Küchentür beobachtete Frau Täuble mein Tun. Endlich eine abgehetzte Stimme: »Seifert!«

»Grüß Gott, Frau Seifert«, rief ich fröhlich. »Ich rufe wegen der Wohnung an.« Es entstand eine Pause, ich wartete. »Ja, habe ich mich etwa verwählt? Ist das am Ende gar nicht bei Ihnen?«

»Doch, des isch scho bei ons«, kam es zögernd.

»Ja, könnte ich die Wohnung vielleicht mal anschauen, jetzt gleich, wenn es Ihnen recht ist.«

Wieder eine längere Pause. Ich hatte sie wohl erschreckt. Endlich sagte sie:

»Ja, wisset Se, mei Mo isch grad net do, ond mir wär's scho lieb, wenn er dabei wär!«

»Ja, dann vielleicht heute abend«, sagte ich mit weniger forscher, dafür herzlich-werbender Stimme. »Oder auch an irgendeinem anderen Abend, ich bin für zwei Wochen in der Gegend!«

»Ja, send Se net von hier?«

»Nein, wir werden aus dem Ruhrgebiet zuziehen!«

Ich spürte förmlich, wie sie dachte.

»Ja, isch recht«, entschloß sie sich schließlich. »Kommet Se halt heut obend vorbei, so gege sechs, wenn's paßt!«

Sie gab mir die genaue Adresse an, und ich versprach ihr, am Abend vorbeizukommen.

So, das war erledigt. Nun konnte ich den schönen Tag genießen.

»Ich will mich ein wenig umsehen und einen kleinen Ausflug machen«, teilte ich den Täubles mit. »Bis heute abend dann, ade!«

»Wiedersehn«, sagten sie wie aus einem Mund.

Die Wiesenstraße befand sich inmitten eines Neubaugebietes, welches sich einen Südhang hinaufzog. Die Häuser waren teilweise bereits fertiggestellt, teilweise ragten noch die Baukräne in den Himmel. Von den in der obersten Zeile gelegenen Häusern genoß man einen herrlichen Blick hinunter ins Tal und auf das an der Durchgangsstraße gelegene Dörfchen. Der Wetterhahn auf der entzückenden kleinen Kirche blinkte in der Sonne. Leider gehörte Seiferts Domizil zur untersten Häuserreihe. Es lag zu dieser frühen Abendstunde bereits im Schatten und bot einen tristen Ausblick auf die Hinterfront einer baufälligen Scheune. Auch war es noch nicht ganz fertiggestellt: Die Mauern unverputzt, der Garten eine Schlammwüste, schwankende Bretter ersetzten den Plattenweg, der hier irgendwann einmal verlegt werden würde. Das Geländer der Marmortreppe, welche zur Haustür hinaufführte, lehnte noch an der Wand. Aber die Fenster waren spiegelblank geputzt, die Gardinen fielen in kerzengeraden Falten, der Türknopf war sorgfältig poliert. Ein raffiniertes Sortiment der verschiedensten Matten sollte wohl verhindern, daß die im Hausinnern herrschende Sauberkeit gefährdet würde. Ich klingelte. Nichts geschah. Wahrscheinlich war drinnen eifrige Beratung im Gange.

»So auf de erschte Blick macht se koin schlechte Eidruck, bloß arg städtisch, ond hasch den Wage g'sehe? Also wenn se alles so verschlampe läßt!«

Sie öffneten. Im Türrahmen erschien Frau Seifert, hinter ihr der Gatte. Sie begrüßte mich mit »Grüß Gott«, er schüttelte mir stumm die Hand. Ich stellte mich vor, sie baten mich ins Wohnzimmer. Es war mit glänzendem Parkett ausgelegt, auf dem zwei kleine Teppiche lagen, die Fransen wie die Soldaten ausgerichtet. Die Seiferts umkreisten geschickt beide Teppiche samt der Fransen, ich folgte ihrer Spur, eifrig bemüht, nur nicht vom rechten Weg abzukommen.

»Nehmet Se doch Platz!« Ich sank auf das Sofa, nahm automatisch eine gesittete Haltung an, straffte den Rükken und zog den Rock über das Knie. Wir sahen uns an und schwiegen.

»Ja, also, Sie wollet sich die Wohnung agucke!« eröffnete der Hausherr die Konversation. Frau Seifert schien sich bereits am Morgen anläßlich unseres Telefongesprächs total verausgabt zu haben, sie schwieg erschöpft.

»Ich las Ihre Annonce und dachte, daß es das Passende sein könnte!«

»Ja, also, des isch so!« Herr Seifert gab sich einen Ruck. »Wie Se sehet, isch des Häusle no gar net ganz fertig. Do muß de Sommer über no fleißig g'schafft werde, meischt am Wochenende. Mei Schwoger ond i, mir machet des selber. Do hent Se no net viel Freud an Ihrer Wohnung!«

»Ach, das würden wir in Kauf nehmen!«

Er sah mich unzufrieden an.

»Ja, des isch aber mit viel Lärm ond Dreck verbunde, do muß au in Ihrer Wohnung no ebbes verlegt werde, der Garte isch au no net anpflanzt!«

Ich war irritiert. »Ja, aber Sie haben doch annonciert!«

»Ja, mir wollet halt so langsam afange, nach Mieter z'gucke.«

Ich fühlte mich zunehmend unbehaglich und ließ verlegen den Blick durch den Raum schweifen.

»Sie haben es aber wunderschön hier«, sagte ich schließlich und lobte Parkett und Tapete.

»Ja, des hat aber au alles saumäßig koschtet!« klärte mich Herr Seifert auf, und damit ich bloß nicht denken solle, er sei ein reicher Mann, fügte er hinzu: »Des würd' i heut nemme mache, des wird sich zu Lebzeite nemme amortisiere! « eine Aussage, zu welcher seine Frau bestätigend mit dem Kopf nickte.

»Ja, könnte ich die Wohnung trotzdem einmal sehen?«

»Wenn Se obedingt wollet!« Beide erhoben sich zögernd.

Wieder ging es im Gänsemarsch um den Teppich herum. Ich hatte inzwischen das Gefühl, ein ungebetener Gast zu sein. Seiferts führten mich eine Treppe hinunter, öffneten die Tür zur Wohnung im Souterrain. Sie war gegen den Hang gebaut, so daß sämtliche Fenster nach derselben Himmelsrichtung wiesen. Von der Terrasse – bislang nur ein länglicher Betonstreifen – führten einige Stufen in den höher gelegenen Garten hinauf. Die beiden Kinderzimmer boten reichlich Platz, lagen jedoch beinahe ganz im Schatten.

»Die Kinderzimmer bekommen wenig Licht!«

»An Kinder hen mir au weniger denkt!«

»Aber wozu sind denn die beiden großen Räume geplant?«

»Als Arbeitszimmer ond Hobbyraum!«

»Viel verschenkter Platz für ein Hobby!«

»Wie alt sen denn Ihre Kinder ond wie viele hent Se denn?« lenkte Herr Seifert ein.

»Ach nur zwei! Zehn Jahre alt.« Ich heftete einen treuherzigen Blick auf Frau Seifert. »Zwillinge!«

Im Gegensatz zu anderen Zeitgenossen, die an dieser Stelle meist entzückt ausriefen: »Zwillinge haben Sie? Na so was! Wie süß! Sehen sie sich ähnlich?« hielt sich Frau Seiferts Begeisterung merklich in Grenzen. Sie dachte wohl daran, daß vier Füße Dreck ins Häusle trugen, vier Hände Türen und Wände beschmutzten, zwei Stimmen immerzu durchs Haus schallten.

»Was ist denn mit dem Garten«, unterbrach ich ihre unschönen Gedankengänge. »Sie schrieben Gartenbenutzung!«

»Mir hen halt denkt, daß sich der Mieter an der Pflege des Gartens beteiligt, de Rase mäht, die Rose schneidet!«

Ich sah ihn an. Er blickte bieder zurück. Hier handelte es sich offenbar um ein Mißverständnis. Wir hatten an fröhliche Grillfeste gedacht, an gemütliche Kaffee- und

Kuchen-Sonntage unter freiem Himmel, die Seiferts an Mithilfe in Form von Rasenmähen und Unkrautbeseitigung, Tätigkeiten, bei denen man den Garten im weitesten Sinne allerdings ebenfalls benutzte!

»Im Herbscht könnet Se freilich au miternte«, setzte Herr Seifert großzügig hinzu. »Mir pflanzet koine Zierschträucher, sondern Obschtbäum ond Beereschträucher! Des bringt meh, als mir verwerte könnet!«

Ich sah mich im Sommer Unkraut zupfen, im Herbst über die Einmachgläser gebeugt, alles unter den strengen Blicken von Frau Seifert.

»Na, auf jeden Fall danke ich Ihnen einstweilen!« Ich wandte mich zum Gehen. Die Seiferts schüttelten mir wie erlöst die Hand und wurden zusehends gesprächiger.

»Passet Se auf die Bretter uff«, wies mich Herr Seifert an. »Ond onte, an der Durchgangsschtraß, do isch scho viel passiert!«

Ich winkte ihnen noch einmal zu und ging hinaus, schwankte über die Bretter und stieg in meinen Wagen. Als ich abfuhr, standen die beiden Hausbesitzer vor ihrem Anwesen und blickten mir nach, und ich wußte, daß sich meine Vorstellungen vom gemeinsamen Viertele mit diesem Paar nicht realisieren lassen würden.

In der »Traube« empfing mich die Gaststube in trauter Gemütlichkeit. Ich setzte mich an meinen »Stammtisch« im Erker, stützte das Kinn in die Hand und schaute erschöpft auf die im Dämmerlicht liegende, friedliche Straße hinaus.

»Na, hat's klappt?« fragte mich der Wirt, als er mich so verlassen dasitzen sah.

»Nein!« sagte ich knapp. »Es war nicht das Richtige für uns!«

Er nickte verständnisvoll.

»Des hen mir ons denkt!« sagte er. »So a Wohnung z'miete isch scho saumäßig teuer.«

Der Umgang mit den Täubles war für mich neu und verwirrend. Valentin und ich hatten im Laufe der Zeit und im Laufe unserer Umzüge viele Leute kennengelernt: nette und weniger nette, entgegenkommende und verschlossene, tiefgründige Philosophen und sorglose Schwätzer. Auf all diese verschiedenen Typen hatten Valentin und ich uns recht schnell eingestellt, hatten mit den Witzbolden gelacht, den Philosophen andächtig gelauscht, die Schwätzer schwätzen lassen und auf die kostbaren Worte der Verschwiegenen geduldig gewartet. Nur mit den Täubles kam ich nicht zurecht, weil ich sie nicht verstand. Ich konnte sie nicht einschätzen. Waren sie am Morgen gesprächig und nett, so daß man sich in ihrem Haus behütet wie ein geliebtes Kind vorkam, waren sie mir mit guten Ratschlägen behilflich gewesen und hatten wir gar eine angeregte Unterhaltung zustande gebracht, so konnte es vorkommen, daß sie wenig später scheu grüßten und sich verlegen abwandten. Dann brachte Mutter Täuble das Essen mit verschlossenem Gesicht, nickte kurz und antwortete einsilbig. Er las seine Zeitung ganz allein, ohne mir die Seite mit den Immobilien oder doch wenigstens die mit den Todesanzeigen anzubieten und tat so, als ob er mich noch nie im Leben gesehen hätte. Schließlich gewöhnte ich mich an ihr merkwürdiges Verhalten. Es erinnerte mich an das Gebaren einer spröden Geliebten, die man unter unsäglichen Mühen (und eine lockere Stimmung schamlos ausnutzend) dazu gebracht hat, zwei Knöpfe ihrer Bluse zu öffnen, und die dies bereits am nächsten Morgen heftig bereut, was sie dazu veranlaßt, das Kleid mit dem Stehkragen anzuziehen und die Wirkung des obersten Knopfes zusätzlich mit Hilfe einer Brosche zu verstärken. Oder, um es kürzer auszudrücken: Die Täubles preschten gewöhnlich einen Schritt vor, erschraken dann vor ihrem Tun, betrachteten sich selbst mit Mißtrauen und traten schleunigst den Rückzug an. Ich gewöhnte mich schließlich an ihr seltsames Verhalten, und es störte mich nicht weiter, nachdem ich beruhigt zur Kenntnis genommen hatte, daß es halt ihrer Art entsprach und ich mir nichts hatte zuschulden kommen lassen, wie ich anfangs immer befürchtete.

Ich wohnte nun in der dritten Woche in der »Traube«, wurde gut und reichlich ernährt, fühlte mich trotz mangelnder Konversation recht heimisch, telefonierte täglich mit Valentin und den Kindern – und war meinem eigentlichen Ziel um keinen Schritt näher gekommen.

Oh, ich sah schöne Wohnungen in schönen Häusern, am Südhang gelegen, geräumig und hell, mit großen Kinderzimmern ausgestattet. Doch dann waren die Kinderzimmer nicht eigentlich für Kinder gedacht, und wenn, dann vielleicht für Studenten, die übers Wochenende mal nach Hause kamen.

Einmal war ich ganz besonders traurig, daß man uns nicht einziehen lassen wollte. Das Haus lag am Rand eines idyllischen Dorfes, nicht weit von der Stadt entfernt. Wiesen blühten ringsum, vom Garten konnte man gleich in den Wald gehen. Die Wohnung war im Parterre gelegen, eine windgeschützte Terrasse gehörte dazu. Der Besitzer selbst bewohnte die Wohnung im ersten Stock. Das Haus war gerade fertig geworden, im ländlichen Stil gebaut, mit breiten Holzblenden, einem tiefgezogenen Dach und schwellenden Blumenkästen. Ich legte mein ganzes Herz in die Bitte, uns doch als Mieter zu akzeptieren. Aber: »Noi, an so kloine Kinder hen mir net denkt, eher an a älteres Ehepaar, wo die Kinder bereits aus em Haus send!«

»Da geben Sie nur acht, daß das ältere Ehepaar nicht einen Haufen Enkelkinder besitzt, die in den Ferien Oma und Opa besuchen. Ich habe schon von Hausbesitzern gehört, die an ein älteres Ehepaar vermietet haben, und dann besaß das ältere Ehepaar drei erwachsene Kinder und zusammen zwölf Enkel, die von den gestreßten Eltern in regelmäßigen Abständen bei Oma und Opa abgeladen wurden. Während der Ferien die größeren und in den Zeiten dazwischen die unter Sechsjährigen.«

Meine bissige Rede verfehlte jegliche Wirkung.

»Ja, des isch a Problem«, sagte Frau Nägele friedlich und hob ein Flüschen vom Teppich auf.

Am Abend dieses Tages rief ich Valentin an. Es wurde ein teures Gespräch, das in der Frage gipfelte, ob man das Stellenangebot aus Hamburg nicht doch noch annehmen könnte. Wind, Regen und ein ewig grauer Himmel erschienen mir plötzlich durchaus akzeptabel.

»Wenn alle Stricke reißen, nehme ich in der City erst mal ein möbliertes Zimmer, und du kommst mit den Kindern nach, sobald ich eine Wohnung gefunden habe!« versuchte er mich zu trösten.

»Wenn beide den Doktorgrad erworben haben und ich mir ärztlich bescheinigen lassen kann, daß ich in den Wechseljahren bin und mit weiterem Nachwuchs nicht zu rechnen ist«, erwiderte ich verbittert. Dann riß Pia den Hörer an sich.

»Karl und Klara sind riesig gewachsen«, teilte sie mir brüllend mit. »Gestern haben sie zwei Dosen Schappi gefressen. Danach ist ihnen schlecht geworden. Hast du schon den Bollenhut gekauft?«

Ich erwiderte matt, daß ich bis jetzt leider nicht dazu gekommen wäre, dann übernahm Peer den Hörer.

»Ich möchte sowieso am liebsten hier bleiben«, teilte er mir unumwunden mit. »Man hat mich für die Fußballmannschaft meiner Klasse aufgestellt, und ich glaube nicht, daß unser Trainer mich so einfach abhauen läßt. Laß dir mit der Wohnungssuche ruhig Zeit und nimm ja nicht das Erstbeste!« riet er mir eindringlich. »Ich übergebe jetzt an Trine«, schloß er würdig und legte auf.

Ich wählte neu. Trine war gleich am Apparat.

»Das habe ich dir gleich gesagt, daß ein Umzug ins Ländle mit gewissen Schwierigkeiten verbunden ist, aber du hörst ja nie zu, wenn Leute, die ihre Erfahrung haben, dir raten möchten!« Ich wollte etwas antworten, aber sie unterbrach mich.

»Morgen kommt Lis und übernimmt freundlicherweise

den ganzen Krempel hier, einschließlich der Kinder, der Viecher, Valentin und der Ernährung für die ganze Meute. Ich selbst komme zu dir. Hol mich in Pforzheim ab.«

»Trine«, rief ich verzweifelt, »du brauchst dir die Mühe wirklich nicht zu machen. Ich schaff' es schon allein, es braucht nur seine Zeit.«

»Ich komme mit dem Sechzehnuhrzug!« sagte sie knapp. »Sollten wir uns verfehlen, erwarte ich dich im Wartesaal. « Sie hängte ein. Ich zahlte siebzehn Mark zwanzig für dieses Gespräch und schlappte gebrochen meinem Gasthof zu. Das Wetter war umgeschlagen, graue Wolken jagten am Himmel dahin. Ein kalter Wind, durchsetzt mit feinem Regen, schlug mir ins Gesicht. Eine alte Bauersfrau ging vor mir über die Dorfstraße. Die Milchkannen in ihrer Hand schepperten traurig. Täubles Hauskatze duckte sich unter ein Kellerfenster, sonst war kein Lebewesen zu sehen. Naßgeregnete Tannen tropften vor sich hin, ein aufgeweichter Weg führte in den Wald, weitere Landschaft, so vorhanden, verschwamm im Nebel. Ich wanderte einsam dahin. Die Hände in den Taschen zu Fäusten geballt, Kälte und Verdruß im Herzen.

Das liebliche Musterländle kam mir plötzlich alles andere als erstrebenswert vor.

Mutter Täuble empfing mich in der Diele, in der ich schuldbewußt den sauber gescheuerten Boden naßtropfte.

»Des isch koi Wetter zum Draußeromlaufe!« sagte sie. »Wollet Se en Tee?«

»Nein danke«, sagte ich unfreundlich und stieg die Treppe hinauf. Im Zimmer warf ich mich auf mein einsames Bett und starrte die Decke an.

Um mich zu beruhigen, griff ich zu meinem altbewährten Mittel und ergab mich der Tagträumerei. Ich schloß die Augen, und sofort erschien die sonnenüberglänzte Landschaft vor meinem inneren Auge, samt blumenübersäter Wiese und dunklem Waldrand, vor dem, umgeben von einem paradiesisch schönen Garten, mein »Traumhaus« stand. Peer und Pia kamen mir entgegengelaufen, riefen mir schon von weitem zu, daß die Katze grad eben Junge bekommen hätte und die ersten Erdbeeren reif wären. Dann gingen wir zu dritt unserem Zuhause zu, vor dessen Tür Valentin uns erwartete und das wir mit uns selbst und niemandem sonst teilten...

Ich muß wohl eingeschlafen sein, denn als ich aus meinen Wonneträumen erwachte, war es bereits dunkel geworden.

Der Regen hatte sich gelegt, die Luft war frisch und roch betäubend nach Wald und Gras. Neben dem Kirchturm hing eine feine silberne Sichel, flankiert von einem hellen Stern. Es war still. Es war schön. Der Schrei des Nachtvogels kam von weit her, und die Zweige der Kastanie plauderten leise mit dem Wind.

Marmor, Palmen, Luxusbad - Kehrwoche vierzehntägig

> Besser a Laus em Kraut
> wie gar koi Floisch!

Trine erschien, und alles wurde gut! Sie versah mich mit wertvollen Tips.

»Du bist viel zu auffallend gekleidet!« teilte sie mir als erstes mit, nachdem sie dem schwäbischen Eisenbähnle entstiegen war. »Viel zu städtisch!«

»Wieso?«

Ich blickte erstaunt an mir hinunter. Wegen des naßkalten Wetters trug ich derbe Cordhosen, die Beine in absatzlose Schaftstiefel gesteckt. Dazu einen weiten Rollkragenpulli, einen doppelseitig tragbaren Parka und einen Schal (selbst gestrickt!) dreimal um den Hals geschlungen.

»Ich finde mich eigentlich ausgesprochen bodenständig!« »Du siehst aus, wie sich eine Städterin das Bodenständige vorstellt. Nach Frauenjournal, nach Weekend auf dem Lande. Was zum Beispiel hat dieser Edelgammel gekostet?« Sie streifte den Parka mit einem kritischen Blick. Der Parka war eine Morgengabe von Lis, innen aus schwarzem Satin, außen aus olivgrünem Leder, auf dem Rücken waren phantasievolle chinesische Schriftzeichen appliziert. Sein lässiger Schick zeigte sich über jeden Zweifel erhaben.

»Nun, ganz billig wird er nicht gewesen sein, aber ich trage ihn schließlich seit Jahren!«

»Fürs Schwabenland ist er nichts!« stellte Trine kategorisch fest. »Hier verbirgt man, was man hat. Schlicht und einfach heißt die Devise, an die du dich halten solltest, wenn du mit den Leuten ins Geschäft kommen willst. Sonst denkt man gleich, daß du dein Geld für Schnick-Schnack ausgibst und später die Miete nicht zahlen kannst. Eine Frau mit so rot lackierten Fingernägeln wird nie im Leben die Kehrwoche ordentlich besorgen, das nebenbei!«

Ich blickte betroffen vor mich hin, mochte der Himmel wissen, woher Trine diese Weisheiten hatte.

»Ja, nun guck nicht so belämmert«, lenkte sie ein, während ich den Wagen durch kleine idyllische Dörfer steuerte, »du kannst es ja nicht wissen. Im Ruhrgebiet ging's schließlich nach dem Motto ›Ich zeig' alles, was ich hab' und noch ein bißchen mehr‹, der Schwabe dagegen versteckt, was er hat, und spielt gern den armen Mann. Mein Großonkel«, fuhr sie fort, »war ein richtiger Schwabe. Ich bin als Kind oft bei ihm zu Besuch gewesen. Er sparte sein Leben lang, und wir haben ihn immer ein bißchen bedauert. Gut gemeinte Spenden in Form von Päckchen hat er schlicht dankend entgegengenommen. Hinterher hat er ein Riesenvermögen hinterlassen.«

Sie kicherte vergnügt. Ich staunte vor mich hin.

Ich staunte an diesem Abend noch viel mehr.

Trine wußte mit Schwaben umzugehen. Nach dem Essen verwickelte sie die Täubles in ein Gespräch über den Grundstückskauf. Von diesem Thema gelangte man mühelos zum Thema des Hausbauens und -besitzens, Instandhaltung und Umbau, bis hin zu den Grundbesitzabgaben und laufenden Nebenkosten. Sie bezauberte meine Wirtsleute dermaßen, daß, als es ans Zahlen ging, Herr Täuble breit grinste und behäbig kundtat:

»Noi, g'nä Frau, der Obschtschnaps, der letschte, der geht uff meine Koschte!« Woraufhin Frau Täuble wohlwollend nickte und sagte: »Des war fei amol a g'mütlicher Obed, des solltet mer ons öfter gönne!«

»Wer viel schafft, der soll ruhig amol feire!« erwiderte Trine und schüttelte ihren neuen Freunden herzhaft die Hand.

Für den kommenden Tag hatte ich zwei Termine vorgesehen. Die eine Wohnung, die es zu besichtigen galt, lag in einem Neubaugebiet am Rande von Pforzheim und interessierte mich von vornherein wenig. Sie sollte, wie ich telefonisch erfuhr, im fünften Stock eines siebenstökkigen Hochhauses liegen. Vier Zimmer, Diele, Küche, Bad, Loggia, Blick ins Grüne.

Die andere Wohnung befand sich wieder einmal im Parterre eines Zweifamilienhauses und gehörte einer Witwe namens Stumpf. Ich fragte Trine, ob sie nicht allein dorthin gehen wolle, sozusagen als Vorhut. Sie sollte die Wohnung besichtigen, den Mietpreis erkunden, nachforschen, ob Altenpflege, Garten»benutzung« oder leichte Mitarbeit im Haushalt zur Bedingung gemacht wurden, und die Witwe Stumpf ihrerseits auf eine reizende Familie mit zwei Kindern seelisch einstimmen. Ich selbst machte mich mit halbem Herzen Richtung Pforzheim auf.

Der Eingang des Hochhauses in der Wohnanlage »Park« war mit GoCarts und Kinderwagen zugestellt, der Fahrstuhl außer Betrieb. So schickte ich mich an, die fünf Stockwerke zu Fuß zu erklimmen, wobei ich gleichzeitig Erkundigungen darüber anstellen konnte, was die einzelnen Mieter heute zu Mittag essen würden.

Oben erwartete mich Frau Wangel, blaß und abgekämpft in der Tür stehend, einen Säugling im Arm, ein Dreijähriges zerrte an ihrer Hand.

»Des isch aber nett, daß Sie kommet«, empfing sie mich freundlich. »I hab' grad Kaffee aufbrüht, möget Se a Tässle mit mir trinke?«

Freudig verwirrt ob des großherzigen Angebotes stimmte ich zu und folgte ihr in die Küche. Es war eine gastliche Küche, geräumig und hell, ausgestattet mit einer behäbigen Eckbank, einem großen Tisch und Fleckerlteppichen auf dem Boden. An der Wand, neben der Kukkucksuhr, ein gerahmter Spruch: *Lieber a Laus em Kraut wie gar koi Floisch!* Ich mußte lächeln und dachte, daß man schon außerordentlich bescheiden sein mußte, wenn man sich solchermaßen trösten wollte.

Für die Wangels, das sollte sich sogleich herausstellen,

hatte der Spruch ganz besonders an Bedeutung gewonnen, denn während mir Frau Wangel Kaffee einschenkte und mich mit Milch und Zucker versorgte, während der Säugling an ihrem molligen Busen ein Nickerchen machte und das größere Kind auf meinen Schoß strebte, teilte mir diese ungewöhnliche Schwabenfrau mit, daß sie so gut wie ruiniert sei.

»Mir hen ons mit dem Kauf von dere Wohnung total verkalkuliert«, sagte sie und goß Kaffee nach. »I han nämlich mei Schtell verlore, und die monatliche Belaschtunge sen arg hoch, alloi die Nebekoschte betraget dreihundert Mark. Deshalb hen mer ons entschließe müsse, erscht amol zu vermiete, bis mer ons erholt hen, finanziell mein' i.«

»Ja, aber wo werden Sie dann wohnen?«

Frau Wangel lachte.

»Oh, mir ziehet ins Häusle von meine Eltern. Do rucke mer halt a bißle z'amme. Die Kender hen a Gärtle und i ka meiner Mutter was helfe, es geht scho, 's isch ja bloß a Notbehelf.«

Ich rührte in meiner Tasse und stellte Überlegungen an, wie lang es wohl dauern würde, bis sich die Wangels erholt haben und zurück in ihre Wohnung streben würden. Bei der in diesem Haus herrschenden Gastfreundschaft, die geradezu in Verschwendung ausartete (zu der dritten Tasse Kaffee hatten sich inzwischen Marmorkuchen und Likör gesellt) konnte es eventuell ein bißchen länger dauern, aber würde es für uns lange genug sein?

»Mir hen ons halt denkt, daß mer en Fünfjahresvertrag machet«, plauderte Frau Wangel in meine Gedanken hinein, »bis dano werdet Se au was Eigenes habe wolle!«

Offensichtlich ging sie davon aus, daß das unwürdige Mieterdasein mit all seinen Widrigkeiten, allen voran das Mietebezahlen, für halbwegs gescheite Leute ebenfalls nur ein Übergang sein konnte und einem mit einem Fünfjahresvertrag bestens gedient sei.

Doch obwohl ich mich mit Frau Wangel gut verstand,

die Wohnung großzügig geschnitten war, und Frau Wangel mehrmals betonte, wir könnten so viele Kinder mitbringen, wie wir wollten, mußte ich ihr einen abschlägigen Bescheid geben. In diese Hochhauswohnung würde Valentin nie und nimmer einziehen.

Trotzdem verabschiedeten wir uns herzlich voneinander, und ich stieg betrübt die vielen Treppen wieder hinunter. Ebenso betrübt winkte Frau Wangel mir von ihrem Balkon aus nach.

»Ich habe einen reizenden Vormittag verbracht«, teilte Trine mir mit, mit der ich mich zu einem verspäteten Mittagessen in der »Traube« traf.

»Frau Stumpf ist recht wohlhabend und besitzt ein schönes Haus mit riesigem Garten. Sie ist verwitwet und hätte es eigentlich gar nicht nötig zu vermieten. Aber sie fühlt sich halt ein bißchen einsam in dem großen Haus und möchte es auch nicht allein lassen, wenn sie auf einer ihrer zahlreichen Reisen ist.« Sie warf mir einen Blick zu. »Ihr könnt übrigens gleich morgen einziehen, Kinder und Hunde stören sie nicht!«

»Aber?« fragte ich und wartete auf den Pferdefuß.

Da kam er schon. Trine hob bedauernd die Schultern.

»Das Haus ist vollmöbliert und bestückt mit Andenken, die sie und ihr Mann von ihren Reisen mitgebracht haben. Sie sucht eine Familie, die die Wohnung mitsamt den Möbeln übernimmt.«

»Schade!« sagte ich.

»Ja, sehr schade«, stimmte Trine zu.

»Es hat sich aber trotzdem gelohnt, daß ich hingefahren bin. Ich habe mich ausgezeichnet unterhalten. Mich hätte sie übrigens auch gern als Mieterin gehabt«, fügte sie zufrieden hinzu. »Ich habe gar nicht gemerkt, wie schnell die Zeit verging. Irgendwie kam es mir vor, als wären wir alte Bekannte. Zum Schluß haben wir Rezepte und Strickmuster ausgetauscht, und ich mußte ihr in die Hand versprechen, daß ich mich jedesmal bei ihr blicken lasse, wenn ich im Ländle bin.« Sie warf mir einen Blick zu. »Du hast wohl noch gar keine Freundschaften geschlossen, seitdem du hier bist?«

»Ich bin bis jetzt noch nicht mit den richtigen Leuten zusammengekommen«, sagte ich unwirsch, »und hatte auch andere Sorgen!«

»Paß auf, du wirst hier noch völlig vereinsamen«, stellte Trine fröhlich fest.

Wir blickten sinnend in die strahlende Landschaft hinaus, ich weniger vergnügt als sie. Schließlich sagte Trine:

»Ach, beinah hätte ich es vergessen, Frau Stumpf hat mir da die Adresse des Sohnes ihres Nachbarn gegeben, der in der Kreisstadt eine Wohnung hat, für die er einen Mieter sucht. Wo hab' ich's doch gleich?« Sie pfriemelte aus einem Wust von Back- und Strickanleitungen einen kleinen Zettel hervor und reichte ihn mit triumphierender Geste über den Tisch. »Frau Stumpf sagt, du sollst dich unbedingt so schnell wie möglich dort melden, es handle sich um ein junges, sehr tolerantes Ehepaar.«

Ich nahm die Adresse lustlos entgegen und verstaute sie in meinem Portemonnaie. Ein tolerantes Ehepaar, bei dem wir die Chance hatten, daß sie uns »vielleicht« nehmen würden! Mußte man, um uns als Mieter zu akzeptieren, ungewöhnlich tolerant sein? Schließlich wollten wir kein Bordell eröffnen.

»Es soll sich übrigens um eine exquisite Wohnung handeln«, plauderte Trine in meine finsteren Gedanken hinein. »Sie liegt direkt im Zentrum der Kreisstadt!«

Im Zentrum der Kreisstadt, wie schön!

»Ich werde heute abend gleich einmal anrufen«, sagte ich ohne jede Begeisterung. Der Traum von der Parterrewohnung mit Garten, vom warmen Sommerabend beim Viertele auf der Terrasse, von fröhlichen Grillfesten und Kaffee-und-Kuchen-Sonntagen unter blauem Himmel verfiel lautlos zu Asche. Ich begrub ihn still und leise an jener geschützten Stelle, an welcher auch die anderen Träume ruhten.

Der nächste Tag war ein blitzblauer Frühlingstag, einer von der Sorte, an dem man ein neues Springseil oder neue Rollschuhe ausprobieren, die Verandamöbel streichen oder in die Stadt gehen und einen Hut kaufen möchte. Mutter Täuble rollte bereits früh um acht sämtliche Teppiche des Hauses zusammen und klopfte sie im Garten hinter dem Haus, daß es eine Lust war, ihr zuzusehen. Vater Täuble hämmerte hinten bei den Ställen irgendetwas zusammen, und die Küchenhilfe schälte in der Morgensonne am Fenster sitzend Kartoffeln. Es war ein Idyll, wie es in Pias Bilderbuch ›Bei uns auf dem Lande‹ nicht schöner abgebildet war, und ich dachte, daß es wohl der rechte Morgen sei, um ein Häuschen mit Garten zu beziehen und ein Kräuterbeet anzulegen. Aber ich mußte in die Kreisstadt und mich dem unbekannten toleranten Ehepaar als mögliche Mieterin präsentieren. Gemäß Trines Ratschlag zog ich mich schlicht und einfach an, wählte den langweiligen grauen Faltenrock, dazu eine tadellos gebügelte weiße Bluse, schlang ein Seidentuch um den Hals, fand es dann doch zu verwegen und legte es zurück in den Schrank. Den adretten blauen Blazer ordentlich über den Arm gelegt, sprach ich kurze Zeit später bei Trine vor, die in der sonnendurchwärmten Gaststube saß und in alten Journalen blätterte.

»Wie gefalle ich dir?« Sie blickte auf.

»Selbst ein weniger tolerantes Ehepaar dürfte nichts auszusetzen finden. Aber den Wagen könntest du ruhig mal waschen lassen!«

»Den werde ich in einer Seitenstraße verstecken und gegebenenfalls verleugnen!«

Sie lachte. »Na, dann wünsche ich dir viel Glück, ich habe das Gefühl, daß es heute klappt!«

»Ich auch«, erwiderte ich, »schon aus dem Grund, weil eine Wohnung im Zentrum der Kreisstadt das letzte ist, was Valentin und ich uns erträumt haben!«

Die Kreisstadt präsentierte sich an diesem blauen Morgen in fröhlicher Geschäftigkeit. Jedermann schien unterwegs zu sein. Der Marktplatz mit seinen ehrwürdigen alten Fachwerkbauten, der Kirche und den beiden plätschernden Marktbrunnen übertraf an Schönheit noch seine eigene Abbildung im Touristenprospekt. Das rote Kopfsteinpflaster, die bunten Blumenkästen, die Tauben auf dem Dachsims, der Brotstand vor dem Rathaus, die hübschen schmiedeeisernen Ladenschilder und die kleinen Geschäfte paßten ebenso ins Bild wie der Schutzmann, der gewichtig sein Revier abschritt, der Schornsteinfeger auf dem Dach der Metzgerei Huckel und die Schulkinder, die scharenweise über den Platz liefen. Ich kaufte mir in der Bäckerei zwei Laugenbrezeln, setzte mich unter die Linde vor die Kirche, baumelte mit den Beinen und der Seele, besah mir zufrieden das geschäftige Treiben ringsum, fühlte mich einmal mehr als Touristin und wie im Urlaub und zögerte meinen Besuch bei dem toleranten Ehepaar so lange wie möglich hinaus. Endlich fragte ich mich zu der besagten Adresse durch, bekam den Hinweis, daß es gleich die erste Straße vom Marktplatz sei und machte mich auf den Weg.

Die Wohnung lag in der ersten Etage eines vollrenovierten Fachwerkhauses. Ringsum eine Idylle aus schiefen Dächern, ausgetretenen Stufen, liebevoll gepflegten kleinen Gärtchen und Stäffele, welche den Hang hinaufkletterten. Innen gab es weißen Marmor, blinkende Messingschilder, Kübelpflanzen in Hydrokultur und vornehme, kühle Stille. Ich stieg gemessenen Schrittes die Treppe hinauf und klingelte. Frau Bringle öffnete die Tür. Ich stellte mich vor.

»Oh«, lachte sie, »das hätte ich nun nicht gedacht!« Sie musterte Faltenrock und Bluse. Ich musterte sie.

Frau Bringle trug ein enganliegendes schwarzes Kleid mit einem äußerst raffinierten Wickeloberteil, welches bei gewissen Bewegungen tiefe Einblicke auf einen wohlgeformten Busen gestattete, fliederfarbene Sandaletten mit hohen Absätzen, klirrende Armreifen und kupferrotes, lang herabwallendes Haar. Wenn sie es mit einer raschen, gekonnten Gebärde zurückstrich, blinkte ein Knopf im linken Ohr. Sie reichte mir eine schmalgliedrige Hand.

»Ich freue mich, Sie kennenzulernen. Frau Stumpf hat Sie uns bereits angekündigt.« Sie warf mir einen prüfenden Blick zu. »Sie kommen aus der Nähe von Düsseldorf, nicht wahr?«

Ich nickte bestätigend. Außerhalb meiner engsten Heimat komme ich immer »aus der Nähe von Düsseldorf«, es hat sich bewährt.

»Ach, eine elegante Stadt«, seufzte Frau Bringle. »Ganz anders als hier. Vor Düsseldorferinnen hat man schon Respekt, sie haben einfach mehr Schick als andere Frauen. Da muß man sich anstrengen.« Sie lachte. Nun, für mich, das besagte deutlich der Blick, mit welchem sie meinen biederen Aufzug streifte, hatte sie sich unnötig angestrengt. Ich mußte lächeln. Während ich in der »Traube« vor dem Spiegel gestanden und, um der etwaigen Vermieterin zu gefallen, diese einfältige Kombination gewählt hatte, hatte ihrerseits Frau Bringle ihre Garderobe gesichtet, auf daß die Gegenüberstellung mit der schicken Frau aus Düsseldorf nicht allzusehr zu ihren Ungunsten ausfallen möge.

Frau Bringle stöckelte durch eine dunkle Diele, ich trampelte auf dicken Sportschuhen hinterher. Sie öffnete eine Tür.

»Ja, das also wäre der Wohnraum.« Ich versank in andächtiges Schweigen. Das hätte ich nun nicht erwartet. Hinter der traulichen Fachwerkfassade verbarg sich ein Raum von erstaunlichen Ausmaßen. Er reichte über die gesamte Breite des Hauses und atmete einen Hauch von Hollywood.

»Wir haben die Wand zur Küche herausgerissen, um einen größeren Raum für Partys zu gewinnen. Wir fanden es auch schicker so. Nur hört man jetzt natürlich sehr stark die Spülmaschine und die Dunstabzugshaube. Andererseits«, sie lachte, »kann man beim Fernsehen den Braten im Auge behalten.«

»Raffiniert«, murmelte ich.

»Ja, wir sind nicht fürs Gewöhnliche, ich zeige Ihnen jetzt das Bad!« Frau Bringle sprach ein etwas bemühtes Hochdeutsch, das jedoch nicht unsympathisch klang. Ich verstand sie mühelos und war ihr dankbar dafür.

Auch im Bad waren die Maurer und Frau Bringles Sinn fürs Ungewöhnliche am Werk gewesen. Die Wand zum angrenzenden Kämmerchen war herausgerissen, das Bad um einige Quadratmeter erweitert worden. Ich stand und staunte stumm. Marmor, so weit das Auge reichte, eine geräumige runde Wanne, vergoldete Hähne in Form von Schwanenköpfen, vergoldete Seifenschälchen. In drei raumhohen Spiegeln konnte ich sehen, wie zerzaust meine Frisur war und wie spießig das weiße Blüschen zu dem adretten Faltenrock wirkte, vor allem wenn man den Aufzug mit dem von Frau Bringle verglich.

»Wunderschön«, stammelte ich beeindruckt, womit ich das Bad und seine Besitzerin zu gleichen Teilen meinte.

»Ja, wir haben auf dem Land gebaut und wollen nun vermieten «, erläuterte mir Frau Bringle ihre Lage. »Aber es ist schwer. Die Leute hier sind konservativ. Sie wollen nicht einen jeden, der zufällig vorbeikommt, in ihre Küche gucken lassen, und wenn sie das Bad sehen, fragen sie, was es kostet, die Wanne ganz mit Wasser zu füllen, und wer all die Spiegel putzen soll.« Eben diese Frage hatte ich mir gerade auch gestellt. »Vorgestern war ein Ehepaar hier«, Frau Bringle lachte herzlich, »das doch tatsächlich sagte, es würde sich schämen, Freunden und Verwandten dieses Lustbad zu zeigen. Da könnte man ja sonstwas denken!«

»Was denn?« fragte ich hinterhältig.

»Na, daß man halt zu gewissen Partys einlädt und so, Sie wissen schon!« sagte Frau Bringle in gedämpftem Ton. Ich nickte ernst mit dem Kopf und sagte, daß ich schon wüßte, mir jedoch über diesbezügliche Gedanken *meines* Freundes- und Verwandtenkreises keine Sorgen zu machen brauchte.

»In Düsseldorf ist eben alles freier!« sagte Frau Bringle wehmütig.

Das Schlafzimmer war mit lila Teppichboden ausgelegt, auf welchem man, wie ich weniger »frei« als hausfraulich dachte, jeden Flusen sehen würde, und wies überdies ein rundes Polsterbett mit einer stattlichen Kissenparade und einen zwölftürigen Kleiderschrank auf. Alle zwölf Türen waren verspiegelt. Ich warf einen Blick auf die schicke Frau Bringle und dachte, daß der Aufenthalt in einer derart verspiegelten Wohnung wohl erzieherischen Einfluß auf die äußere Erscheinung haben mußte. Der Blick durch die kleinen geteilten Scheiben ließ den Ausschnitt einer Gartenidylle des dahinter liegenden Hauses nebst Geräteschuppen und Wäschespinne frei. Der Kontrast: außen Spitzweg, innen Hollywood war originell und verwirrend zugleich.

Die beiden winzigen Kinderzimmer gingen zur Straße hinaus und boten nur wenig Raum zum Spielen.

»Sie können gern die Zwischenwand herausreißen«, klärte mich Frau Bringle auf, »falls Ihnen das besser gefällt. Sonst können die Kinder natürlich wunderbar in dem großen Wohnraum herumtollen, und wenn sie erst mal das Bad entdeckt haben, kriegen Sie sie gar nicht mehr aus der Wanne raus!« Ich sah Frau Bringle bewundernd an. Sie war wirklich sehr tolerant, oder sie hatte eine Maurerlehre gemacht, ehe sie sich dem Leben als »schicker Frau« zuwandte. Nie zuvor hatte ich jemanden kennengelernt, der mit solcher Nonchalance Wände niederriß.

Zu der Wohnung gehörte eine hübsche Terrasse, die mit zwei Kübelpalmen, Bastmatten und Rattanmöbeln ausgestattet war. Ich fand, daß sich die Palmen mit den tiefgrünen Tannen ringsum »bissen« und einen seltsamen Kontrast zu all dem dörflichen Fachwerk bildeten, sprach meine Gedanken jedoch nicht aus.

Frau Bringle war halt mit Macht bemüht gewesen, dem Schicksal, welches sie in diese kleine Stadt verschlagen hatte, die Stirn zu bieten. Mochte auch ringsum Spitzwegs Idylle herrschen, innen herrschte Film.

Sie bat mich freundlich, auf der Terrasse Platz zu nehmen, holte eine Teekanne und schenkte ein. Die Luft war warm, die Vögel zwitscherten, ich lehnte mich zurück und fühlte mich wohl.

»Ich bin ja nicht von hier«, sagte sie und warf der Wäschespinne im Garten über das Balkongeländer hinweg einen verächtlichen Blick zu. »Ich bin in Stuttgart geboren und hab' schon als kleines Mädchen nach München gewollt, um Design zu studieren. Das hab' ich dann auch getan.« Sie lächelte mich wehmütig an. »Und dann wollte ich nach Düsseldorf gehen, das war eigentlich immer meine Traumstadt!«

Sie machte eine bedeutungsvolle Pause und erwartete wohl eine Antwort.

»Und warum sind Sie nicht gegangen?« fragte ich höflich.

»Ich habe mich in einen Schwaben verliebt«, lachte sie und sah mich über den Rand ihrer Teetasse hinweg vielsagend an.

Ich überlegte gerade, ob die Einfuhr von Schwaben nach Düsseldorf gesetzlich verboten ist, als sie fortfuhr: »Mein Mann hat eine kleine Firma in Sindelfingen, wo wir jetzt auch gebaut haben.« Sie seufzte dem unerfüllten Traum vom Großstadtleben, der sich ein für allemal zerschlagen hatte, wehmütig nach.

»Also es ist schon ein tolles Haus geworden«, fuhr sie dann fort, »aber jetzt kann ich mich für immer und ewig mit dem Landleben abfinden!«

Ich hörte ihrem Bericht zu und lächelte. Auch Frau Bringle hatte also ihre geheimen Träume. Im Laufe unseres Gespräches war sie übrigens immer mehr ins Schwäbeln geraten, bis ihr Bericht schließlich in der Feststellung gipfelte:

»Jetzt kann i mi ganz aus der Welt z'rückziehe à la ›mei Heim isch mei Castle!‹«

Ich lachte und sagte, daß wir uns wohl entschließen würden, ihre Wohnung zu mieten und baldmöglichst einziehen wollten. Einen kleinen Dackel (ich zeigte die Größe einer gerade geborenen Maus an) hätten wir allerdings auch in der Familie.

Frau Bringle nahm dies ohne mit der Wimper zu zukken zur Kenntnis. Dann nannte sie den Mietpreis.

Ich schluckte erst und sagte, es wäre recht.

Ja, und ein Abstand für die Luxusküche sei auch zu entrichten. 5000 DM schienen ihr angemessen.

Ich dachte an Vater Täuble, nickte jedoch tapfer. Dann erhob ich mich und streckte ihr die Hand hin. Aber Frau Bringle hatte noch etwas auf dem Herzen.

»Ah, eh i's vergeß', mir habet koin Hausmeischter. Des bißle Kehrwoch, des machet mir selber! Die kloine isch vierzehntägig, die große im Dreiwochetakt zu erledigen. Mit Frage wendet Se sich am beschte an Frau Mugglhahn im Parterre, die isch unterrichtet!«

»Ist gut, danke!«

Wir lächelten uns an.

»Die Teppichböde ond die Auslegware im Bad, die bleibet natürlich drin, ond ... die beide Palme do, die schenket mer Ihne!«

Ich verließ meine tolerante Vermieterin, Freude und Triumph im Herzen, und stand wenig später wieder auf dem idyllischen Marktplatz. An den Kontrast zwischen drinnen und draußen würden wir uns erst gewöhnen müssen. Einstweilen traf mich die Kombination wie ein Menü, bestehend aus Coquilles Saint-Jacques à la Parisienne und Ochsenmaulsalat.

Am Abend rief ich Valentin an.

»Du, wir haben endlich eine Wohnung!« jubelte ich ihn an.

»Wie herrlich, wo denn?« freute er sich.

»Du wirst staunen, sie liegt direkt im Zentrum der Kreisstadt!«

»In die Stadt wollte ich nicht, das war doch besprochen«, antwortete er ernüchtert.

»Aber es ist doch eine romantische, verwinkelte, kleine!«

»Ich wollte auch in keine verwinkelte kleine!«

»Innen ist's wie Hollywood, wir haben eine Wanne, in der wir zu viert baden können, ringsum Marmor und Spiegel, und im Wohnzimmer kannst du der Spülmaschine bei der Arbeit zusehen, auf der Terrasse zwei Palmen ...«

»Grauenvoll!« unterbrach er meinen Redeschwall, »genau so was habe ich nicht gewollt. Weißt du, ich habe an eine ganz normale Parterrewohnung gedacht, mit einem ganz normalen Bad und einer ganz normalen Küche und einem ganz normalen Garten ringsum. So etwas«, fügte er hinzu, »muß doch im Ländle eher zu finden sein als ein Marmorbad und Palmen!«

»Es geht nicht um die Häufigkeit des Vorkommens«, klärte ich ihn auf, »es geht um etwas anderes!«

»Und das wäre?«

»Ein Vermieter, der eine Familie wie uns nimmt, muß tolerant sein!«

»Wieso, ich will doch bloß ganz normal drin wohnen und keine rot beleuchtete Bar einrichten«, sagte er.

»Genau das könntest du aber in der wunderbaren Wohnung, die ich gefunden habe, leicht tun«, klärte ich ihn auf. »Bedenke doch den Vorteil, falls es mit dem Job nicht so recht klappen sollte oder wenn es wieder einen Herrn Brenner gibt, der dir das Arbeitsleben vergällt!«

»Na, das würde dein tolerantes Ehepaar sicher auch nicht gestatten«, lachte Valentin.

»Die gestatten sogar, daß man kleine Dackel mitbringt und Wände einreißt«, erzählte ich ihm.

Valentin machte einen erschrockenen Atemzug, wohl, um sich zu fassen, dann sagte er:

»Du, ich komme gleich Sonntag mal runter und werde alles auf seine Richtigkeit hin überprüfen. Das Bad, die Palmen, die niedergerissenen Wände und deinen Verstand.«

»Ja, komm nur«, rief ich erfreut. »Du staunst bestimmt!«

»Sicher!« sagte er trocken. »Bis dann!« Und legte auf.

Einer von Valentins frühesten Vorfahren soll ein Ostfriese gewesen sein. Dieser Urahn sorgt verantwortungsbewußt dafür, daß Valentin stets auf dem Boden der Tatsachen bleibt und daß seine Phantasie keine Purzelbäume schießt.

Ich lief leichtfüßig zur »Traube« zurück und bestellte gleich vier Himbeergeister. Einen für Trine, einen für Vater Täuble, einen für Mutter Täuble und einen für mich. Nachdem wir auf die endlich gefundene Wohnung angestoßen hatten, sah mich der Gastwirt treuherzig an und sagte:

»Ach wisset Se, i tät mi trotzdem freue, wenn Se endlich Vernunft annehme ond sich was Eigenes baue tätet. So a Mietsverhältnis, des isch eifach nix G'scheits. Domit sott mer sich net abfinde!«

Ich versprach ihm, mir den Gedanken durch den Kopf gehen zu lassen, später einmal!

Daß wir gewillt waren, allein für die Luxusküche 5000 Mark extra zu zahlen, behielt ich tunlichst für mich.

Eins vor – zwei zurück oder no koine Umschtänd

Rickele, die Straße fegen!
Soll das Zerfen ewig währen?

Es wurde Sommer, ehe wir unsere Heimat verließen. Die Kinder hatten Schulferien, Valentin einen mehrwöchigen Resturlaub. Der Umzug ging schnell und problemlos vonstatten, zumal wir die Hunde zunächst bei Trine ließen, um sie später nachzuholen.

In unserer ersten Woche im Ländle waren wir bis spät in die Nacht hinein damit beschäftigt, Möbel zu plazieren, die Bilder aufzuhängen, Bücher und Geschirr einzuordnen und alles andere »auf später« zu verschieben.

In der zweiten waren wir so beseelt von dem Gedanken, die letzten gemeinsamen Urlaubstage noch, so gut es ging, zu genießen, daß wir uns bereits früh am Morgen auf den Weg machten und in der duftenden, frischen Morgenkühle den Hang hinter unserem Haus hinaufkletterten. Es war ein wunderbares Erlebnis, die letzten Häuser hinter sich zu lassen und sofort in die große Stille des Waldes eintauchen zu können. Wir atmeten tief die köstliche Luft in unsere verseuchten Lungen und sahen uns glücklich an.

»Schade um jedes Jahr, das man in den großen benzinverpesteten Städten verbracht hat«, sagte Valentin. »Schade um jeden Sommer, der einfach so dahingegangen ist, ohne daß es einem recht bewußt wurde!«

Es schien ein heißer Tag zu werden! Ein hoher blauer Himmel stand über uns, und das Land war bald von Hitze und Licht durchtränkt.

Wir liefen im Gänsemarsch über den federnden Waldboden durch die finsteren, märchenhaft anmutenden Tannen und kamen bald auf eine Lichtung, die so versponnen dalag, daß man das Gefühl hatte, seit Jahren der erste Mensch zu sein, der sie wieder einmal betrat.

Später wanderten wir über die Höhe, auf heißen Feldwegen durch wogende Ährenfelder, aus denen uns Mohn und Kornblumen entgegenlachten wie ein freundlicher Gruß aus Kinderzeiten. Dann erreichten wir aufs neue den schattigen Wald und ließen uns an einem einsam gelegenen Hang nieder. Dort rasteten wir, vor uns die sommerliche Landschaft, flirrend in der Mittagshitze, umgeben vom geschäftigen Gesumm der Bienen und Käfer, leicht umfächelt vom Laub der Bäume, deren Geäst sich hoch über uns gegen den tiefblauen Himmel abhob. Es war schön, es war wie Ferien, nein, es war besser als Ferien, es war wie Zeitlosigkeit.

»Wir gehen heute wieder in den Wald, ja?« bedrängten uns die Kinder am nächsten Morgen, als wir sehr zufrieden auf unserer Terrasse saßen und Kaffee tranken.

»Vielleicht können wir heute mal zu jener tollen Stelle gehen, wo die großen Felsbrocken lagen«, schlug Pia vor.

»Ja, da wo in der Nähe der Wasserfall war«, schrie Peer. »Da können wir alle zusammen Indianer spielen. Ich nehme mein Zelt und die Flitzebogen mit rauf.«

Wir hatten gerade die Wanderkarte auf dem Tisch ausgebreitet, um herauszufinden, wo sich die herrliche Stelle mit den Felsbrocken befand, da klingelte es.

Es war Frau Mugglhahn. Von Trines nachbarschaftlicher Liebe verwöhnt, lächelte ich sie vertrauensvoll an.

»Ah, Sie sind Frau Mugglhahn, Frau Bringle hat uns bereits von Ihnen erzählt. Kommen Sie doch herein und trinken Sie ein Täßchen Kaffee mit uns. Wir sind gerade dabei zu frühstücken.«

Ich öffnete einladend die Tür und winkte Frau Mugglhahn mit freundlicher Geste, doch näherzutreten. Frau Mugglhahn jedoch legte keinerlei Wert darauf, näherzutreten und ihre kostbaren Morgenstunden mit sinnlosen Plaudereien zu vergeuden. Sie kam sofort zur Sache.

»I bin bloß komme, um Se an die Kehrwoch zu erinnere!« sagte sie und setzte dieselbe Miene auf, die ich schon an dem Dorfpolizisten bewundert hatte, als er sich gleich an unserem ersten Tag anschickte, unseren nicht ganz ordnungsgemäß geparkten Wagen aufzuschreiben; eine Miene, die deutlich erkennen ließ, daß hier kein Mensch, sondern das Gesetz persönlich waltet, welches Schmeicheleien jeglicher Art unzugänglich ist.

»Frau Bringle hat Ihne ja sicher g'sagt, daß Sie mit der Kehrwoch dran sen!«

Ich lächelte überlegen. So kam sie mir nicht! Ich war schließlich kein Anfänger und wußte sehr wohl, daß der Schwabe außerhalb seiner Landesgrenzen nicht nur durch die Marotte des Häuslebauens, sondern ebenso durch die der Kehrwoche bekannt ist. Also hatte ich vorgesorgt.

Ich lächelte meine neue Nachbarin so gewinnend wie möglich an und sagte verbindlich:

»Aber ich habe die Treppe noch am Einzugstag gewischt!«

»Ja des isch wohl selbstverschtändlich, daß Se Ihr'n eigene Dreck wegputzet«, erwiderte Frau Mugglhahn, und ich betrachtete interessiert eine bläuliche Ader, die unvermutet auf ihrer Stirn erschien. »Zu re normale Kehrwoch g'hört scho a bißle meh dazu, als was Sie d' Trepp uffwische nennet!«

Ich blickte sie stumm an. Sie gab den Blick zurück.

»Ja, vielleicht sollten wir uns einmal ganz in Ruhe über die in diesem Hause herrschenden Gepflogenheiten unterhalten«, sagte ich schließlich, »ich meine aber, daß man das doch wirklich besser bei einem Täßchen Kaffee besprechen kann als hier auf dem Treppenabsatz!«

Einladend lächelnd trat ich einen Schritt vor.

Frau Mugglhahn wich einen Schritt zurück. Sie wich jenen Schritt zurück, den sie fortan immer zurückweichen sollte, wenn ihr jemand, mit dem sie nicht blutsverwandt, verheiratet oder doch zumindest verschwägert war, zu nahe treten wollte. Egal wie oft wir sie auch einluden, egal wie oft wir um ihre Freundschaft warben, sie preßte durch die Zähne ein erschrecktes »No koine Umschtänd« und ging auf Abstand. Wir haben dieses Zurückweichen auch später noch sehr oft im Ländle erfahren und uns anfangs deswegen gegrämt, dann nur noch gewundert und schließlich hatten wir uns so daran gewöhnt, daß es uns gar nicht mehr auffiel. Bei unserer Nachbarin war die energische Verweigerung jeglichen »Nähertretens« jedoch ganz besonders auffällig, denn nicht ein einziges Mal während der gesamten Dauer unserer Hausgemeinschaft gelang es uns, sie in unsere Wohnung zu locken.

Ich dachte, daß sie womöglich ein unumstößliches Gesetz daran hinderte, ein Gesetz, das deutlich besagte, daß sich eine rechte Schwäbin niemals zwischen sechs Uhr morgens und zehn Uhr abends irgendwo niederläßt. Oder aber sie wollte sich nicht verpflichtet fühlen, uns ihrerseits in ihr Allerheiligstes zu bitten, was eine unendliche Reihe von Hin und Her und mannigfaltigen Bewirtungen nach sich ziehen konnte. Vielleicht hatte sie aber auch in ihrem Bekanntenkreis von jenen Zugereisten aus dem Ruhrgebiet gehört, die, nachdem man ihnen erst einmal gutgläubig die Tür geöffnet und etwas verlegen die Aufforderung sich doch zu duzen angenommen hatte, nunmehr geradezu familiäre Züge entwickelten, die sich dahingehend äußerten, zu jeder Tages- und Nachtzeit einfach zu klingeln und sich per: »Heinerle, hasse noch'n Bier?« in den Sesseln zu räkeln. Auf Situationen dieser Art wollte Frau Mugglhahn es gar nicht erst ankommen lassen, indem sie jegliche Annäherung mit den Worten: »No koine Umständ « von vornherein zurückwies.

Aber all diese Kenntnisse einer rechten schwäbischen Hausfrauenseele standen mir damals noch nicht zur Verfügung, und so wiederholte ich meine Einladung an unserem Frühstück teilzunehmen oder doch wenigstens bis in den Korridor vorzudringen, dreimal, und dreimal wurde sie zurückgewiesen. Schließlich lehnte ich mich mit verschränkten Armen gegen den Türrahmen und vernahm, was alles zu meinen künftigen Pflichten, die berühmt-berüchtigte Kehrwoche betreffend, gehören würde:

Zweimal wöchentlich Naßwischen der kostbaren Marmortreppe.

Tägliches gründliches Kehren.

Einmal wöchentlich Kehren und Feuchtwischen der Kellergänge und des Trockenraumes. Kehren der Tiefgarage. Alle zwei Tage Kehren der Straße, bis »dahin wo's Haus aufhört«.

Im Winter Schneebeseitigung und Streuen.

Valentin kam hinzu und fragte scheinheilig, ob man Straße und Garage auch polieren müsse und ob es üblich sei, die Straße während der Kehrwoche scharf und unablässig im Auge zu behalten, denn immerhin könne es ja sein, daß jemand eine Kippe oder sonstigen Unrat in die Gosse wirft, nachdem man gerade gefegt hätte.

Frau Mugglhahn ging auf seine unsachlichen Bemerkungen nicht ein, sondern bemerkte lediglich, daß es ja wohl selbstverständlich sei, die Straße in Zeiten besonderer Beanspruchung auch einmal außer der Reihe zu fegen.

»Welche besondere Beanspruchung denn?« fragte ich erschreckt.

»Ha, bei Volksfeschte zum Beischpiel, oder wenn Jugendliche nachts g'lärmt hen!«

Die Tiefgarage müsse übrigens, aber das verstünde sich ja von selbst, alle vier Wochen gut ausgespritzt werden, ein Geschäft, welches gewöhnlich, hier blickte sie Valentin unerschrocken ins Auge, die Männer besorgten. Valentin senkte den Blick. Frau Mugglhahn hob den ihren.

»Ja, ond die Schpeicherfenschter müsset halt au putzt werde, alle drei Woche, schreibet Se sich des am beschte auf, des vergißt mer leicht.«

Ich bestätigte, daß eine gewisse Vergeßlichkeit auf diesem Sektor tatsächlich zu meinen Untugenden gehörte und dachte sehnsuchtsvoll an den Kaffee, der während unserer Unterhaltung auskühlte.

»Ja, dann danke ich Ihnen sehr für Ihre Mühe«, sagte ich und wollte die Tür schließen, aber Frau Mugglhahn brannte noch etwas auf der Seele.

»Ihre Kinder brenget Se am beschte glei bei, daß des Treppehaus koi Schpielplatz isch, ond no tun Se mir de G'falle ond laufet Se net immer en Schuh in der Wohnung rum. Ziehet Se Hausschuh an, do hört mer Se net so ond für de Teppich isch's au besser.«

Ich versprach ihr erschöpft alles, was sie wollte, auf die Kinder, unsere Fußbekleidung und etwaigen Unrat auf der Straße peinlich genau zu achten. Sie reichte mir zum Abschied versöhnlich die Hand und meinte, daß es halt immer ein bißchen schwierig sei, wenn Wohnungsbesitzer »ond solche, die wo bloß g'mietet hen« sich eine Hausgemeinschaft teilen würden.

Ich schloß nachdenklich und besorgt die Tür und dachte, wie Frau Mugglhahn wohl den Zuzug von Karl und Klara aufnehmen würde, deren Existenz ihr bislang verborgen geblieben war, und ob sie deren Anwesenheit wohl jemals im Hause tolerieren würde, auch wenn ich ihr versprechen konnte, daß sie niemals, nicht mal in Ausnahmefällen, in Schuhen durch die Wohnung toben würden.

Ich faltete die Wanderkarte zusammen, griff seufzend nach Kehrblech und Schaufel und machte mich ans Werk. Den Ausflug verschoben wir auf später.

In den folgenden Wochen hatte ich Gelegenheit festzustellen, daß Frau Mugglhahn einem nachbarlichen Gedankenaustausch keineswegs so unzugänglich war, wie mir anfangs schien. Sie befolgte dabei nur andere Regeln. Gemütliches Sich-Niederlassen – einerlei wo auch immer – war verpönt, aber mit einem Symbol der Schaffensfreude in der Hand, einem Besen oder einem Eimer etwa, auf der Straße oder im Flur stehend, vorzugsweise auch mit einem Gartengerät bewaffnet gegen den Zaun gelehnt, war sie einem ausgiebigen Tratsch durchaus nicht abgeneigt, sofern man es sich zu diesem Zweck nur nicht gemütlich machte oder gar das Arbeitsgerät aus der Hand legte.

Dieselbe Art der Unterhaltung konnte ich später auch bei zwei anderen Nachbarinnen beobachten. Stehend, die eine eine Gießkanne, die andere einen Besen in der Hand, brachten diese beiden es fertig, bis zu eineinhalb Stunden angeregt miteinander zu klatschen, zum Schluß ein bißchen erschöpft, aber tapfer des öfteren das Standbein wechselnd, derweil sich in beider Rücken, zum Greifen nahe, bequem ausgestattete Terrassen befanden! Aber sich während der Unterhaltung in den gepolsterten Stühlen niederzulassen widersprach offensichtlich der guten Sitte. Während der gesamten Dauer unseres Aufenthaltes in diesem Haus haben wir besagte Terrassen übrigens niemals in Gebrauch gesehen, wenn man von den Samstagvormittagen, an denen sie mit Eifer gescheuert und zum Auslüften der Garderobe mißbraucht wurden, einmal absicht. Für uns hatte dieser unverständliche Brauch übrigens viel Gutes, denn Valentins anfänglich geäußerte Befürchtung, wir würden wegen der beiden so nah an unserem Schlafzimmer liegenden Terrassen in Sommernächten wohl kaum zur Ruhe kommen, bewahrheitete sich nicht. Garten-, Grill- und Lampionfeste, womöglich noch mit lauter Musikuntermalung, fanden bei unseren Nachbarn nicht statt.

Ich studierte das Verhalten meiner schwäbischen Schwestern mit Eifer und nahm mir beizeiten vor, künftig, wann immer mich unbezähmbare Plauder- und Klatschlust überfallen sollte, flugs einen Besen zu ergreifen und mit demselben bewaffnet auf die Straße zu eilen, um dort die nächstbeste Nachbarin anzuhalten. Auf diese Weise, dessen war ich mir ziemlich sicher, würde ich einerseits zu einer befriedigenden Kommunikation kommen, andererseits meinen Ruf als schaffensfrohe Hausfrau nicht gefährden.

Aber bald mußte ich zur Kenntnis nehmen, daß mir

meine Erziehung zum gemütlichen Schlendrian ebenso tief in den Knochen saß wie meinen schwäbischen Schwestern die ihre zur Schaffenslust. Bereits nach zehnminütiger Unterhaltung war mir der Besen in der Hand ausgesprochen lästig, und ich trachtete ihn durch eine Tasse Kaffee zu ersetzen. Nach zwanzig Minuten zitterten mir die Knie, und ich dachte sehnsuchtsvoll an meine behagliche Couchecke, und schließlich beschloß ich, meine Plauderstunden auf der Straße wieder aufzugeben, da ich, wie sich eindeutig herausstellen sollte, zu jenen Menschen gehöre, die lieber sitzend vereinsamen als stehend kommunizieren.

Unser neues Leben inmitten des Kreisstädtchens ließ sich gut an. Die Sonne schien, die Vöglein zwitscherten. Morgens duftete die Luft betäubend nach Wald, es roch, wie Pia bemerkte: ganz genau wie unser Fichtennadelschaumbad. Das Gewirr von übereinandergeschachtelten Fachwerkhäusern, über deren Dächer allenthalben der Wald lugte, die holprigen Gäßchen und liebevoll gepflegten Gärten, die Stäffele, die den Hang hinauf- und hinunterkletterten und der Schrei des Nachtvogels, der manchmal zu hören war, entzückten uns sehr. Wenn wir mit schmucken Henkelkörben bewaffnet zum Einkaufen gingen, lässig hinauf in den Wald schlenderten und mit Armen voller Zweige und Gräser zurückkehrten oder uns frohen Augens das bunte Treiben auf »unserem« Marktplatz betrachteten, kamen wir uns vor wie die Hauptdarsteller in einem Heimatfilm, in dem immer die Sonne scheint und die Welt sich in schönster Ordnung befindet. In der zweiten Woche fiel uns dann auf, daß das Leben am Marktplatz mit gewissen Eigenheiten verbunden schien, die uns in erster Begeisterung nicht aufgefallen waren. Es war nicht idyllisch und still, es war geschäftig und laut. Mochten auch die Nachbarn empfindlich sein gegen Lärm, der aus Frohsinn und Freizeitlust geschah, mochten sie bei Kindergeschrei, lauter Radiomusik und

Partylärm unwillig das Gesicht verziehen, der Krach als Begleitung emsiger Schaffenslust schien ihnen wie eine Bachsonate in den Ohren zu klingen, und so sorgten sie dafür, daß dieser Ohrenschmaus niemals verebbte: rund um den Marktplatz herum wurde vom frühen Morgen bis in die Abendstunden hinein geschafft, geschafft, geschafft.

Der Samstag war hier im Gegensatz zu unserer früheren Heimat keinesfalls bereits ein Feiertag. Während wir ein ausgiebiges und besonders ausgedehntes Frühstück genossen, wurden bei Nachbars der Rasen gemäht, die Teppiche geklopft. Der Samstagnachmittag war für die Wagenpflege reserviert. Damit man die Fußballnachrichten nicht verpaßte, hörte man sie aus dem Autoradio. Wir hörten mit. Es dauerte nicht lange, und Valentin gewöhnte es sich ebenfalls an, am Samstagnachmittag unser Auto zu polieren, anstatt es, wie gewohnt, schnell durch die automatische Waschanlage zu jagen. Es glänzte anschließend wie neu, und wir betrachteten es mit Stolz und Verwunderung.

Auch sonst entdeckten wir Freuden, die wir nie zuvor erlebt hatten und nun wonnetrunken auskosteten: Morgens gleich nach dem Aufwachen durch das schlafende Städtchen zu wandern. Zehnmal am Tag in einem der umliegenden Lädchen etwas einzukaufen und sich immer ein Vergnügen daraus zu machen. Sämtliche Amtsgänge, wie nebenbei, zu Fuß erledigen zu können. Die Vasen stets üppig gefüllt zu sehen, ohne dies teuer bezahlen zu müssen. Bei aufkommender Wanderlust sofort loszuwandern, ohne erst lange im Auto gesessen zu haben.

Wenn man von der anfangs sehr irritierenden dauernden Geräuschkulisse einmal absah, so verlebten wir die ersten Wochen in unserer neuen Heimat wirklich in vollendeter Urlaubsfreude, zumal die Familie Mugglhahn ihrerseits in Urlaub fuhr und Frau Mugglhahns staubtuchwedelndes Zu-uns-hinüber-Äugen unserem Nichtstun nicht mehr im Wege stand. Wir verbrachten die Tage in seliger Eintracht, und ich schrieb seitenlange Briefe nach Hause, in denen ich das ländliche Leben pries und mich in Naturschwärmerei erging.

Eines Abends rief Trine an und tat fröhlich kund, die neuen Mieter seien reizende Leute, die sich dermaßen in Klara verliebt hätten, daß sie kurz davorstünde, sie ihnen zu schenken, falls wir eventuell auch mit einem Hund zufrieden seien. Ich begrüßte diesen Vorschlag mit kaum zu unterdrückendem Jubel, die Enttäuschung der Kinder hartherzig übersehend. Sie stritten sich den ganzen Abend, wem Klara denn nun eigentlich gehörte und machten Besitzansprüche auf Karl geltend. Später sollte sich herausstellen, daß das herzige Vieh vornehmlich mein Hund werden sollte, vor allem, wenn es bei Regen Gassi geführt werden mußte.

Karl wurde von einem wenig tierfreundlichen ehemaligen Mieter Trines, der sich auf dem Weg nach München befand, vorbeigebracht. Er lehnte unsere freundliche Einladung, doch hereinzukommen und sich zu erfrischen, brüsk ab und sagte, der Gedanke, das elende Vieh loszuwerden, sei ihm Erfrischung genug.

»Nachdem ich ihn ein paarmal daran gehindert habe, es sich während der Fahrt auf meinem Schoß gemütlich zu machen, war er emsig bemüht, sich durch das geöffnete Fenster hindurch ins Freie zu winden«, berichtete er empört, »und als ich das Fenster schloß, hat er vor Wut meine Polster durchnäßt!« Er warf einen verbitterten Blick auf Karl hinunter, der unschuldig zu ihm hinaufwedelte und fuhr fort: »Wissen Sie, die Abneigung der Schwaben gegen Hunde kann ich nach dieser Fahrt voll und ganz verstehen, schon aus diesem Grunde ist mir dieser intelligente Menschenschlag äußerst sympathisch!« Mit diesem Hinweis verabschiedete er sich eilig. Ich weiß nicht, ob der Verdacht, daß die Schwaben keine Hunde mögen, seine Berechtigung hat oder nicht (obwohl der bekannte Spruch »Schaffe, putze, spare, Hond verkaufe, selber belle« gewisse Rückschlüsse zuläßt), aber auf meinen künftigen Gassigängen fiel mir tatsächlich auf, daß wir bemerkenswert wenig Vierbeiner im Städtle trafen. Vielleicht ließ man sie ja in dieser ländlichen Gegend zu Hause, möglicherweise beruhten meine diesbezüglichen Beobachtungen ganz einfach auf Zufall, aber bald glaubte ich fest daran, daß unsere neuen Nachbarn bereits lange vor uns bemerkt hatten, was uns erst nach und nach auffiel: daß so ein vierbeiniges Sippenmitglied bei aller Freude, die es schenkt, doch stark vom »Schaffe« abhält und (um Frau Mugglhahn zu zitieren) »saumäßig viel Okoschte« macht.

Im September waren die Ferien zu Ende.

Die Kinder machten sich mit bekümmerten Gesichtern zum Schulbeginn bereit. Valentin band, nicht weniger besorgt, nach Wochen zum erstenmal wieder einen »Strick« um den Hals. Alle warfen mir neidische Blicke zu, beteuerten, ich wüßte gar nicht, wie gut ich es hätte, und eilten die Treppe hinunter. Ich schloß die Tür hinter mir und sah mich um: Zum erstenmal allein in der Wohnung, ein seltsames Gefühl. Dann rief ich mich energisch zur Ordnung, dachte, Frau Mugglhahns heutige Rückkehr beachtend, zunächst einmal an die Treppe, wischte diese mit äußerster Sorgfalt und ergriff dann Einkaufskorb und Hundeleine. Ich betrat die Straße. Es war kühl geworden. Ich fühlte mich plötzlich nicht länger als Touristin, die wonnetrunken das ländliche Leben preist, sondern wie eine Touristin, die man mitzunehmen vergessen hat.

Ich kannte inzwischen nahezu sämtliche Geschäfte und deren Inhaber. Ich kannte die Dame im Empfang des Rathauses und die Kassiererin des Supermarktes, einige Marktfrauen und den Mann, der mittwochs vor der Kirche Brot verkaufte, ich kannte die Blumen-, die Gemüse- und die Kräuterfrau, aber ich mußte betrübt zur Kenntnis nehmen, daß dieses Sich-Kennen keinerlei Niederschlag fand. Es gab keinen fröhlichen Plausch über den Ladentisch hinweg und keinen Austausch lokaler Neuigkeiten. Da ich die Antwort meist nur unvollkommen verstand, gewöhnte ich es mir bald ab, selbst ein Gespräch zu beginnen und etwaige Scherzchen brachte ich nur noch innerhalb der Familie an, da ich außerhalb meist wie ein Ladenhüter darauf sitzen blieb. Es hat etwas Deprimierendes, wenn man als einziger über seine Witze lacht, und ich mußte die traurige Feststellung machen, daß sich die Schwaben wohl über andere Dinge amüsierten als ich selbst. Wahrscheinlich war dies einer der Gründe, warum man sich nicht näher kam: das völkerverbindende Lachen fehlte.

Im ganzen gesehen verstärkte sich der Eindruck, den ich bereits im Umgang mit den Täubles gewonnen hatte. War man morgens in der Bäckerei Heinz auf eine leutselige Stimmung gestoßen und hatte man sich nett unterhalten, so hieß das noch lange nicht, daß sich die anregende Plauderei am nächsten Tag wiederholte oder in einem gewissen Wiedererkennen einen Niederschlag fand. Im Gegenteil! Die Grundhaltung: eins vor, zwei zurück funktionierte auch hier in beinahe allen Fällen.

Mit Frau Mugglhahn verband mich übrigens bald – nein keine Freundschaft, das zu behaupten wäre übertrieben –, aber doch eine Leben-und-leben-lassen-Philosophie. Sie zeigte mir ihren guten Willen, indem sie (nach anfänglichem Erschrecken) Karlchens Anwesenheit billigte.

Als sie ihn zum erstenmal sah, schlug sie die Hände über dem Kopf zusammen und rief:

»Ja, um Gott's wille, zu was soll denn des gut sei?«

Ich lächelte und meinte ironisch, er solle uns vor Einbrechern schützen. Aber Ironie war meiner Nachbarin fremd, sie rann an ihr herunter wie das Wasser an ihrem dicken grünen Gummimantel, wenn sie bei Regen die Gosse fegte. Frau Mugglhahn nahm jedes Wort wörtlich. »Jetzt sen Se no so gut, überleget Se sich doch amol, was des im Johr für Okoschte macht, vor allem«, sie betrachtete den winzigen Wächter der Familie ohne Sympathie, »wo Se net amol wisset, ob er au bellt!«

In der Tat, bis heute leben wir in der Ungewißheit, ob unser Wachhund »im Falle eines Falles« funktioniert oder nicht, da er seine Funktionsfähigkeit nicht ein einziges Mal unter Beweis stellen mußte. Da Karl sich jedoch meist klug zurückhielt, nicht zu jenen rasenden Bellern gehörte, die einem mit vor Wut verdrehten Augen zwischen die Beine fahren, vor der Tür unserer Nachbarin niemals schnuppern wollte, sondern so schnell es ging an dieser vorbei ins Freie strebte, gewann er schließlich ihr Herz, was sich dahingehend äußerte, daß sie sich gelegentlich zu ihm herabbeugte und ihn mit »sei a brav's Hundle, a brav's« mit spitzen Fingern streichelte. Zu unserem nachbarlichen Frieden trug schließlich auch bei, daß ich das Treppenhaus öfter und gründlicher säuberte als unser Badezimmer, zum Zeichen fortschreitender Anpassung immer einige Paar Schuhe vor der Wohnungstür aufreihte und den Kindern mehrmals einbleute, daß ich – falls ich sie auch nur ein einziges Mal im Treppenhaus lärmen hörte – nicht wüßte, was ich täte!

Spätzle mit Tomatensauce und Flötenspiel Hausmacher Art

Zum Sauerkraut, do mag'r Spätzle,
Zum Viertele gibt's Laugebrezle;
Bei Apfelküchle (zuckerb'streut)
A Schwabeherz sich emmer freut!

Das Wetter war umgeschlagen, der Marktplatz glänzte vor Nässe. Ich blieb zu Hause und blätterte in regionalen Kochbüchern.

Da angeblich alle schwäbischen Hausfrauen es taten, vollendet konnten und ihre Familie mit handgeschabten Spätzle selig machten, krempelte auch ich eines Tages die Ärmel hoch und schabte zähflüssigen Teig über ein Spezialbrett in kochendes Wasser. Der aufsteigende Dampf beschlug mir die Brille, das spritzende Wasser verbrühte meine fleißigen Hände, aber ich schabte und schabte!

Die Kinder aßen die wurmartigen, dünnen Gebilde schließlich mit dem Hinweis, daß man sich ja einbilden könne, es seien Spaghetti. Sie riefen nach der Ketchupflasche und ertränkten meine armen Spätzle in roter Sauce. Auch bei Valentin fand meine Mühe nicht die rechte Anerkennung.

»Als Beilage zu rheinischem Sauerbraten oder zu Rouladen mögen sie angehen«, äußerte er sich, »aber verschone mich bitte damit, sie mir mit Sauerkraut oder gar mit Kartoffelsalat aufzutischen. Diese Kombination soll hier tatsächlich sehr beliebt sein!«

»Möchtest du nicht wenigstens mal einen Versuch wagen?« fragte ich.

»Nee!« sagte er schlicht.

Es ist möglich, daß meinen ersten selbstfabrizierten Spätzle etwas Entscheidendes gefehlt hat, denn in späteren Jahren sollte ich das Pech haben, daß meine Lieben einen ausgeprägten Geschmacksnerv für die einst verschmähte Spezialität entwickelten, vor allem, nachdem sie diese in vollendet zubereiteter Form in schwäbischen Haushalten genossen hatten. Es sollte gar so weit kommen, daß ich angefeuert wurde, unseren sonntäglichen Mittagstisch mit Spätzle zu krönen.

Anfangs weigerte ich mich entschieden, da mir die Zubereitung arbeitsaufwendig und zeitraubend erschien, doch dann gab ich auf, kaufte mir ein neues (größeres) Spätzlesbrett und dachte, während ich mit hochrotem Kopf am Wassertopf stand, wehmütig an die Zeiten zurück, in denen meine Familie keinen Unterschied zwischen meinen hausgemachten Spätzle und Spaghetti aus dem Supermarkt hatte erkennen können.

Alle vier wurden wir große Anhänger der Laugenbrötchen. In Brezelform mochten wir sie nicht so sehr, aber die Brötchen holte ich bald allmorgendlich vom Bäcker. Im Gegensatz zu ihren bleichen Schwestern aus dem Ruhrgebiet, die mit den Jahren immer mehr an Substanz und Geschmack eingebüßt hatten und mehr nach dem Fließband, das ihre Wiege war, schmeckten als nach der Backstube aus guter alter Zeit, biß man in ein Laugenbrötchen ohne Reue. Ich mochte sie gern nur mit Butter bestrichen, Valentin in Verbindung mit Käse, die Kinder aßen sie zum Frühstück und nahmen sie mit in die Schule. Ich erinnerte mich, daß ich sie vor Jahren anläßlich einer Reise nach Stuttgart kennengelernt hatte, eine Tüte voll davon mit nach Hause nahm, dann unvermutet in einer Zeitschrift ein Rezept zur Herstellung im eigenen Hause fand und mich mit Besessenheit ans Werk machte. Die Brötchen, die ich damals produzierte, waren unförmige Dinger, hatten mit Laugenbrötchen eine sehr entfernte Ähnlichkeit (wenn man sie mit Liebe betrachtete) und lagen bleischwer im Magen. Nun lösten wir die Nachfrage weit unkomplizierter, indem wir einfach mehrmals am Tag in eine der kleinen Bäckereien liefen und uns frisch vom Stand versorgten.

Den köstlichen schwäbischen Kartoffelsalat lernte ich kennen und augenblicklich lieben. Es war Liebe auf den ersten Biß. Erstens, weil man ihn in hervorragender Qualität in der Metzgerei Hähnle fertig kaufen konnte, zweitens, weil er nicht so zentnerschwer im Magen lag wie mein hausgemachter, majonäsetriefender, nur in Verbindung mit mehreren Magenschnäpsen verträglicher. Die Kinder aßen ihn gern, wenn er gut gekühlt war, frisch aus der Metzgerei, noch lauwarm, so wie ich ihn besonders schätzte, verschmähten sie ihn.

Etwas zögernd näherten wir uns den berühmten Maultaschen. Diese schwäbische Spezialität kannten wir bisher nur vom Hörensagen. Gegessen hatten wir sie noch nie, auch wenn in nahezu allen Gaststätten und allen Metzgereien darauf hingewiesen wurde, daß man sie gerade hier in besonders vorzüglicher Zubereitung bekommen konnte. Es kam der Tag, an dem ich mich verpflichtet fühlte, endlich einen Versuch zu wagen, obwohl der Name keinen besonderen Genuß versprach. Auch unser Metzger hatte sie in gebrauchsfertiger Form vorrätig, und ich mochte sie sofort, vor allem, nachdem ich ihren hohen Sättigungswert erkannt hatte. Zwei für jeden zu Mittag und man hatte den Tag über seine Ruhe. Leider war es nicht ganz leicht, sie in Peers und Pias Mägen hineinzuschmuggeln.

»Ih, was'n das?« Sie betrachteten die leicht aufgedunsenen, in der Brühe schwimmenden Gebilde mit Mißtrauen.

»Maultaschen! Die Leute kommen von weit her, nur um sie in original schwäbischer Form essen zu können!« pries ich sie an.

»Die Leute von weit her müssen schön blöd sein«, stellte Peer fest. »Was'n drin?«

»Weiß nicht«, sagte ich ungeduldig. »Spinat glaube ich. Nun iß sie schon!«

Der Hinweis auf den Spinat war ein pädagogischer Fehler. Unser Sohn verabscheute Spinat und war wohl der Meinung, daß ich listiges Wesen nun dazu übergegangen war, ihm das Gemüse in »verpackter« Form unterzujubeln, nachdem ich es anders nicht an den Mann gebracht hatte. Er verweigerte die berühmte Spezialität mit entschiedener Abwehr.

Vorsichtig begann Pia mit der Gabelspitze eine der Taschen zu öffnen. Dann tauschte sie mit ihrem Bruder einen verständnisinnigen Blick.

»Sieht aus wie ...«

»Das interessiert keinen!« stoppte ich sie gerade noch rechtzeitig.

»Können wir jedenfalls nicht essen!« Energisch schoben beide die Teller mit der inzwischen vollkommen ausgekühlten, von erblindeten Fettaugen bedeckten Spezialität zurück. Ich räumte sie zur Seite und öffnete ihnen eine Dose Ravioli. Sie verspeisten sie mit Behagen, und mein Hinweis, dies wäre doch nichts anderes als italienische Maultaschen, blieb ohne jede Wirkung.

»Dann ißt du künftig die schwäbischen Maultaschen und wir die italienischen«, schlugen sie mir diplomatisch vor.

Im ganzen gesehen erfreute uns die schwäbische Küche jedoch sehr. Wir liebten die kleinen Gasthöfe mit dem dicken Kachelofen in der Ecke, den es vielerorts noch gab, ebenso die Weinstübchen, die, manchmal hinter einem Bäckerladen versteckt, kaum größer als ein ganz normales Wohnzimmer waren und denselben familiären Charakter hatten. Im Kreisstädtchen gab es zwei dieser typisch schwäbischen Bäckerweinstuben, und wir kehrten mehrmals dort ein, um leichten Rotwein und frische, warme Brötchen zu genießen, aber so ganz heimisch fühlten wir uns dort nie. Ich will nicht behaupten, daß man sich wie ein Eindringling gefühlt hätte, das wäre vielleicht zu hart ausgedrückt, aber leider auch nicht wie ein herzlich gern gesehener Gast. Man saß in den kleinen Weinstübchen sehr eng beieinander, doch wurde man niemals mit ins Gespräch hineingezogen. Setzte man sich dazu, so wurde die Unterhaltung flüsternd und mit verstohlenen Seitenblicken fortgesetzt, Reigschmeckte trafen wir dort nie.

Absolut zu Hause fühlten wir uns dagegen schon bald im »Rößle«, einer Gastwirtschaft, die nur wenige Minuten von unserer Wohnung entfernt lag.

Am Wochenende, nach einer ausgiebigen Wanderung, kehrten wir regelmäßig dort ein und erholten uns, glücklich erschöpft von der Anstrengung. Wir setzten uns zufrieden auf die Bank, legten die Arme auf den derben Wirtshaustisch, ließen uns die Köstlichkeiten der schwäbischen Küche servieren, bestellten ein Viertele und fühlten uns »saumäßig« wohl. Die gemütliche Wirtsstube lag in der ersten Etage, man saß am Fenster und blickte auf das Treiben des kleinen Platzes hinunter, fühlte sich gut aufgehoben und fast schon als Familienmitglied. Bald erschien uns eine Wanderung ohne anschließende Einkehr im »Rößle« unvollkommen. Die Portionen waren übrigens überall so reichlich bemessen, daß sich die Kinder von unseren Platten mitbedienen konnten. Wir profitierten von des Schwaben Eigenart, der für sein gutes Geld auf dem Teller auch was G'scheits sehen will.

»Du, an diese Schwaben könnte ich mich gewöhnen«, teilte mir Valentin nach Ablauf der ersten Woche in der neuen Stelle mit.

»Die sind hier so schön auf dem Teppich geblieben, nichts von dieser gräßlichen Großmannssucht und Aufschneiderei, die bei uns gang und gäbe ist!« Zufrieden goß er roten Wein in ein kleines Henkelglas und fuhr fort: »Ich hab' das gestern bei meinem Einstand in der neuen Firma so richtig gemerkt. Gleich am ersten Tag hab' ich mich erkundigt, was denn hier so üblich ist, wenn man eine neue Stelle angetreten hat, und man sagte mir, mit zwei Sorten Wein, rot und weiß, Sprudel und ein paar Kästen Bier sei allen bestens gedient. Und ein Korb Laugenbrezeln, damit man eine Grundlage hat! Wenn ich da an früher denke...«

Er schickte der Vergangenheit einen Seufzer nach.

»Ja, sie sind dann auch alle gekommen und waren richtig zufrieden mit ihrem Viertele und ihrer Laugenbrezel – ich meine, viel gesprochen haben sie natürlich nicht – aber man sah, daß sie mit allem rundum einverstanden waren. Nur so ein Typ aus Essen, den ich gar nicht eingeladen hatte, der hat mich vielleicht genervt! Erst mal dieser Verbrüderungstick, so in dem Sinne, ›Kumpel, wir müssen zusammenhalten‹. Nach dem ersten Glas legte er mir bereits den Arm um die Schulter und wollte, daß ich ihn Willi nenne. Später schleppte er eine Flasche Schnaps an, zwang jedem mehrere auf, meinte schließlich, daß wir so jung ja nicht mehr zusammenkommen und ich die ganze Meute doch hinüber in den »Grünen Baum« einladen solle, damit wir den Schwaben mal zeigen, wie man bei uns einen Einstand gibt. Es war richtig peinlich, denn zwanzig, dreißig Mann waren mittlerweile bestimmt gekommen. Die Schwaben wollten auch gar nicht, jedenfalls griff keiner seinen Vorschlag auf. Schon vor Mitternacht waren sie alle verschwunden, aber es hat ihnen, so wie es war, offensichtlich gefallen. Ich bin geblieben, um noch 'n bißchen was wegzuräumen, und der blöde Typ aus Essen leistete mir Gesellschaft. Er war übrigens der einzige, der sich so richtig vollgesoffen hatte«, fügte Valentin hinzu. »Ich meine gesprächig und witzig war er ja, aber trotzdem, die Schwaben haben mir besser gefallen!«

Weniger zufrieden mit den neuen »Kollegen« zeigten sich Peer und Pia. Die Schwabenkinder seien empörend artig, berichteten sie.

»Als wir heute die Klassenarbeit zurückgekriegt haben, haben manche sogar geheult«, erregte sich Peer.

»Dabei waren über die Hälfte Fünfer und sogar zwei Sechser dabei«, erzählte Pia. Auch sie konnte sich so viel Verzweiflung wegen einer so läppischen Sache wie einer schlechten Schulnote gar nicht vorstellen.

»Ja und sonst?« forschte ich. »Habt ihr schon Freunde gefunden?«

Sie sahen mich verlegen an.

»Nee«, sagte Pia schließlich, »die haben alle bloß geguckt! Wir werden wahrscheinlich nie Freunde haben«, teilte sie mir sachlich mit, »weil wir sie nämlich überhaupt nicht verstehen! Außerdem scheinen sie ziemliche Streber zu sein!«

»Kriecher«, fügte Peer fachmännisch hinzu.

»Radfahrer«, meinte Pia.

»Blöde Heulsusen ...« ergänzte Peer.

»Das genügt«, rief ich dazwischen. »Nehmt euch lieber ein Beispiel!«

Das sollten sie auch tun.

»Dätsch mer en G'falle do?« fragte Peer mich höflich. Ich sah ihn irritiert an. Er wand sich vor Lachen auf seinem Stuhl. »Gell, do glotzsch!«

Die Kinder gewöhnten sich in den folgenden Monaten schnell ein, schlossen Freundschaften und brachten bald einige ihrer Klassenkameraden mit nach Hause. Diese zogen höflich vor der Tür die Schuhe aus und traten zögernd näher. Sie waren angenehme Gäste, die ein sittsames Verhalten an den Tag legten, so daß ich den Entschluß, sie eingelassen zu haben, nicht schon nach fünf Minuten heftig bereute, wie es mir zu Hause des öfteren ergangen war, wenn Peer und Pia Besuch bekamen.

Die früheren Freunde unserer Kinder kannten keinerlei Hemmungen, sahen jegliche Behausung als ihre eigene an, entmündigten die einstigen Besitzer, tobten durch sämtliche Räume, machten auch vor den Betten nicht halt, zogen mit Sicherheit *niemals* die Schuhe aus und genossen jegliche Freiheit.

Die dazugehörigen Eltern sahen dem Treiben ihrer Sprößlinge mit Wohlwollen zu, freuten sich an der Tatsache, wie gut und hemmungsfrei sie sich entwickelten und drohten, wenn die Kleinen uns, den Gastgebern, kichernd im Genick herumturnten, allenfalls scherzend mit dem Finger. Wagte man beim Anblick des herrschenden Chaos und einer in Scherben liegenden kostbaren Vase auch nur mit dem Mundwinkel zu zucken (eine natürliche Folge übergroßer nervlicher Anspannung), war man schnell als autoritär verschrien. Nichts von alledem in unserer neuen Heimat. Wie ich sie schon aus diesem Grunde liebte! Die kleinen Gäste traten auf Socken ein, begrüßten mich höflich und folgten Peer und Pia dann schüchtern ins Kinderzimmer. Dort beschäftigten sie sich relativ still und ausdauernd und bedankten sich beim Abschied für den schönen Nachmittag. Ich war so beglückt von der Tatsache, daß ich nach ihrem Aufenthalt in unserer Wohnung weder drei Stunden aufräumen, noch etliche Wertgegenstände beklagen mußte, daß ich sie gerne einlud, wiederzukommen und mit Saft, Kuchen und Bonbons bewirtete. Hatte ich nichts im Haus (wofür Peer und Pia leider des öfteren zu sorgen wußten – kein Versteck war vor ihnen sicher), so drückte ich ihnen Geld in die Hand, damit sie sich im Lädle nebenan was Süßes kaufen konnten. Von mir auf andere schließend, vertrat ich die Meinung, daß ein gelungener Nachmittag erst dann wirklich gelungen ist, »wenn was G'scheits auf dem Tisch steht«.

Dies war zwar im Sinne der Kinder, nicht so im Sinne ihrer Eltern gedacht. Frau Hüttl, deren Herrmännle dieselbe Klasse wie Peer und Pia besuchte und der mir stets ein besonders gern gesehener Gast war, machte mich darauf aufmerksam, daß es wirklich nicht nötig sei, die Kinder jedesmal zu bewirten. »No koine Umständ« – sie wiederholte diese Aufforderung des öfteren sehr eindringlich, und ich versprach ihr schließlich darauf zu achten, muß jedoch zugeben, daß es mir lange Zeit einfach unmöglich war, nun wirklich auf alle »Umständ«, selbst in Form eines Glases Limonade, zu verzichten.

Das Herrmännle zeigte übrigens bereits in jungen Jahren einen erstaunlich gut entwickelten Sinn fürs »Spare«. Nachdem es das ihm in die Hand gedrückte Geld beim erstenmal recht verdutzt und, Pias Beispiel folgend, unverzüglich in Kuchen umgesetzt hatte, sah es mich beim zweitenmal treuherzig an und sagte:

»I tät's fei lieber en mei Schparschwein schtecke!«

»Willst wohl in Kürze dein eigenes Häusle bauen?« fragte ich scherzend.

»Noi«, erwiderte es ernsthaft, »i schpar' auf a Fahrrad!« Peer und Pia verschlug es die Sprache, erstens der heroischen Selbstzucht wegen, welche dieser Knabe so vorbildlich beherrschte, zweitens, weil er imstande war, einen solchen Langzeitplan zu verwirklichen. Den Kauf eines Fahrrades mit Bonbongroschen realisieren zu wollen, erschien ihnen wohl ebenso abenteuerlich wie das Umgraben der Wüste mit einem Teelöffel.

Für die bei uns genossene Gastfreundschaft revanchierte sich das Herrmännle übrigens einige Zeit später auf seine Art.

Es geschah an einem Samstagnachmittag. Valentin und ich hatten gerade gemeinschaftlich die Tiefgarage ausgespritzt und die Straße gefegt. Ich hatte die Speicherfenster und die Kellertreppe geputzt, Valentin mit geradezu schwäbischer Gründlichkeit den Wagen gewaschen. Nun gaben wir uns recht erschöpft, um nicht zu sagen total erledigt, der Siesta hin. Da klingelte es. Das Herrmännle stand vor der Tür. Ich betrachtete es freudlos.

»Peer und Pia sind irgendwo draußen, auf dem Spielplatz an der Kirche glaube ich«, versuchte ich ihn abzuwimmeln. »Vielleicht gehst du da mal hin, du findest sie bestimmt.«

»I will net zu Peer und Pia, i will fei zu Ihne!« teilte er mir mit. »I hab' a Überraschung für Sie ond Ihrn Ma!«

Ich seufzte und hieß ihn nähertreten. Er tat dies forsch

und unverzüglich, wobei er eine Blockflöte aus ihrem Etui holte. Dann blätterte er in einem Notenheft. Wir sahen es mit Beklemmung. Schließlich lehnte er das Heft gegen eine hohe Vase und begann zu spielen. Wir falteten gottergeben die Hände.

Das Herrmännle spielte eifrig – und lange! Seine Bäckchen färbten sich vor Anstrengung knallrot. Wir lauschten den Klängen und bemühten uns, weder zu gähnen noch allzu auffällig zu seufzen. Das Herrmännle meinte es gut, es konnte nicht ahnen, wie sehr es uns mit seiner Darbietung nervte. Erstens sind wir beide unmusikalisch, zweitens langweilen wir uns, ich gestehe es wirklich ungern, sogar bei einem erstklassigen Konzert bereits nach wenigen Minuten, drittens gehört ausgerechnet Blockflöte zu jenen Instrumenten, denen wir am allerwenigsten Sympathie entgegenbringen können.

Unsere Geduld auf eine harte Probe stellend, spielte das Herrmännle eine gute halbe Stunde, dann klopfte er lässig seine Flöte aus und versprach uns bei Gelegenheit weitere Darbietungen. Wir versicherten ihm, es habe uns gut gefallen, aber er solle sich mit seinem nächsten musikalischen Auftritt ruhig Zeit lassen. Musikstücke, in einer solchen Vollendung gespielt, müßten Zeit haben, ihre Wirkung voll zu entfalten, sie dürften nicht zu rasch aufeinanderfolgen.

»Des sagt mei Opa au immer!« strahlte das Herrmännle.

Die Freundschaft zu Herrmännle und den anderen Schwabenkindern verlief übrigens recht einseitig, was die gegenseitigen Besuche betraf. Damit will ich sagen, daß die anderen Kinder weit häufiger bei uns anzutreffen waren, als daß Peer und Pia zu ihnen gingen. Erst fiel es mir nicht weiter auf, dann sprach ich mit Valentin darüber.

»Meinst du, daß sie sich schlecht benehmen?« fragte ich besorgt.

»Dann würden die Eltern ihre Kinder sicher auch nicht

mehr zu uns lassen«, erwiderte er. »Ich glaube, es hängt mit etwas anderem zusammen!«

»Womit denn?« fragte ich.

Valentin konzentrierte sich auf das Geschehen, welches gerade über die Mattscheibe flimmerte, und dann lachte er.

»Hab' gelesen, daß der Siegeszug des Fernsehens im Ländle weit später erfolgte als in allen anderen Bundesländern!«

»Und warum?« fragte ich.

»Der Schwabe will keine fremden Schwätzer in seinem Wohnzimmer haben!« Er grinste. »Gar kein schlecht's Ideele, wenn du mich fragst!«

Ich habe sicher eine Menge schlechter Eigenschaften, aber auch ein paar gute. Ich bin zum Beispiel sehr anpassungsfähig und hänge nicht am Alten. Wie ein Klavier kann man mich alle Jahre einpacken, verladen und am neuen Wirkungskreis wieder in Funktion setzen. Ich lasse alles geduldig mit mir geschehen, mucke nicht auf, gewöhne mich überall schnell ein und tue wie gewohnt meine Pflicht. Die Fremde wird mir schnell zur Heimat.

Nicht so im Schwabenland. Erstmalig fühlte ich mich auch nach Monaten noch fremd. Ich wurde das Touristengefühl nicht los, jenen Zustand, in dem man das Augenblickliche lediglich als Übergang empfindet und all die landschaftliche Schönheit ringsum nur aus dem Blickwinkel preist, daß es ja bald wieder heimwärts geht. Als es Herbst wurde, als die Nebel morgens tief in den Tannen hingen und der Wind braune Blätter über den Marktplatz fegte, dachte ich immer häufiger sehnsuchtsvoll an zu Hause. Ich telefonierte oft und ohne Rücksicht auf die Kosten mit Trine und alten Bekannten und bestätigte Trines weise Voraussage, daß, aller Geographie zum Trotz, das Ländle »sehr weit weg« ist. Ich fühlte mich von allem abgeschnitten und im wahrsten Sinne des Wortes »hinterm Berg«. All dies hatte einen sehr einfachen Grund: Ich war zu viel allein.

Valentin war nach anfänglichem »Hineinschnuppern« und jener Schonzeit, die dem Neuankömmling ja meist gewährt wird, voll ins betriebliche Geschehen eingestiegen. Chef und Arbeitsklima gefielen ihm, dies steigerte seine Schaffenslust. Er verabschiedete sich morgens, kaum daß er den letzten Schluck aus der Tasse genommen hatte, mit einem hastigen Kuß und eilte von dannen. Die Kinder taten es ihm nach. Sie hatten sich überraschend gut und schnell eingelebt. Das Städtchen hatte kindgerechte Ausdehnungen, es war voller Winkel und Verstecke und doch wieder nicht so groß, daß sie Gefahr liefen, sich zu verirren, und nicht mehr heimfanden. Peer und Pia machten die ganze Stadt zu ihrem Spielplatz!

Gewöhnlich kehrten sie laut schwatzend von der Schule heim, schlangen das Mittagessen hinunter, erledigten eher eilig als sorgsam ihre Schularbeiten und eilten irgendeinem wunderbaren Abenteuer entgegen. Ich ließ sie ziehen. Stadt und Umgebung boten so viel! Endlich waren sie ihrem engen Kinderzimmer, einem unattraktiven Hinterhof und meiner ständigen Beaufsichtigung entronnen. Eine Menge neuer Freunde hatten sie auch gefunden, mit denen sie sich, nachdem die anfänglichen Schwierigkeiten einmal überwunden waren, bestens verstanden. Ihre Lebenslust nahm merklich zu, die meine merklich ab.

Eines Abends beschwerte ich mich bei Valentin, der nach einem langen Arbeitstag erschöpft nach Hause kam.

»Ich bin dabei, vollständig und von der Familie unbemerkt zu vereinsamen«, teilte ich ihm mit Tragik in der Stimme mit. »Ich erwische mich immer häufiger dabei, Selbstgespräche zu führen!«

Er sah mich an.

»Ich weiß ja, wie sehr du zu Übertreibungen neigst«, lachte er dann, »aber es scheint ernst zu sein. Ruf doch Trine an und bitte sie, ein paar Tage herzukommen. Heimatliche Töne werden dir sicher gut tun!«

Trine war nicht zu Hause. Ich versuchte es bei Lis.

»Wieso, was ist denn los?« fragte sie, nachdem ich sie so herzlich wie noch nie eingeladen hatte. »Ist jemand krank?«

»Ja, ich«, sagte ich. »Nichts Ernstes, aber...«

Lis lachte.

»Ich nehme an, das Zwiegespräch mit der Natur genügt dir nicht mehr«, sagte sie dann. »Bist wohl 'n bißchen einsam, wie?«

Im Ton einer vielbegehrten Person, die weniger einsam als total überlastet ist, und zwar im beruflichen Bereich ebenso wie im privaten, versprach sie jedoch einen Besuch, obwohl ihre mannigfaltigen Termine dies »eigentlich« nicht zuließen.

»Ich hoffe, du holst mich am Zug ab«, verabschiedete sie sich schließlich, »damit ich im Gewimmel eures Bahnhofs nicht untergehe!«

Lis kam mit dem Vierzehnuhrzug an der kleinen Bahnstation an. Es war einer jener goldenen Oktobertage, die einem die Illusion vorgaukeln, daß der Winter niemals kommen wird.

Sie kam »stilgerecht« im bayrischen Dirndl, das Blüschen adrett gefältelt, das Mieder eng geschnürt. Ein Rucksack mit aufgegürtetem Regenschutz und dickem Lodenjanker zog ihre zarten Schülterchen nach hinten. Sie sah so frischgestärkt, so ladenneu aus, als wäre sie direkt einem Münchner Schaufenster entstiegen. Ich umarmte sie.

»Schwesterchen«, lachte ich, »was soll denn der Aufzug?«

Sie hob die hübsch geschwungenen Brauen.

»Wieso, trägt man so was hier nicht? Sind wir nicht in der Nähe der Alpen? Du weißt, ich verirre mich selten in diese gottvolle Gegend und kenne mich modisch nicht so aus. Den Rucksack hab' ich von Trine geliehen, zünftig, nich?«

»Sehr zünftig!«

Dann fiel mein Blick auf ihre Füße. Zu Haferlnschuhen trug sie geteilte dicke Wollstrümpfe Tiroler Art, Socken und Wadenwärmer. Die zarten Fußgelenke waren frei. Das goldene Fußkettchen, das ihre linke Fessel zierte, blinkte in der Sonne.

Sie bemerkte meinen Blick und lachte.

»Hat mir Trine gestrickt. Fesch, was? Für euch hab' ich auch welche mitgebracht!« Ich freute mich herzlich.

Der schöne Altweibersommer hielt an. Lis genoß ihren »Landurlaub« in vollen Zügen. Sie kostümierte sich mal wie Marianne Koch in einem Heimatfilm der fünfziger Jahre, mal wie frisch der Düsseldorfer Schickeria entsprungen. Dann wallte sie im bodenlangen Ledertrench mit wehenden Schals durch die Gassen in der Hoffnung, die Einheimischen fielen bei ihrem Anblick vom Hocker. Zu ihrer Verbitterung tat ihr kein einziger Schwabe den Gefallen. Erstens, weil er, noch dazu mitten am Tag, gar nicht erst auf einem Hocker Platz nimmt, von welchem er fallen könnte, zweitens weil er, um Gärtner Bieberle zu zitieren »scho ganz andere Rindviecher auf dem Herrgöttle seim Acker g'sehe hat!«

Anders unsere Hauswirtin Frau Bringle. Sie kam eines Tages vorbei, um uns in die Geheimnisse der Heizung einzuweihen und staunte meine Schwester offenen Mundes an. Diese räkelte sich gerade aus dem Luxusbad, welches ihr bestens zu Gesicht stand und in dem sie die Hälfte der Stunden ihres Besuches verbrachte, gekleidet in einen Overall aus Goldbrokat, einen passenden Turban wirkungsvoll um den Kopf geschlungen, die nackten Füße in schwarzen Lackpantöffelchen.

»Hey!« sagte sie und reichte Frau Bringle die Hand. Zwei in der Duftkomposition nicht ganz zueinanderpassende Parfümwolken vermischten sich. Sie nahmen rechts und links der Palmen auf der Terrasse Platz, baten um einen Drink und verstanden sich auf Anhieb. Nach dieser stilvollen Morgenparty revidierte Frau Bringle ihr Urteil betreff Düsseldorf ein zweites Mal. Sie hatte es ja immer gewußt, »an sich« ist die Düsseldorferin eine todschicke Frau. Respekt. Lis forderte sie auf, vorbeizukommen, falls der Weg sie einmal ins Rheinland führe, Frau Bringle revanchierte sich mit einer Einladung zur Einweihungsparty, die stattfinden sollte, wenn das neue Heim endlich bis in den letzten Winkel durchgestylt war. Noch, sie seufzte, war es leider nicht so weit.

»Sie und Ihr Mann können natürlich auch mitkommen«, fügte sie großzügig hinzu, als sie mir zum Abschied die Hand reichte.

Der Besuch meiner Schwester tat mir gut. Im Gegensatz zu früher, als mich ihre endlosen Schilderungen der einzelnen Festivitäten in ihrem Bekanntenkreis oftmals unendlich gelangweilt hatten, sog ich nun die Geschichten gierig auf und fragte sogar nach Details, Kleidung und neueste Ticks einzelner Leute betreffend. Eines Abends sah Lis mich irritiert an und sagte:

»Menschenskind, du bist erst ein paar Monate hier und trotzdem zeigst du schon Entzugserscheinungen. Wie soll das erst werden, wenn du mehrere Jahre im Ländle bist?« »Dann werde ich wahrscheinlich den ganzen Tag auf dem Marktplatz herumlungern und mich jedem zufällig vorbeikommenden Wagen aus »Do« oder »E« vor die Räder werfen«, sagte ich lachend. Doch mein Lachen kam nicht aus vollster Seele.

Ich sah mit Wehmut im Herzen zu, als sie nach gut einer Woche wieder ihren Ranzen schnürte.

»Das Dirndl lasse ich für spätere Gelegenheiten hier«, sagte sie. »Und die Strümpfe auch. Du kannst alles gern tragen, wenn du Lust hast.«

Ich stellte mir vor, wie ich in dem Dirndl, den Tiroler Strümpfen, den Dackel an der Leine, leise vor mich hinbrabbelnd, durch die Straßen trabte. In Kürze würde mich wahrscheinlich jeder Bürger des Städtchens kennen, aber keiner den Mut haben, ein Wort mit mir zu wechseln, sondern scheu zur Seite weichen, wenn er mich nur von weitem sah.

»Komm bald wieder, es war schön, dich in der Nähe zu haben«, sagte ich, als wir uns auf dem Bahnhof verabschiedeten.

»Ich muß gestehen, daß mich deine Geschichten früher manchmal nervten, aber diesmal habe ich sie wirklich genossen. «

Lis erklomm das Trittbrett des schwäb'schen Eisenbähnles und drehte sich lachend um.

»Angebot und Nachfrage«, sagte sie dann.

Was i hergeb', han i nemme!

In früheren Jahren neigten wir dazu, großspurig zu behaupten, uns nicht besonders viel aus gesellschaftlichen Veranstaltungen zu machen. Aber nachdem wir einige Monate im Ländle lebten, hätten wir sogar eine sechsstündige Fahrt im Auto über vereiste Autobahnen in Kauf genommen, nur um wieder einmal in einer heimatlichen Pinte zu sitzen und uns in heimatlicher Kommunikationsbereitschaft nebst Schulterklopferei zu baden. Valentin, der tagsüber mit netten Kollegen zusammen war, fiel unsere Vereinsamung vorwiegend am Wochenende auf, ich aber spürte sie Tag um Tag und Stunde um Stunde.

Es wäre mir nicht zu viel gewesen, zu Fuß über die Hügel zu wandern, nur um einer Versammlung vereinsamter »Reigschmeckter« beiwohnen zu dürfen. Ich, die ich früher jegliche Vereinsmeierei von mir gewiesen habe, hätte mich sogar freudig erregt zum Vorstand einer solchen Gruppe wählen lassen! Ja, ich schämte mich nicht, eine Frau, die ich eines Tages unvermutet in unserem Metzgerladen traf, als sie gerade im schönsten Ruhrgebietsslang »Ein Fiehrtel Fund von der feinen Kalbsleberwuast« verlangte »und fünf Mettwüastkes und 'n Killo Schwaazwälder Schinken für mit na Hause zu nehmen«, vor der Tür des Geschäftes abzufangen und sie zu bitten, mir doch »bitte schön« zu folgen und eine Einladung zum »Käffken unter Freunden« nicht auszuschlagen. Leider befand sie sich nur auf der Durchreise und hatte wenig Zeit, was der im Wagen wartende Ehemann durch ungeduldiges Hupen dokumentierte. So schüttelte sie mir nur rasch die Hand und fragte, ob ich »etwa« hier wohnte, und als ich dies bejahte, rief sie, bereits im Davoneilen:

»Ach du lieber Scholli, hier sagen sich ja die Füchskes und Häskes gu' Nacht!«

Ich sah ihr wehmütig nach und dachte, ob sich in dieser Gegend, in der ein jeder so eindeutig für sich blieb, wohl wenigstens die Füchskes und die Häskes gute Nacht wünschten.

Da es meines Wissens keinen Klub der Zugereisten gab, sich ein Ruhrgebietler höchst selten in unser Städtchen verirrte und ich nicht jedesmal einen Bürger aus dem rheinischen Raum nach Schwaben importieren konnte, beschlossen Valentin und ich nun unsererseits aus dem Gehäuse herauszukommen und uns ins Gesellschaftsleben zu stürzen. Wahrscheinlich hatten wir uns bisher nur nicht genügend bemüht oder waren falsch vorgegangen, vielleicht hatten wir die Leute mit unserer hemdsärmeligen Art auch erschreckt! Nun, das sollte sich ändern! Werbend und gewinnend lächelnd, vorsichtig und behutsam wollten wir uns den Bürgern der neuen Heimat nähern.

Mit großem Eifer begannen wir, das Gemeindeblättle zu studieren, auf daß uns keine der Festivitäten entgehen möge. Nun zeigte sich die Gemeinde, in die wir auf verschlungenen Pfaden geraten waren, keineswegs untätig, wenn es darum ging, die Mitglieder nach einer schaffensreichen Woche mit Spiel und Lustbarkeit zu erbauen.

Es gab am Ort gleich drei Chöre, einen Männer-, einen Frauen- und einen gemischten Chor. Sie übten zweimal in der Woche und traten sogar öffentlich in den Nachbargemeinden auf. Auch suchten sie laufend neue Mitglieder, doch dort vorzusingen wagten wir wegen unseres Unvermögens aufmusikalischem Gebiet nicht. Dann gab es fünf Sportvereine und die Frauengymnastikgruppe, aber ich war der Meinung, daß ich im Haushalt genügend körperliche Bewegung hätte und joggte auch, wenn es denn sein mußte, lieber mit Valentin durch den Wald, als dies in einer von Ehrgeiz angespornten Gruppe zu tun. Auch kam es uns ja weniger darauf an, gemeinsam »den

Rumpf zu beugen«, als gemeinsam an irgendeinem interessanten Thema die Zunge zu wetzen.

Wir besorgten uns den Prospekt der Volkshochschule, welche im örtlichen Gymnasium ihren Sitz hatte. Ich verwarf Angebote wie: »Wir winden ein Gewürzkränzchen« und »Brotbacken, die alte Kunst«, überschlug auch die Seiten mit dem mannigfaltigen Angebot an Kochkursen und vertiefte mich in das fremdsprachliche Ressort. Es war vielfältig und weitgespannt. Trotzdem verzichteten wir darauf, uns in die russische oder die kroatische Sprache einführen zu lassen und schrieben uns für die Kurse »Englisch« (Valentin) und »Französisch« (ich) ein. Da wir Englisch und Französisch ganz gut beherrschten, wählten wir gleich einen der oberen Fortgeschrittenenkurse, aber am Tage vor Kursbeginn bekamen wir die Mitteilung, die entsprechenden Kurse wären leider nicht voll belegt, so daß wir uns unter die Anfänger begeben mußten.

So eilten wir also zu Herbstbeginn zusammen zur Volkshochschule, begaben uns in die verschiedenen Klassen und verabredeten uns nach Schulschluß im »Rößle«. Daß ich unter die Anfänger geraten war, machte mir nicht allzuviel aus, schließlich war es schön, einmal die Beste zu sein und keine »Schularbeiten« erledigen zu müssen. Auch kam es uns ja weniger auf die erweiterte Bildung an als auf einen Bekanntenkreis, den wir durch das gemeinsame Lernen zu schaffen hofften. Von zu Hause waren wir es gewohnt, daß das Ende der Stunde ungeduldig herbeigesehnt wurde und sich der Kurs dann geschlossen, einschließlich der Lehrer, in die gegenüberliegende Pinte zum fröhlichen Umtrunk begab. Diese Abende im Sinn hatten Valentin und ich uns vorgestellt, nach Kursschluß mitsamt unseren »Mitschülern« das »Rößle« zu stürmen, die Mitglieder des französischen und die des englischen Kurses miteinander bekannt zu machen und künftig zumindest einmal in der Woche einen gemütlichen Kneipenabend unter Freunden verbringen zu können. Leider stand unseren schwäbischen Mitschülern nicht der Sinn nach einem anregenden Treff. Sie waren ausschließlich der Bildung wegen in den Kurs gekommen, folgten konzentriert dem Unterricht und eilten, kaum daß die Stunde beendet war, nach Hause. Ich sah ihnen verbittert nach. Valentin war es mit seinen Kursteilnehmern nicht anders ergangen, und so waren wir die einzigen, die sich nach der Stunde im »Rößle« trafen.

Nun gut, das war nichts gewesen!

In Schwaben schien man Ernst und Spiel, Arbeit und Frohsinn nicht so recht unter einen Hut bringen zu können, es schien keine Verbindung zwischen diesen beiden Dingen zu geben, wir mußten uns nach einer anderen Möglichkeit umsehen.

Am letzten Sonntag im September fand auf dem Marktplatz vor unserem Haus ein Flohmarkt statt. Wir vertagten unsere geplante Einkaufsfahrt nach Stuttgart, um dem Ereignis beiwohnen zu können. Vielleicht ergab sich, hier auf dem Land, noch ein Schnäppchen in Form einer bäuerlichen Antiquität, einer alten Truhe oder eines Melkschemels zu machen. In den großen Ballungsgebieten hatte man den Wert dieser Dinge ja längst erkannt. Da waren die Flohmärkte kaum noch beachtenswert. Sehenswert waren dort eigentlich nur die Händler selbst, skurrile Typen, die ihre Waren an Originalität oft weit übertrafen. Da gab es immer die »komische Alte« oder jenen marktschreierischen Typ, der »Alle ma herhören« hier und heute sein letztes Hemd verkaufte.

Doch hier verkaufte niemand sein letztes Hemd, noch gellten einem die Händler mit lauten Angeboten in den Ohren. Auch trug kein Bauer seine alte Truhe oder doch wenigstens einen wackligen Küchenstuhl zu Markte. Da gab es kein besticktes Kissen: »Ruhet in Frieden« und »Nur ein Viertelstündchen«, und kein Opa lächelte aus güldenem Rahmen. Auch die Händler selbst hatten wenig an Originalität zu bieten. Meist waren sie zwischen zehn und vierzehn Jahre alt, und was sie anboten waren

Dinge, die selbst einem Schwaben nicht aufzuheben lohnten: Viele alte Mickymaushefte, gebrauchtes Spielzeug und leicht fleckige Bücher. Dazwischen hatten sich gewerbliche Händler breitgemacht. Wer wollte, konnte Unterhosen, Gürtel, Kittelschürzen und Schnürsenkel erwerben. Der Markt war gut besucht. Ganze Familien schlenderten zwischen den Ständen umher, blieben hier und da stehen, nahmen zögernd einen Gürtel in die Hand und legten ihn wieder zurück. Gekauft wurde kaum etwas. Trotzdem schien es den Leuten zu gefallen. Man kam einmal »heraus «, hatte etwas zu gucken und bot der Familie eine Abwechslung.

Uns gefiel es auch.

Hatten wir auch kein »Schnäppchen« gemacht, so blieb uns doch das malerische Bild. Wie die meisten Ruhrgebietler gerieten wir angesichts jeglicher Idylle in wahres Entzücken und waren, wenig verwöhnt, für jeden Augenschmaus dankbar.

Nachdem wir einmal über den Platz geschlendert waren, gingen wir zurück in unsere Wohnung, legten unsere Kopfkissen in das Fenster und betrachteten uns das schöne Bild von oben. Die stilvoll renovierten Fachwerkhäuser, das malerische Rathaus, die beiden plätschernden Brunnen und die ehrwürdige Kirche bildeten eine Kulisse für jegliche Art von Volksvergnügen, wie man sie sich schöner nicht denken konnte.

»Wenn ich einmal alt bin und schlecht zu Fuß, möchte ich unbedingt an einem Marktplatz wie diesem hier wohnen «, teilte ich Valentin mit. »Ich glaube, daß man sich da nie einsam fühlt, weil man das gesamte Treiben des Ortes frei Haus vor Augen hat!«

Er warf mir einen Blick zu.

»Aber du beklagst dich doch dauernd über zuwenig Abwechslung «, bemerkte er. »Statt dessen solltest du dir nachmittags ein Kissen unter die Ellenbogen legen und zuschauen, was sich unten so abspielt. Schließlich läuft hier doch beinahe täglich ein anderer Film!«

»Ich habe gesagt, wenn ich einmal *alt* bin«, wiederholte ich, das Wort *alt* stark betonend. Er lachte.

»Und ich dachte schon, endlich eine schöne, preiswerte Beschäftigung für dich gefunden zu haben. Guck mal, da unten sind Peer und Pia!«

Wir sahen unsere Kinder am Marktbrunnen vorbeigehen, kurz an der Bonbonbude verweilen und dann auf unser Haus zustreben. Sie bemerkten uns und winkten. Wir winkten lachend zurück.

Wenig später stürmten sie die Wohnung, und Pia schleppte ein Buch herbei, das sie kürzlich von einer ihrer Freundinnen geliehen hatte: ›Bilder aus Schwaben‹.

»Guckt mal, genauso seht ihr von unten aus, wenn ihr so im Fenster liegt«, teilte sie uns mit und präsentierte uns eine hübsche Abbildung im Vierfarbendruck.

Auf dieser war ein betuliches Pärchen zu sehen, welches sich, auf karierten Kissen ruhend, dem Anblick der Straße hingab. Das Fenster, in dem sie lagen, hatte hübsche grünlackierte Läden und einen üppigen Geranienkasten. Beide zeichneten sich durch pausbäckige Gesichter und sichtliche Zufriedenheit aus. »Feierabend« stand zur Erläuterung der Szenerie darunter.

Valentin erhob sich und trug das Kissen ins Schlafzimmer zurück. Ich machte es ihm nach.

»Bleibt doch noch ein bißchen liegen, gleich bläst der städtische Posaunenchor!« rief Pia.

»Das dürfen wir nicht verpassen«, ergänzte Peer.

Wir warfen ihnen einen Blick zu.

»Raus jetzt hier!« rief Valentin. »Wir haben zu tun!« Und zu mir gewandt: »Manchmal ist es doch ganz gut, wenn einen niemand kennt!«

Auch wenn er es nicht aussprach, so wußte ich doch, an wen er in diesem Augenblick dachte. Glücklicherweise war es jedoch kaum wahrscheinlich, daß Brenner die weite Reise auf sich genommen hatte, nur um unseren Flohmarkt zu besuchen.

Zwei Wochen später lud das Gemeindeblättle zu einem großen Volksfest ein. Der neugestaltete Marktplatz des Nachbarortes sollte eingeweiht und gefeiert werden. Ich las den Artikel mit großem Interesse. Es schien sich um ein Mordsvergnügen zu handeln, es sollte Wein, Ripple und Musik geben. Getanzt durfte werden, gescherzt und gelacht.

»Do geht's zu wie uff ere Hocketse«, klärte mich Frau Mugglhahn auf. Ich sah sie fragend an.

»Ja hen Se d' Hocketse hier net b'sucht?« fragte sie.

Nein, die örtliche Hocketse hatten wir wegen des Umzuges leider verpaßt, ebenso all die anderen, zu denen in den umliegenden Ortschaften eingeladen wurde. Ich hatte, wenn wir über Land fuhren, die großen Schilder an den Ortseingängen gesehen und mich über den merkwürdigen Namen gewundert. Eine Hocketse? Womöglich handelte es sich um so etwas ähnliches wie um die »Holzhacker Buam«, mit denen man schon einen netten Abend verleben konnte, so pfiffig, wie sie ihre Mädels im Kreise drehten. Ich hatte mir vorgenommen, im nächsten Jahr ganz sicher auch zu einer Hocketse zu gehen und sah mich bereits, von einem kernigen Mannsbild umfaßt, mit fliegenden Röcken auf der Tanzdiele, derweil Valentin eine frische Maid in die Luft warf und »Juchuuu« schrie. Meine Phantasie hatte sich wieder einmal nach Tirol verirrt, das kommt bei Leuten, die nördlich des Mains geboren sind, öfter vor.

Nun brauchten wir nicht bis zum nächsten Sommer zu warten. Die Einladung zur Einweihung des Marktplatzes im Nachbarort kam wie gerufen.

Zwei Tage vor dem Ereignis dachte ich, wie schön es doch wäre, wenn man das Fest im Kreis netter Freunde besuchen könnte. Ich faßte Valentin ins Auge, der auf der Terrasse saß und Zeitung las.

»Du hör mal«, näherte ich mich ihm, »wir gehen doch Samstag zum Volksfest!«

»Das Ereignis scheint dich ja stark zu beschäftigen«,

erwiderte er ironisch. »Bewegt dich das Problem, was du anziehen sollst?«

»Sei nicht albern«, sagte ich. »Ich dachte, es wäre doch lustiger, mit netten Leuten gemeinsam hinzugehen.«

»Möglich«, erwiderte er. »Doch woher nehmen und nicht stehlen? Wie wär's mit Frau Mugglhahn?« schlug er mir augenzwinkernd vor.

»Ich hatte an Willi gedacht!«

Er ließ die Zeitung sinken.

»An *wen?*«

»An Willi! Du hast mir doch von diesem Kollegen erzählt, den du anläßlich deines Einstandes kennengelernt hast!«

Valentin hob abwehrend die Hände.

»Bleib mir bloß mit Willi vom Hals«, sagte er. »Ich bin heilfroh, wenn ich ihn nicht sehe. Gestern habe ich mich im Waschraum versteckt, als ich ihn zufällig den Flur entlangkommen sah. Der Kerl verfolgt mich ohnehin mehr, als mir lieb ist.«

»Aber für ein Volksfest wäre er bestimmt geeignet«, schmeichelte ich. »Hat er auch eine Frau?«

Valentin gab widerwillig zu, daß Willi auch eine Frau hatte, eine waschechte Ruhrgebietlerin.

»Ach frag doch die beiden, ob sie nicht mit uns kommen wollen, nur zum Spaß, nur ein einziges Mal«, schmeichelte ich.

Valentin sah mich unzufrieden an und schwieg. Schließlich sagte er:

»Meinetwegen, aber wir treffen uns auf dem Platz, ins Haus lasse ich sie nicht, du wirst sie nicht mehr los, das sage ich dir!«

Ich erklärte mich mit allem einverstanden und verschwieg tunlichst, daß mir gar nicht der Sinn danach stand, Willi und Frau wieder loszuwerden. Mir stand der Sinn nach Verbrüderung und Schicksalsgemeinschaft.

Am Samstag war das denkbar schönste Wetter für ein Volksvergnügen. Das Fest fand auf dem Marktplatz rund ums Reiterdenkmal statt. Welch stimmungsvolle Kulisse! Als wir ankamen, waren die umliegenden Straßen bereits mit Autos und Fußgängern verstopft. Wir parkten den Wagen schließlich weit vor den »Toren der Stadt« auf einer abschüssigen Wiese und eilten fliegenden Fußes dem Festgeschehen zu. Von weitem bot der große Platz ein heiteres Bild. Es gab lange Holztische und einfache Bänke, ein Podium, auf welchem die Musik angetreten war, ein buntbewimpeltes Zelt, in dem man sich mit Ripple und Weckle versorgen konnte und ein respektables Weinfaß. Wir beschleunigten die Schritte. Die Szenerie erinnerte uns an jene lustigen Weinfeste, die wir im Rheinland oft besucht hatten. Bus-, ja waggonweise waren die Leute aus den umliegenden Regionen zu diesen Festen geeilt. Man hatte sich einfach irgendwo dazugesetzt, hatte gelacht, geblödelt, getrunken, geschunkelt und getanzt. Das Ganze war meist zu jener Verbrüderung ausgeartet, die gemeinsamem Essen und Trinken, gemeinsamem Tanzen und Schunkeln und der allgemeinen Feststellung: »Daß wir ja alle, alle in den Himmel kommen« entspringt.

Nichts von alledem erwartete uns nun auf unserem ersten schwäbischen Volksfest.

Die Festbesucher saßen still und scheinbar vollkommen ungerührt vor ihrem Viertele, führten bedächtig das Glas zum Mund, holten sich ein Ripple vom Zelt, zuckten zu den anfeuernden Klängen der Musik nicht mit der Wimper, geschweige denn mit dem Fuß und würdigten das Tanzpodium keines Blickes.

Wir standen da und ließen die Szenerie auf uns wirken. Plötzlich rief jemand: »Halloo«, gleichzeitig erhielt Valentin einen kräftigen Schlag auf die Schulter. Wir zuckten zusammen.

Willi hatte uns entdeckt. Seine Frau Usch im Schlepptau, stellte er sich und sie laut dröhnend vor.

»Mensch, das ist aber schön, daß wir uns endlich mal kennenlernen!«

Die Freude fand in einem markigen Händedruck ihren Niederschlag.

»Ich habe Ihren Mann schon hundertmal zu uns nach Hause eingeladen, aber Sie hatten ja leider immer etwas anderes vor!«

Ich warf Valentin einen erstaunten Blick zu, er sah unschuldsvoll zurück.

»Aber das wollen wir nun schnell nachholen, hab' schon Plätze freigehalten!« Er bahnte uns einen Weg durch die Menge bis hin zu einem freien Tisch. »Was soll ich holen? Roten oder weißen? Der Willi gibt heut einen aus!«

»Rot!«

Er tauchte im Gewühl unter und kam bald darauf mit einem großen Tablett voller Weinkrüge zurück.

»Also erstmal Prösterken, und dann wollen wir uns endlich duzen, was Valentin? Also ich bin der Willi, das da is mein Mäusken, die Usch!«

Usch lachte und griff nach einem Glas.

»Ja dann auf du und du, Mann, watt bin ich froh, datt ich euch endlich kennengelernt hab', ich hab' den Willi schon gelöchert, datt wir endlich mal zusammenkommen, und als ihr immer watt anderes vorhattet, da hab' ich mir gedacht: warte ab Uschi, die kommen noch, wenn ihnen die Einsamkeit überm Kopp zusammenschwappt!« Sie beugte sich lächelnd zu mir. »Hab' ich recht?«

Ich nickte etwas ratlos. Es war mir in diesem Augenblick noch nicht so ganz klar, ob ich Lust hatte, meine Einsamkeit ausgerechnet mit Willi und Usch zu teilen. In unser stilles, geselligkeitsentwöhntes Leben waren sie eingebrochen wie ein Vulkan. Noch wollte keine rechte Freude aufkommen, ich hatte mit der Verwunderung zu kämpfen.

Während Willi nun weitschweifig zu erzählen begann,

daß er und Usch bereits seit drei Jahren im Schwabenland wohnten, jedoch immer noch keine Freunde gefunden hätten, was angesichts des mangelnden Frohsinns der Schwaben ja nicht weiter verwunderlich sei (bei dieser Bemerkung wies er auf die uns umgebenden Einheimischen hin), während er dazu überging uns einige mißglückte Begegnungen mit seinen Nachbarn detailliert zu schildern und unsere künftigen gemeinsamen Freizeitvergnügen zu planen (was Valentin mit unglücklicher Miene zur Kenntnis nahm), sah ich mich um. Also wenn man es genau nahm, hatte Willi recht. Von überschäumender Freude war auch hier, mitten auf dem Festplatz, nichts zu spüren. Hier schrie keiner »Juchhuuu«, wirbelte keine Maid mit wehendem Rock über die Dielen. Das Ganze schien weniger eine Gaudi als eine angenehme Pflichtübung zu sein, der man sich als rechtschaffener Bürger willig beugte.

»Ich sage euch, es liegt einzig und allein an der verfluchten Bauwut«, teilte Willi uns seine dreijährigen Erfahrungen mit. »Durch den Wahn, daß jeder ein eigenes Haus haben muß, vergällen se sich das ganze Leben! Erstmal ham se ja nun kein Geld mehr für Vergnügen, dann machen se fast alles selbst, um Kosten zu sparen und wenn se endlich eingezogen sind, dann wandert jeder Groschen wieder ins Haus oder sie legen ihn im Garten an!« Er blinzelte Valentin komplizenhaft zu. »Da wissen wir Rheinländer doch was Besseres mit unserem Geld anzufangen, was? Usch und ich, wir brauchen jeden Monat 'n rundes Sümmchen zum Verjubeln! Auch wenn wir dafür nur 'ne Zweizimmerwohnung haben.«

Valentin lächelte gequält. Man konnte ihm deutlich ansehen, daß ihm wenig daran gelegen war, sein sauer verdientes Geld künftig mit Willi und Usch zu verjubeln. Er saß schweigsam da und ließ seine Blicke zwischen dem redseligen Willi und den wortkargen Schwaben an den Nachbartischen hin und her wandern. Es war ihm deutlich anzusehen, daß er sich im Augenblick nicht ganz klar darüber war, welcher Sorte von Mitbürger er sich eigentlich zugehöriger fühlte.

Willi und Usch gehörten nicht zu jenen Leuten, mit denen wir früher Freundschaft geschlossen hätten, aber im »Ausland« verbrüdert man sich leicht. Die Auswahl ist klein und, wie ich es einmal von einem Schwaben gehört hatte, »wo Tauben sind, fliegen Tauben hin«.

Auch daß Willi und Usch unsere Sprache sprachen und offensichtlich ähnliche Erfahrungen mit den Bürgern der neuen Heimat gemacht hatten, schaffte ein verbindendes Gefühl. Da wir recht weit auseinander wohnten (»Gott sei Dank!«, wie Valentin mehrmals betonte), trafen wir uns nicht ganz so häufig, wie Willi und Usch es wohl gern gehabt hätten. Wir besuchten uns einige Male gegenseitig zu Hause, aber dann schützte Valentin immer häufiger dringende Arbeiten, Besuch oder Krankheiten vor. Nach und nach ließen sie dann auch in ihren fortwährenden Bemühungen, uns zum gemeinsamen Kartenspielen, zum Wandern oder zu Wochenendausflügen in die Umgebung einzuladen, nach.

Mit der Zeit schlief die Freundschaft wieder ein, und das einzige, was davon übrigblieb, waren gelegentliche Telefonpläuschchen zwischen Usch und mir. Das war immer recht anregend und bedeutete eine angenehme Unterbrechung des Hausfrauenalltags.

Am Verdeane isch no koiner z'Grund gange

Unser erster Winter im Ländle brachte uns haufenweise Schnee und klirrenden Frost in den Nächten. Wir begrüßten die Schneemassen jubelnd wie Kinder, deren langersehnter Wunsch endlich in Erfüllung geht. In den ersten Tagen lief ich mit Peer und Pia wonnetrunken durch den Wald, wußte mich nicht zu fassen vor Freude und beteuerte am Abend, daß ein solcher Wintertag genüge, uns für all die ausgestandenen Ärgernisse zu belohnen.

Doch dann ließ der Rausch nach! Valentin schimpfte über die vereisten Straßen und mußte schließlich eine größere Summe unseres schönen Geldes für eine Garnitur Winterreifen opfern. Dann nahm Frau Mugglhahn mich beiseite und hielt mir einen Vortrag, der weniger die Wonnen des Schneefalls pries als Methoden, wie man denselben beseitigen könne. Fortan konnte ich überschüssige Kräfte ab sieben Uhr morgens beim Schneeschippen loswerden, was Zeit und Kraft zum Jubeln auf natürliche Weise reduzierte.

Es dauerte nicht lange, und ich stellte verstimmt fest, was andere »Bergvölker« schon vor mir erfahren hatten: daß man nämlich der weißen Pracht sehr schnell überdrüssig wird, wenn man sie Tag für Tag vor Augen hat und für ihre Beseitigung verantwortlich ist. Der ganze jahrelang herbeigesehnte Schneefall interessierte mich bald nur noch unter dem einen Gesichtspunkt: War ich in der betreffenden Woche mit Schneeschippen an der Reihe oder nicht? Keine reinere Schadenfreude, als wenn es gerade dann haufenweise Neuschnee gab, wenn Frau Mugglhahn »Woche« hatte, ich selbst jedoch in meiner »Woche« davon verschont blieb. Leider trat dieser Idealfall höchst selten ein, aber die Hoffnung hielt mich aufrecht.

Im ganzen gesehen war unser erster Winter im Ländle jedoch sehr beschaulich. Wir gewöhnten es uns an, am Wochenende mit den Kindern weite Schneewanderungen zu machen und planten die Anschaffung von Langlaufskiern für das nächste Jahr. Vorläufig genügte es uns, zu Fuß unter den tiefverschneiten Tannen dahinzugehen, ein Reiz, der dadurch noch gesteigert wurde, daß wir die Wälder praktisch für uns allein hatten. Hier war nichts von dem lauten Winterzirkus der Skigebiete zu spüren, in denen wir bisher unsere Ferien verbracht hatten. Vor lauter Skihasen hatte man oftmals die Landschaft kaum noch gesehen. Bald stellten wir überdies fest, daß der »Winterschwabe « offensichtlich wesentlich zugänglicher war als der »Sommerschwabe«. Die Einheimischen, die wir in den Lokalen trafen, welche vorwiegend von Schneewanderern und Loipeliebhabern aufgesucht wurden, setzten sich gern zu uns an den Tisch und waren einem fröhlichen Plausch nie abgeneigt. Freilich hatte man ja nun auch etwas Verbindendes: Das Glück, das man nach einigen in einer nahezu unberührten Natur verbrachten Stunden empfindet.

Unsere früheren »Wintervergnügen« hatten wir dagegen nahezu aufgegeben. Theater- und Kabarettbesuch, Altstadtbummel und das Ausprobieren neu eröffneter Lokale hatten uns vormals die langen Winterabende verkürzt. Dies alles fiel in der neuen Heimat gänzlich unter den Tisch. Zwar hätten wir in Stuttgart all den gewohnten Vergnügungen nachgehen können, jedoch war der Weg weit und im Winter auch beschwerlich. Schließlich hatte man sich zu nachtschlafender Zeit über nicht gestreute, kaum beleuchtete Sträßchen »durch den Busch« zu schlagen und nachdem wir dies ein paarmal getan hatten, fanden wir es einfach nicht mehr der Mühe wert.

So machten wir es bald wie alle Kreisstädtler: Die Hauptstadt wurde am »langen Samstag« zwecks Einkauf aufgesucht und so schnell wie möglich wieder verlassen. Anstatt gemütlich an den Auslagen vorbeizubummeln, ins Kino zu gehen oder ein Lokal zu besuchen, hetzten wir in dem Bestreben, möglichst vor Anbruch der Dunkelheit wieder zu Hause zu sein, mit Plastiktüten beladen die Königstraße entlang und dem Parkhaus entgegen, verstauten alles im Kofferraum und verließen die City auf schnellstem Weg. Bald war es soweit, daß wir eine Fahrt »in die Stadt« nicht mehr als angenehme Abwechslung begrüßten, sondern Überlegungen anstellten, wie wir die lästige Reise umgehen könnten. Es war soviel angenehmer in den kleinen Geschäften rings um unseren »eigenen« Marktplatz einzukaufen, ohne Streß und ohne Hetze, die beruhigende Kulisse der verschneiten Hügel ringsum vor Augen. Ohne es recht zu merken, wurden wir sehr sparsam.

Trotz der schönen Wochenenden, welche uns der ungewöhnlich schneereiche Winter schenkte, fühlte ich mich wochentags nach wie vor recht allein. Valentin dagegen hatte sich sehr gut eingearbeitet und war mit seinem Arbeitsplatz und den neuen Kollegen außerordentlich zufrieden.

»Es geht einfach alles viel weniger stressig zu, der Tag läuft in einem viel ruhigeren Fahrwasser als bei Brenner, und ich habe das Gefühl, daß die Schwaben trotzdem ebensoviel schaffen wie die Typen in der früheren Firma«, erzählte er mir. »Ich weiß auch nicht genau, woran es liegt, aber man geht des Morgens einfach lieber hin und ist am Abend lange nicht so genervt, wie man es früher war.«

Um seine Zugehörigkeit zu der neuen Firma zu dokumentieren, trat er in die werkseigene Handballmannschaft ein und spielte Montag abends mit einer kleinen Runde von Kollegen in einer Pforzheimer Wirtschaft Skat. Ich gönnte ihm das Vergnügen, auch wenn mich heimlicher Neid plagte. Ich hatte keine Kollegen, mit mir spielte man weder Handball noch Skat, und in die örtliche Frauengymnastikgruppe mochte ich mich immer noch nicht begeben.

Ich begann zu lesen. Ich las sämtliche Bücher, die sich in unserem Besitz befanden, ein zweites Mal. Anschließend die Bücher der Kinder und sämtliche Koch-, Back- und Handarbeitsbücher. Ich studierte ›3333 Tips für die Deutsche Hausfrau‹ aus dem Jahre 1938 und begann unsere Messingschalen mit Pottasche zu reinigen, ein »Ausflug in die Vergangenheit «, von dem ich rasch zurückkehrte.

Schließlich griff ich zu dem großen Ärztebuch, das uns irgend jemand einmal geschenkt hatte und das ich, seiner vielfarbigen Abbildungen wegen, immer nur kurz durchgeblättert und dann schaudernd zurückgestellt hatte. Nun stellte ich fest, daß unsere gesamte Familie seit langem erkrankt war. Ich legte das Buch beiseite und erholte mich über der Lektüre schwäbischer Kunstschätze. Es nützte alles nichts, kaum hatte ich ein Buch zu Ende gelesen, schon überfiel mich das unbezwingbare Verlangen, über den Inhalt zu diskutieren.

Ich bat Valentin, doch einmal die netten schwäbischen Kollegen samt ihren Frauen zu uns nach Hause einzuladen, aber er sagte, im Winter sei ihnen der beschwerliche Rückweg zu weit.

»Du lernst sie ja im Frühjahr bei der gemeinsamen Betriebswanderung kennen«, tröstete er mich.

Obwohl ich nie zuvor die leiseste Begabung auf handwerklichem Sektor hatte entdecken können, begann ich zu meiner eigenen Verwunderung zu stricken, nachdem mir Frau Mugglhahn eindringlich dazu geraten hatte. Ich traf sie eines Morgens im Hausflur, wo sie vollkommen zufrieden und einig mit sich und der Welt das Treppengeländer polierte.

»Ach, Sie haben es gut«, seufzte ich und blieb stehen. »Sie haben schon immer hier gelebt und fühlen sich absolut heimisch. Sie glauben gar nicht, wie schwer man sich als Reigschmeckte tut!« Sie warf mir einen Blick zu.

»Mei Mo ond i kämet gar net auf die Idee, jedes Johr omzuziehe«, teilte sie mir mit. »Des macht bloß onnötige Koschte, ond i wüßt' gar net, was mer do davo han sollt!«

Wie recht sie hatte. Wie kraft- und kostensparend mußte es sein, in dem Ort, in dem man geboren war, sein ganzes Leben zu bleiben. Gut für die Nerven war es auch. Ich betrachtete Frau Mugglhahn voller Neid.

Sie warf mir einen mitleidigen Blick zu und sagte:

»I tät Ihne rate, fanget Se 's Schtricke an, des isch ebbes Sinnvolls ond beruhigt Nerve!«

Bald wurde ich eine angesehene Kundin in dem kleinen Wolladen an der Kirche, wo ich für viel Geld Garne und Nadeln in den verschiedenen Stärken erwarb. Mit Leidenschaft machte ich mich ans Werk, bestrickte mich und meine unglückliche Familie und konnte es morgens kaum abwarten, daß sie das Haus verließen, damit ich meinen Strickbeutel hervorzerren und mit an Besessenheit grenzender Leidenschaft meiner neuen Sucht frönen konnte. Besonders beliebt machte ich mich jedoch mit meiner neuen Tätigkeit nicht. Die Kinder fanden, daß die selbstgestrickten Pullis kratzten, und zogen sie nur an, wenn ich ihnen eine Belohnung für Tapferkeit in Aussicht stellte. Auch Valentin meinte, daß ich in meinen käuflich erworbenen Stricksachen »irgendwie besser« aussah, die außerdem kaum teurer gewesen waren, als die Wolle, die ich im Lädle erwarb. Da keiner meine Mühen anerkannte und das Material, das ich zwecks nimmermüder Produktion von Pullovern und Jacken, die keiner tragen wollte, erwarb, wirklich unverhältnismäßig teuer war, gab ich das nervenberuhigende Hobby bald wieder auf.

Alsdann verlegte ich mich aufs Briefeschreiben. Ich schrieb ellenlange Briefe an Trine und ebenso lange an Lis, die mich eines Tages anrief und fragte, ob sie mir, da ich ja offensichtlich nicht ausgelastet sei, einen Posten als Briefkastentante bei einer renommierten Zeitschrift besorgen solle. Wenn ich Lust hätte, »Frau Dina antwortet auf Ihre Herzensfragen« zu werden, genüge ein Wort, und sie würde ihre Verbindungen spielen lassen.

Das kannte ich schon. Seitdem Lis aus den Windeln heraus ist, hat sie »ihre Verbindungen«, die spielen zu lassen sie immer und für jeden bereit ist. Leider zeigte jedoch die Erfahrung, daß es zur Anknüpfung von Lis sagenhaften Verbindungen höchst selten kam, da die einflußreiche Persönlichkeit just in jenem Augenblick, in welchem man die wertvolle Fürsprache benötigte, erkrankte oder aus tausend nicht näher definierten Gründen unauffindbar war.

Aus diesem Grunde sagte ich lachend, nach einem Posten als Briefkastentante hätte ich mich schon lange gesehnt und vergaß die Sache.

Zwei Wochen später rief mich mein Schwesterchen an, war furchtbar zerknirscht und verfluchte wortreich irgendeine Redakteurin (die diesmalige Verbindung), die gerade jetzt schwanger geworden sei und sich ins »Babyjahr« zurückgezogen hätte. Das »gute Wort an einflußreicher Stelle« konnte daher leider, leider nicht mehr an den Mann gebracht werden. »Schade, sie hätte sicher etwas für dich tun können«, schloß sie ihren Bericht.

Ich lachte.

»Bei dieser Redakteurin muß es sich ja um eine bemerkenswerte Persönlichkeit handeln«, sagte ich dann, »daß sie sich, kaum schwanger geworden, bereits ins Babyjahr zurückzieht. Aber mach dir nichts draus, ich habe das Ganze ohnehin nicht ernst genommen.«

Diese Bemerkung verärgerte Lis sehr.

»Gut, diesmal hat es vielleicht nicht geklappt«, sagte sie spitz. »Aber du wirst sehen ...«

Bereits eine Woche später schlug sie mir dann einen Job vor, der mir, wie sie wortreich versicherte, auf den Leib geschrieben sei. Ich sollte für die neugegründete Zeitung ›Weib‹ Rezensionen schreiben. Ich fragte nach der Zeitschrift, von der ich – hier in der Provinz – nie etwas gehört hatte. Wie ich nach und nach erfuhr, hatte man auch in anderen Gegenden der Bundesrepublik noch nie etwas von dieser Zeitung gehört, denn es handelte sich um eines jener Blätter, die auf privater Basis mit sehr viel Idealismus und wenig Geld gegründet werden, es auf vier, fünf Nummern bringen, noch ein bißchen dahinsiechen und schließlich sang- und klanglos eingehen. Lis versicherte mir jedoch voller Enthusiasmus, ›Weib‹ sei eine erfolgversprechende Zeitschrift, die über kurz oder lang sämtliche etablierten Frauenblätter vom Markt putzen und um deren Mitgestaltung sich so manch namhafte Autorin reißen würde. Begabte Mitarbeiterinnen, voller Schwung und Ideen, suche man dagegen laufend, erzählte sie in anfeuernder Tonlage weiter. Sie selbst hätte großes Interesse daran, auch mitzumachen, wenn sie in der Werbung nicht schon so schrecklich überlastet wäre, und, wie sie in Selbsterkenntnis hinzufügte, den Atem hätte, etwas zu Papier zu bringen, das rein zeilenmäßig über »Schnupfenfrei mit Nasen-Drall« hinausginge. Sie lachte.

»Du hingegen mit deiner entfesselten Schreibwut...«

Ich sagte, die freie Mitarbeit an einer so erfolgversprechenden Zeitschrift wie ›Weib‹ würde mir und meiner entfesselten Schreibwut sicherlich gut tun. So etwas hätte mir schon lange im Sinn gelegen, und ich würde mich auf die Aufgabe freuen.

»Dann besorg dir mal gleich das Buch ›Die Liebesgeschichte des Jahrhunderts‹, schreib was darüber und reich es mir ein. Ich schick das denen dann zu. Und vergiß nicht, deine Kontonummer anzugeben, die Arbeit wird gut bezahlt«, fügte sie wichtig hinzu.

»In Anbetracht der Tatsache, daß ich eigentlich nie für eine Arbeit bezahlt werde, besitze ich leider kein eigenes Konto«, lachte ich, »aber ich werde Valentins Nummer angeben. Noch lieber wäre es mir allerdings, wenn man mir das Geld gleich bar in einem Briefumschlag zuschikken würde!«

»Es wird Zeit, daß du neben dem Haushalt noch etwas anderes tust«, erwiderte Lis, »schon wegen der Sache mit dem Konto!« Mit diesem Hinweis beendeten wir unser »Geschäftsgespräch«, vorwiegend aus jenem Grund, weil Valentin in immer kürzeren Zeitabschnitten auftauchte, um mir pantomimisch klarzumachen, daß Zeit und Geld unaufhörlich davonrannen. Ich legte den Hörer auf und begann, vergnügt vor mich hinsummend, das Geschirr abzuwaschen. Seitdem wir im Ländle wohnten, war ich so süchtig nach Abwechslung, daß mir die Spinnereien meiner Schwester, die mir in früheren Zeiten als Spinnereien und sonst gar nichts erschienen waren, nunmehr beinahe unverzichtbar wurden. Natürlich war auch die Sache mit ›Weib‹ und meine diesbezügliche Mitarbeit ein reines Hirngespinst, aber ein nettes, das Abwechslung in meine Gedanken brachte. Es verging eine Woche, und ich erhielt eine Karte, Absender Lis, Text exakt zwei Worte.

Was ist???

Ich schrieb umgehend zurück: *Womit?*

Daraufhin klingelte erneut das Telefon. Lis meldete sich kurz. Sie hätte der Chefredakteurin in die Hand versprochen, die einzig wahre Journalistin zu vermitteln, die imstande sei, Buchbesprechungen für ›Weib‹ zu schreiben, und ich möchte sie doch bitte jetzt nicht im Stich lassen. Die ›Liebesgeschichte des Jahrhunderts‹ gäbe es auch als Taschenbuch, und wenn es nicht vorrätig wäre, was »hinterm Berg« ja möglich sei, dann solle ich es sofort bestellen. Anschließend möchte ich es doch bitte unverzüglich lesen und besprechen und die Bügelwäsche ruhig einmal liegenlassen, denn die Arbeit für ›Weib‹ sei vorrangig! Valentin und die Kinder, dies sei sehr empfehlenswert, sollten sich an diese Tatsache möglichst rasch gewöhnen.

Wie vorausgesehen war das Buch im Laden gegenüber nicht vorrätig, also gab ich die Bestellung auf, wobei ich den Namen der Autorin buchstabieren mußte. Ihr schriftstellerischer Ruhm schien noch nicht bis in den Schwarzwald vorgedrungen zu sein.

Am nächsten Tag konnte ich das Buch abholen. Es

handelte von einer Ehe mit einem Trinker, geschrieben in freien Reimen. Ich las die Geschichte mit gerunzelter Stirn und großer Anteilnahme, wenn ich das Drama auch leider nicht nachempfinden konnte. Der letzte Trinker in unserer Familie, ein rauflustiger »Was-kostet-die-Welt-Typ«, war bereits vor etlichen Jahren anläßlich eines Saufgelages von uns gegangen und da alle, die ihn damals gekannt hatten, ebenfalls nicht mehr unter uns weilten, lernte ich seine Untaten nur noch aus dritter Hand kennen, hinter welcher sie, stark geschönt und romantisiert, weitergegeben wurden.

Trotzdem las ich das Buch mit schwesterlichem Mitgefühl, schrieb meine erste Besprechung und diese dann noch dreimal um. Ich fühlte mich bei dieser Tätigkeit wichtig, klug und bereits unersetzlich. Mit ernster Miene brachte ich das Kuvert wenig später zur Post und hätte mich wahrscheinlich nicht dagegen gewehrt, wenn mir jemand das Wort ›Presse‹ hinten auf meinen Mantel geklebt hätte. Kurz danach erhielt ich mein erstes Honorar, wie gewünscht in bar in einem Briefumschlag, und nach drei Wochen schickte mir die Redaktion die erste Nummer von ›Weib‹.

Ich nahm an dem noch nicht abgedeckten Frühstückstisch Platz und begann in der Zeitschrift, die, so man Lis Glauben schenken durfte, bald marktführend sein sollte, zu blättern.

Sie war auffallend schlecht! Ich fand die Reportagen reichlich inhaltslos und langweilig, den Leitartikel schlecht und holprig geschrieben, zwei Cartoons (wahrscheinlich von freien Mitarbeitern beigesteuert) dilettantisch und die Fotos denen in irgendeiner Schülerzeitung abgebildeten nicht unähnlich. Die etablierten Frauenzeitschriften brauchten um ihre Existenz nicht allzusehr zu zittern. Dann fand ich die Besprechung des Buches ›Die Liebesgeschichte des Jahrhunderts‹. Ich hielt inne. Der Artikel war bestens plaziert und aufgemacht, begabt und flüssig geschrieben und las sich gut. Ich goß mir eine

Tasse Kaffee ein. Dann begann ich das Blatt noch einmal, diesmal mit größerer Ruhe, durchzulesen. So auf den zweiten, gründlicheren Blick, war sie gar nicht so schlecht, wenn man von einigen Anfängerungeschicklichkeiten einmal absah. Ich legte das Blatt in unser Bücherregal und gierte nach einer neuen Aufgabe.

Sie erreichte mich bald. Ich möchte doch, da ich mich in die »Welt« dieser Autorin ja bereits eingelesen hätte, nun auch ihr zweites in deutscher Sprache verfaßtes Buch ›Wie vergewaltige ich einen Mann?‹ besorgen, studieren und besprechen. Das Honorar würde man mir dann umgehend zukommen lassen. Man hoffe, daß ich mit Bezahlung und Aufgabe einverstanden sei. Daß ich einverstanden sei! Ich hätte auch ein Honorar von einer Mark fünfzig jubelnd begrüßt, ja sogar ganz umsonst meine Talente in ›Weibs‹ Dienste gestellt! Allein die Aussicht, mich bald wieder gedruckt zu sehen, war mir Honorar und Anerkennung genug. Im Grunde, hier hatte Lis ja vollkommen recht, war die Hausfrauentätigkeit doch eine wenig anregende Arbeit, die viel Plage und wenig Ruhm und Ehre einbrachte. Wenn ich nur an all die unnützen Pullover dachte, die nun ungetragen und unbeachtet im Schrank herumlagen und an all die mit viel Liebe zubereiteten Spätzle und Maultaschen, vor allem an die Zeit, die ich in ihre Herstellung investiert hatte, nur damit sie gedanken- und kommentarlos einfach so heruntergeschluckt wurden. Meine ganze Hausfrauentätigkeit, in welche ich vierzehn Jahre meines kostbaren Lebens investiert hatte, schien mir plötzlich wertlos, am liebsten hätte ich meine bisherigen Taten still und heimlich und mit einem »Ruhet in Frieden«-Kranz versehen an einsamer Stelle vergraben. In der Redaktion einer renommierten Zeitschrift wußte man meinen Arbeitseinsatz und mein Talent doch weit eher zu würdigen. Vielleicht erkannte man ja schon bald an einflußreicher Stelle meine Begabung und betraute mich mit größeren Aufgaben. Möglicherweise ließ man mich sogar den Leitartikel schreiben und lud mich einmal in die Redaktion ein.

Von höheren Gedanken dieser Art beseelt, eilte ich über den Marktplatz zum Bücherstüble, um meine Bestellung aufzugeben.

Es war ein nebliger, kalter Wintertag, Schneeregen und Graupelschauer wechselten miteinander ab, ich stemmte den Schirm gegen den Wind und empfand es als wohltuend, in die Wärme des kleinen vollgestopften Lädchens eintreten zu können. Innen war es gemütlich und anheimelnd. Zwei bärtige Männer in zünftig-derber Skikleidung lasen in Wanderführern, eine alte Dame in der ›Geschichte der Kreisstadt‹. Ein Schwarzwälder Opa wie aus dem Bilderbuch lehnte in der Ecke neben dem Regal und blätterte in einer Zeitschrift. Er trug ein wallendes Lodencape, blank gewienerte Stiefel und ein Hütchen auf dem Kopf. Pfeifenrauch kringelte sich blau aus weißem Rauschebart. Ich war von seinem Anblick entzückt, und erst als er mir vertraulich zuzwinkerte, wurde mir bewußt, daß ich ihn minutenlang angestarrt hatte. Die Buchhändlerin, Frau Busch, packte Bücher aus, unterbrach jedoch ihre Tätigkeit und wandte sich mir und meinen Wünschen zu. Wir kannten uns gut, da wir nicht nur Bücher bei ihr kauften, sondern auch unseren gesamten Bedarf an Zeitschriften und den nicht geringen Bedarf an Schul- und Schreibutensilien für die Kinder in ihrem Laden deckten. Frau Busch und ich waren fast so etwas wie Freunde geworden. Sie empfahl mir Bücher, die sie neu bestellt hatte, wir plauderten über den Inhalt, und es ergab sich an manchen Tagen, an denen sie nicht viel zu tun hatte, sogar ein längeres Gespräch. Da Frau Busch auch Dichterlesungen veranstaltete, bargen diese Gespräche interessanten Stoff. Frau Busch stapelte die letzten Bücher in das Regal, dann wandte sie sich mir lächelnd zu.

»Etzet, was ka i für Sie do?«

»Ich hätte gern das Buch ›Wie vergewaltige ich einen Mann‹!«

Frau Buschs eben noch heiter lächelndes Gesicht nahm augenblicklich einen verwirrten Ausdruck an. Ihr fiel der Stift aus der Hand.

Sie bückte sich, um ihn aufzuheben, mit rotem Kopf kam sie wieder hoch.

»Wie heißt des?«

»›Wie vergewaltige ich einen Mann?‹« wiederholte ich geduldig.

»Würden Sie bitte einmal nachschauen, ob Sie das Buch vorrätig haben?«

Frau Busch starrte mich an. Die bärtigen Männer legten die Wanderkarten nieder, die alte Dame die ›Geschichte der Kreisstadt‹.

Frau Busch faßte sich als erste.

»Ja, da muß i z'erscht amol gucke, ob mir des vorrätig hen. I glaub's fei net!« Sie verschwand. Ich betrachtete mir einen Prospekt, die alte Dame und die beiden Wanderburschen betrachteten mich. Endlich kam Frau Busch zurück. Wie nicht anders erwartet, das Buch war nicht vorrätig. Es mußte erst bestellt werden. Frau Busch schob mir Zettel und Bleistift über die Theke und bat mich Titel und Autor selbst aufzuschreiben.

»Tät's lange, wenn Se übermorge mol gucket, ob des Büchle do isch?« fragte Frau Busch.

Ich nickte. Doch, das würde reichen.

»So sehr eilt es nun auch wieder nicht! Ade!«

Im Hinausgehen sah ich, wie die beiden Wanderer breit grinsten.

»No muß se no drei Tag warte!« flüsterte der eine dem anderen zu. Der brach in wieherndes Gelächter aus. Erst jetzt wurde mir die Provokation des Titels bewußt, auf den ich in meiner Karrierelust und verblendet von meinem jungen Ruhm bislang gar nicht geachtet hatte. Deshalb hatten Frau Busch und die nette alte Dame so seltsam geguckt. Kein Wunder, daß ich mit meiner Bestellung Aufsehen erregte. Hier im Städtchen war die Welt noch in Ordnung, mit Emanzipation beschäftigten sich die Frauen weniger als mit dem Geschäft der Kehrwoche, und allein im Walde fürchteten sich, wie von alters her, die Frauen allenfalls vor Überfällen von männlicher Seite und nicht etwa umgekehrt. Ich lachte vor mich hin und spannte meinen Schirm auf. Das mußte ich Valentin heute abend als erstes erzählen, daß man mich für eine gefährliche Sittenstrolchin hielt, die sich sogar per »Fernunterricht« weiterbildete. Ich hatte unser Haus beinahe erreicht, da fühlte ich eine Hand auf der Schulter. Ich zuckte zusammen.

»Ja?«

Der nette Schwarzwälder Opa, den ich vorhin im Laden so ungeniert angestarrt hatte, blickte mich aus verschmitzten blitzblauen Äugelchen an. Ich lächelte verlegen.

»Entschuldiget Se no, daß i Se anschprech', aber i tät mi arg dafür interessiere, wo Se wohnet«, sagte er.

Ich war erstaunt. Es passierte mir zum erstenmal, daß ein gebürtiger Schwabe mich ansprach. Um ihn nicht gleich wieder zu erschrecken und vielleicht für immer zu verscheuchen, lächelte ich ihn werbend an.

»Ja, das ist aber nett, Sie wollen uns sicher einmal besuchen? Es würde mich sehr freuen und es ist auch gar nicht weit, ich wohne gleich hier neben dem Marktplatz. Kommen Sie ruhig, wenn Sie in der Nähe zu tun haben, vorbei ...«

Er wich entsetzt zurück.

»Ha noi, genau 's Gegeteil sott mer do. I han ebe Gott sei Dank mitkriegt, was für a Zeug Sie sich do bschtellet, a Anleitungsbüchle, wie mer so a arms Mannsbild vergewaltige ka. Do isch's scho wichtig, daß mer weiß, wo Se sich gewöhnlich so rumtreibet, die Gegend sott mer liebermeide!« lachte er verschmitzt, schlug den Kragen hoch und machte sich eilenden Schrittes davon.

Abends erzählte ich mein Erlebnis Valentin.

Auch er konnte sich das Lachen nicht verbeißen, meinte aber, ich solle mich doch endlich daran gewöhnen, daß in einem so kleinen Städtchen halt jeder jeden kennt und beobachtet und ich doch sicher nicht als »die Zugereiste, die immer so unanständige Bücher las« in die Annalen der Stadt eingehen wolle. Sonderlich vertrauenerweckend scheine ich auf die Bevölkerung ohnehin nicht zu wirken, schließlich würde ich nach wie vor keinen einzigen Menschen näher kennen.

Ich ließ mir die Sache durch den Kopf gehen und nahm mir vor, meinen angeschlagenen Ruf so bald wie möglich wenigstens teilweise wieder herzustellen, indem ich laut und vernehmlich Bücher wie: ›So komme ich zum eigenen Heim‹ und ›Zweiundzwanzig Füllungen für hausgemachte Maultaschen‹ im Bücherstüble in Auftrag gäbe. Das würde Frau Busch dahingehend beruhigen, daß ich nicht *nur* unanständige Gedanken hegte und in meiner Freizeit seltsame Dinge trieb. Die eben erst begonnene Freundschaft mit ihr war mir kostbar, ich wollte sie keinesfalls durch das unbedachte Bestellen »seltsamer Schriften« gefährden.

Das Buch kam pünktlich an, ich holte es persönlich ab, da niemand sonst es tun mochte.

Frau Busch warf mir einen vielsagenden Blick zu, holte das Buch, packte es schweigend ein und schob es schweigend über den Ladentisch. Ich zählte ihr schweigend das Geld in die Hand und wandte mich zum Gehen.

»Ade!« Ich lächelte ihr etwas unsicher zu.

»Wiedersehn!« sagte sie und blickte mich nicht an.

Nachdenklich ging ich über den Marktplatz. Mochte auch das Honorar, das ›Weib‹ mir für meine Dienste überwies, recht hoch sein, der Preis, den ich für diesen Job zahlte, war es gewiß ebenfalls.

Zu Hause setzte ich mich an den Tisch und las das Buch in einem Zug durch. Es gefiel mir nicht so gut wie die ›Liebesgeschichte‹, es gefiel mir genau genommen überhaupt nicht. Am nächsten Tag las ich es ein zweites Mal. Nein. Die Rezension fiel dementsprechend aus.

Trotzdem erhielt ich wenig später das versprochene Honorar und die Mitteilung, die Besprechung des Werkes: ›Wie vergewaltige ich einen Mann?‹ sei für Heft sieben eingeplant, man würde mir die entsprechende Nummer dann zuschicken. Leider kam es nicht mehr dazu, da die Zeitschrift bereits eingegangen war, bevor meine Besprechung gedruckt werden konnte. So hatte ich meinen guten Ruf ganz umsonst aufs Spiel gesetzt. Wahrscheinlich irrte ich mich, aber vom Tag meiner unseligen Bestellung an hatte ich das Gefühl, daß Frau Busch mich »komisch« ansah, sobald ich ihr Bücherstüble betrat.

Die Geschichte hatte übrigens noch ein Nachspiel.

Es war im Sommer an einem heißen Julitag. Ich ging allein durch den Wald, da Peer und Pia es vorgezogen hatten, mit ihren Freunden benachbarte Obstbaumwiesen aufzusuchen und darüber hinaus einen gesunden Widerwillen gegen jegliches Spazierengehen mit Erwachsenen hegten. So stieg ich allein den verlassenen Waldpfad hinauf. Die Luft stand still, die Hitze flimmerte mir vor den Augen, und je höher ich stieg, desto mehr spürte ich die Einsamkeit.

Von Kindheit an habe ich es geliebt, weite, einsame Spaziergänge zu machen. Hier hätte ich mich dieser Lust erstmalig mit Wonne hingeben können, wäre ich nicht ein Leben lang von Menschen umgeben gewesen, die die Überzeugung vertraten, daß dies ein geradezu sträflicher Leichtsinn sei und die Tatsache, daß man mich noch immer nicht erschlagen im Wald aufgefunden hatte, auf purem Zufall beruhte. So haben sie es mit der Zeit geschafft, aus einer Naturschwärmerin jene nervöse Schachtel zu machen, die, anstatt froh durch Wald und Flur zu streifen, bei jedem Rascheln zusammenzuckt und ihre Wanderung nie mehr so richtig genießt, weil sie es nicht lassen kann, sich ihre eigene Leiche unter vermoderndem Laub vorzustellen.

An jenem Tag schüttelte mich die Angst jedoch weniger als sonst. Es war einfach zu heiß und ich zu erschöpft.

Glücklich sank ich auf meine Lieblingsbank am schönsten Aussichtspunkt nieder und atmete aus. Tief unter mir konnte ich vereinzelt die Dächer des Städtchens sehen, über mir stand der Himmel in klarstem Blau, doch es lag eine solche Schwüle in der Luft, daß es wohl bald einen Wetterumschwung geben würde. Ich beschloß mich ein wenig auszuruhen und dann den Heimweg anzutreten. Da raschelte es! Stille! Wieder Rascheln. Wieder Stille. Sicherlich bloß eine Amsel, beruhigte ich mich selbst. Doch diesmal raschelte es besonders laut und lange. Feste, energische Schritte näherten sich auf dem schmalen, bewachsenen Waldweg, der wenige Meter an meiner Bank vorbeiführte, dann verharrten sie in plötzlich eintretender Stille. Ich blickte mich um. Hinter mir ragte der Wald in dunkler Unbeweglichkeit, er kam mir bedrohlich vor. Über mir wiegten sich die Zweige eines Baumes leise im Wind, Insekten summten geschäftig durch die heiße Luft. Tief unter mir lag das Städtchen mit seinen schaffensfrohen Bürgern, die heute abend auf einen sinnvoll verbrachten Tag zurückblicken konnten und sich nicht mitten am Tag auf einsam gelegenen Bänken dem Nichtstun hingaben, um sich gleichzeitig großer Gefahr auszusetzen. Ich sah mich noch einmal vorsichtig um. Mir schien, als ob links hinten im Gebüsch jemand stand und wartete. Jemand, der bestimmt keine Amsel war, der etwas anderes im Sinn hatte als bloße Wurmsuche – und der mich beobachtete. Stumm, unbeweglich und geduldig. Er hatte Zeit!

Ich spürte, wie mir die Knie zitterten. Wie konnte sich eine erwachsene Frau in eine solche Situation begeben! Gab es nicht unten im Tal, in Rufweite vieler Häuser, sehr schöne Wanderwege? Konnte ich nicht überhaupt zu Hause bleiben, mich auf meiner schönen Terrasse ausruhen oder auf das Ausruhen einmal verzichten und statt dessen zum Beispiel endlich den großen Bügelberg in Angriff nehmen, der im Hausarbeitsraum unserer Luxuswohnung still, unbeachtet und stoisch vor sich hinwuchs.

Was hatte ich überhaupt wie eine Kräuterhexe im Busch herumzukriechen? War das wirklich notwendig?

Ich dachte an Valentin, an Trine, an Lis.

Wie recht sie mit ihren düsteren Prophezeiungen hatten.

Wie weise war dagegen Frau Mugglhahn, die mir erst vor einigen Tagen gesagt hatte, sie wäre noch kein einziges Mal allein im Wald herumgelaufen – »Do tät i mir ja ganz komisch vorkomme«, und doch lebte sie bereits seit zweiundvierzig Jahren hier. Frau Mugglhahn würde ich nun auch nicht mehr wiedersehen. Die Kehrwoche hatte ich heute früh noch gewissenhaft erledigt, da konnte mir wenigstens niemand etwas nachsagen.

Es raschelte erneut. Feste Schritte entfernten sich ein kurzes Stück, dann war es wieder still. Wahrscheinlich konnte mich mein Mörder vom neuen Standpunkt aus besser beobachten. Ich stand auf und ging den Weg hinunter, die Schritte folgten mir augenblicklich. Ich lief schneller, das Herz pochte mir gegen die Rippen, der Atem ging stoßweise. Ich konnte nicht mehr und fiel auf die nächste Bank. So mochte es halt geschehen! Scheußliche Schlagzeilen tauchten vor meinem inneren Auge auf. *Frau im Walde erschlagen aufgefunden! Auf Wanderung vergewaltigt! Die erst vor einem Jahr in unsere Stadtgezogene Frau K., Mutter zweier Kinder... Ehemann erlitt Nervenschock. Ich habe sie hundertmal gewarnt, aber meine Frau wollte nicht hören!*

Ich stellte mir gerade meine Beerdigung vor, bei der Peer und Pia Röschen in Mamis Grab warfen, als sich das Gebüsch teilte. Zögernde Schritte näherten sich der Bank, auf der ich wie festgenagelt saß. Ich machte den Rücken steif. Hoffentlich würde es wenigstens schnell gehen. Kleinen Problemen gegenüber verhalte ich mich oft zimperlich, große gehe ich, wenn sie unabänderlich sind, mit Entschlossenheit an. Da kann mir niemand etwas nachsagen.

Ich erhob mich zu voller Größe, wandte mich um und

war bereit, diesem Wesen, das mich nunmehr seit einer Stunde verfolgte, mein Herz mit seinem Rascheln, seinen Schritten und seiner Stille zum Klopfen gebracht hatte, die Stirn zu bieten. Ich ballte die Fäuste und hob den Blick.

»Ja, grad des wollt' i ebe vermeide, an Ihne vorbeigehe z' müsse!«

Der Schwarzwälder Opa! Geschniegelt wie im Winter, diesmal mit einem Lodenanzug herausgeputzt, mit blanken knöchelhohen Schuhen, die unvermeidliche Pfeife im Bart.

Schwindelig vor Erleichterung setzte ich mich und trocknete mir die Stirn. Er trat hinzu.

»Ka i's wage, Platz zu nehme?«

Ich brachte ein Lachen zustande.

»Ja, aber sicher, setzen Sie sich ruhig!«

Er setzte sich vorsichtig auf das äußerste Ende der Bank, einen guten Abstand einhaltend. Listig äugte er zu mir herüber.

»I han halt denkt, lieber oimal z' vorsichtig gwä als oimal z' ovorsichtig, aber heut besteht wohl koi Gefahr für ons Männer, 's isch Ihne wohl z' warm?« erkundigte er sich. Ich bestätigte, daß sich die übergroße Schwüle beeinträchtigend auf meine Sinneslust auswirkte. Wir schwiegen, ich glücklich erschöpft. Schließlich rückte er näher, beäugte mich und fragte im Komplizenton:

»Also, interessiere tät's mi scho, ob 's scho mol klappt hat, nachdem Se Ihr Anleitungsbüchle g'lese hen.«

Ich lachte.

»Leider nein, bis jetzt kein einziges Mal!« Ich dachte an die Rezension, die niemals gedruckt worden war, und fügte hinzu: »Ich habe mir das Anleitungsbüchlein ganz umsonst gekauft!«

Er kicherte lautlos in sich hinein.

»Des han i mir scho denkt, daß Se 's ganze Geld zum Fenschter nausg'schmisse hen«, teilte er mir vertraulich mit. »Meischtens wehret sich d' Mannsleut ja net!«

Friedlich vereint und Seite an Seite marschierten wir kurz darauf dem Städtchen zu und wenn wir uns später einmal zufällig in einem Laden oder auf der Straße begegneten, so grüßten wir uns freundlich per »Grüß Gott!« Eine weitere Kommunikation fand leider nie mehr statt, weil der schmucke Schwarzwälder Opa, wenn er mich sah, beschleunigten Schrittes weitereilte. Wenn er wohl auch kaum ernsthaft geglaubt hatte, daß ich unbescholtenen Mannsbildern auflauerte, so hatte er mich doch immerhin allein im Wald und fernab jeglicher bewohnten Behausung angetroffen. Und das tat »koi rechts Weibsbild«. Verdächtig gemacht hatte ich mich auf jeden Fall!

Frau Busch ihrerseits hatte mir meinen einmaligen »Ausrutscher« rasch verziehen, vor allem, nachdem ich ihr gestand, daß ich an dem Buch keinen sonderlichen Gefallen gefunden hätte.

»Ich habe es halt mehr oder weniger gezwungenermaßen lesen müssen«, erklärte ich ihr, »da ich hin und wieder Rezensionen für eine Frauenzeitschrift schreibe.« Frau Busch betrachtete mich voller Achtung.

»Ah, des tät mi au interessiere«, sagte sie. »Wie heißt denn die Zeitschrift?« Ich biß mir auf die Lippen. Es war klar, daß mir Frau Busch diese Frage stellen würde.

»Es handelt sich um eine ganz neue Zeitung, welche im süddeutschen Raum noch nicht so recht Fuß gefaßt hat«, rettete ich mich aus der Affäre.

»Ah, des han i mir scho denkt«, antwortete Frau Busch und lächelte mich an.

Auf jeden Fall blieb mir ihre kostbare Freundschaft erhalten, und zum Zeichen, daß sie mir nicht zürnte, schenkte sie mir zum ersten Weihnachtsfest, das wir im Ländle verbrachten, ein Büchlein mit schwäbischen Spruchweisheiten, von denen sie eine angestrichen hatte: »Am Verdeane isch no koiner z' Grund gange«, womit sie wohl andeuten wollte, daß jeder Beruf halt seine Opfer fordert und man in diesem Falle mildernde Umstände walten lassen muß.

Winterwonnen – Sommerfreuden oder Willis Geheimnis

Lieber en Ranze vom Fresse
wia en Buckel vom Schaffe

Mit der Schneeschmelze begann auch endlich das so lange vermißte »G'sellschaftsleben«.

Der Frost ließ nach, die Straßen waren auch des Nachts gut passierbar, und ich wiederholte meinen Wunsch, endlich einmal mit netten Einheimischen in näheren Kontakt zu kommen.

So brachte Valentin eines Abends einen Kollegen aus dem Betrieb mit nach Hause, von dem er mir schon öfter erzählt hatte.

Peter und seine Frau Charlotte bewohnten das wunderschön renovierte Fachwerkhaus am Ortseingang, dem manch neidvoller Blick des Vorüberfahrenden galt.

»Des beschte an dem ganze Häusle isch, daß mer's g'erbt hen!« lachte Peter, als ich ihn darauf ansprach. »Des sen die Häusle, die mer am gernschte hat.«

Das konnte ich allerdings von Herzen bestätigen.

Auch mein geheimes »Traumhaus« war schließlich einfach »so« in meinen »Besitz« gekommen. Es war eines Tages da gewesen, ganz von selbst, und ohne daß man sich vorher jahrelang abgeplagt hatte.

Charlotte, die wir kurz darauf kennenlernten, war ebenfalls ein fröhlicher Typ. Sie schwätzte munter drauf los, erzählte, daß nimmermüde Schaffensfreude keineswegs zu ihren Tugenden zählte und sie aus diesem Grund ihr Elternhaus, ein gutgehendes Hotel auf der Alb, frühzeitig verlassen hatte, um im Ausland Sprachen zu lernen. Die ungeregelten Arbeitszeiten des Hotelwesens hätten ihre Lebenslust zu stark eingeschränkt.

»Lieber en Ranze vom Fresse wia en Buckel vom Schaffe«, teilte sie uns mit und lachte Valentin und mich mit strahlend weißen Zähnen an. Ich staunte sie schweigend an. Das war ja etwas ganz Neues. Bislang hatte ich nicht gewußt, daß es auch diese Art von Schwaben (und diese Art von Sprüchen) gab.

Als ich Valentin abends darauf hinwies, sah er mich an und lachte.

»Du weißt doch«, sagte er dann. »Es gibt sottiche ond sottiche!«

Nun, uns sollte es recht sein. Hatten wir bislang vorwiegend mit »Sottichen« zu tun gehabt, so durften nun gern die »Sottichen« folgen.

Mit Peter und Charlotte besuchten wir zum ersten Mal in unserem Leben eine schwäbische Fasnet.

Es war Mitte Februar, auf den Nordhängen ringsum glänzten noch große Schneefelder in der Sonne, aber die Luft war jetzt manchmal schon warm und von kommendem Frühlingsahnen erfüllt. Gut gelaunt sicherten wir uns einen Platz auf der Kirchtreppe, von wo aus wir den Fasnetszug in seiner ganzen Schönheit sehen konnten.

Den Kölner Karneval hatten wir in den letzten Jahren nicht mehr besucht, wir waren einfach zu alt dafür geworden, um drei Tage und drei Nächte unverdrossen mitzumachen. Beim letzten Mal hatte mich die ausufernde Jekkenfreude in eine Fensterscheibe gedrückt, in die gefährliche Nähe eines glühend heißen Hähnchengrills. Das hatte mir dann doch gereicht. Wir waren anschließend sofort nach Hause gefahren mit der gegenseitigen Versicherung, dem Kölner Karneval allenfalls noch vor der sicheren Mattscheibe unseres Fernsehers beizuwohnen.

Dies war nun auch schon wieder einige Jahre her, und wir freuten uns jetzt doch, wieder einmal ein wenig Fasnetsfreuden zu erleben. Nun, das sollten wir bald merken, Angst um Seele und Körper brauchten wir nicht zu haben. Hier drängte uns keine Jecken- oder sonstige Lust in Schaufensterscheiben. Von Ausuferung jeglicher Art konnte keine Rede sein.

Die Jecken, so man sie als solche bezeichnen konnte, standen ordentlich und relativ ruhig am Straßenrand, Kleinkinder trugen wohl auch mal ein Papierhütchen, ein rechter Spaßvogel hatte sich eine Pappnase ins Gesicht geklebt, die meisten trugen ihre ganz normale Winterkleidung, gerade daß man sich hier und da ein schüchternes Papierröschen ins Knopfloch gesteckt hatte.

Der Zug kam. Er war nicht allzu lang. Liebevoll gebastelte und geschmückte Wagen fuhren vorbei, die Chöre sangen, was das Zeug hielt, Kinder warfen Bonbons, andere hoben sie auf, Clowns, die zwischen den einzelnen Wagen einherpurzelten, schwangen die Arme und grüßten das Volk, mit einem Schlachtruf, der so ähnlich wie »Ahaa!« klang, und eher ein Schlachtrüfle war.

»Aaha!« rief der Clown mit den Pompons an der Mütze, und »Ahaa!« antwortete das Volk.

»Aaha«, grüßte der schneidige Reitersmann und schwenkte seinen Hut.

»Aahaaa!« riefen die Jecken und bückten sich rasch nach dem Bonbon, der in den Rinnstein gefallen war.

»Aaha!« schrie eine Handvoll Zwerge aus der Kindergartengruppe.

»Aahaa!« grüßten die Mütter zurück.

»Aaha!« schrie mir Valentin durch den Trommelwirbel der vorbeimarschierenden Kapelle hindurch ins Ohr.

»Ha«, gab ich matt zurück. Wir begannen zu frieren, ich trampelte mit den Füßen, Valentin schlug die Hände zusammen. Noch ehe uns die letzte Gruppe mit »Aahaa!« gegrüßt hatte, machte uns Peter ein Zeichen, daß er aufbrechen wollte. Wir schlossen uns ihm und Charlotte an. Im »Weißen Hirsch« wärmten wir uns bei einem guten Glühwein wieder auf.

»I han denkt, des reicht fürs erschte, ihr hent scho ganz erschöpft ausg'sehe«, lachte Peter.

»Nun, sonderlich lustig haben wir's eigentlich nicht gefunden«, gaben wir zu. »Wir fanden es sogar eher ein wenig ermüdend!«

»Ja, die Zuzogene aus em Rheinland machet halt emmer wieder de gleiche Fehler, wenn se zur Fasnet ganget«, klärte uns Charlotte auf. »Die Fasnet im alemannische Raum hat nix mit eurem Alaafg'schrei z' do. Des isch ebbes ganz anders. Damit will mer die böse Geischter vertreibe.«

Davon hatten wir bereits gehört, nur daß man die »Geischter« mit »ahaa« vertrieb, war uns neu.

»Obwohl«, Peter lachte, »i der Meinung ben, daß ihr die böse Geischter mit eurem Alaafgebrüll eher en d' Flucht schlaget als mir in onserer ruhige Art!«

Dieser Ansicht konnten Valentin und ich uns anschließen.

Auch wir vertraten die Meinung, daß die Geister beim Anblick des ersten Jecken zu Kölle und beim ersten markerschütternden »Alaaaf« sicher blitzschnell ihre Besen besteigen und davonjagen würden. Wahrscheinlich hatte man sie im Rheinland schon längst und nachhaltig vertrieben und brauchte sich diesbezüglich nicht länger zu sorgen.

Auch wenn die Fasnetsfreude im »Weißen Hirsch« lediglich in einigen Fasnetsküchle ihren Niederschlag fand und kein dröhnendes Rucki-Zuckilied die Tische tanzen ließ, auch kein einziger Jecke auf denselben herumhopste, wurde es ein sehr schöner Abend. Wir variierten das Thema der Geister und deren Vertreibung auf jede nur erdenkliche Weise, und Charlotte teilte mir sogar im Vertrauen mit, daß die meisten heute auf der Alb ihr Unwesen trieben und es dort sogar noch Hexen gab. Da sie auf der Alb geboren und aufgewachsen war, mußte sie es schließlich wissen, und ich war kurz davor, sie um die Bekanntschaften, die sie an ihrem Heimatort gemacht hatte, zu beneiden.

Mit dem Thema Hexen beschäftigte ich mich kurz darauf aufs neue. Solange wir im Ländle wohnten, hatten wir immer mal hier und da von den Besenwirtschaften gehört. Schon das Wort gefiel mir sehr. Es hatte so etwas Mystisches, ja Spiritistisches, vielleicht war es ein geheimnisumwitterter Ort, an dem sich nächtlich die Hexen trafen, ihre Besen lässig in die Ecke warfen und sich zum Tischerücken und Beschwörungsmurmeln zusammenfanden. Vielleicht gelang es mir ja, in ihren Kreisen Fuß zu fassen.

Ich rief Charlotte an und fragte sie als »Fachfrau«, was es mit den Besenwirtschaften auf sich hatte.

Sie lachte.

»Ach, des hat nix mit feministische Omtriebe z' do«, teilte sie mir mit. »Des isch a alte Tradition, die ema Wengerter, also oim, der en eigene Weiberg hat, erlaubt, in seim Wohnzimmer sein selbschtkelterte Wei auszuschenke.«

»Ja, wo finde ich sie denn?« fragte ich.

»Ach, die sen net z' übersehe«, lachte Charlotte. »Mer erkennt se glei an dem Bese, der über der Tür hängt. Allz'viel gibt's allerdings nemme, mer muß scho danach suche!«

Charlotte hatte recht. Obwohl wir künftig die Augen weit aufsperrten und nach dem besagten Besen Ausschau hielten, sahen wir höchst selten einen in den Dörfern. Dafür entdeckten wir ihn in Gegenden, in denen wir nun wirklich keine Besenwirtschaft vermutet hätten. An der Garage eines ganz normalen Hochhauses am Rande der Stadt und einmal sogar an einem piekfeinen Bungalow. Beide Wirtschaften entsprachen nicht unseren Vorstellungen. Wenn schon keine Hexenküche, so sollte es wenigstens ein »altes Gemäuer« sein, in dem man die Besenwirtschaft betrieb, die wir besuchen wollten. Ein bißchen Romantik halt...

»Ach, i glaub', do send er auf alle Fäll enttäuscht«, teilte uns Peter unumwunden mit, als wir ihn fragten, ob er nicht eine Besenwirtschaft kenne, die zu besuchen sich lohnte.

»Des hat überhaupt nix mit Romantik z' do, d' Leut ganget dort na, weil der Wei billig isch, aber«, er senkte vertraulich die Stimme, »onder ons g'sagt, s' isch oft a arg sauers G'söff!«

Da wir nicht lockerließen, versprach er, einmal mit uns zusammen eine Besenwirtschaft zu besuchen, eine, die er persönlich kannte. Diese befand sich nicht in einer Garage, sondern in der guten Stube im ersten Stock eines uralten Häuschens, dessen vorderer Giebel sich bedrohlich der Straße zuneigte, so als wolle er erst einmal sehen, welche Gestalten sich da unten vor der Tür den Schnee von den Stiefeln klopften. Auch wir klopften uns den Schnee von den Stiefeln. Es hatte jetzt, Anfang März, noch einmal tüchtig geschneit, und wir hatten diesen Umstand für eine ausgiebige Schneewanderung genutzt. Nun waren wir hungrig und müde und trachteten uns auszuruhen, zu essen, zu trinken und uns zu wärmen. Ein unübersehbarer Besen hing über der Haustür, ein Pfeil wies den Weg in die erste Etage.

Durchdringender Putzmittelgeruch stieg vom unteren Korridor herauf, säuerlicher Weindunst von oben herab. Der Aufstieg erwies sich als beschwerlich, eine Gruppe von Gästen kam uns auf der verwinkelten Treppe, sich in sichtlicher Eile auf dem Weg zur unten liegenden Toilette befindend, entgegen. Wir quetschten uns aneinander vorbei. Endlich eine Wohnungstür, ein Pappschild: Besenwirtschaft! Ein enger dunkler Flur. Berge von Mänteln versperrten den freien Durchgang. Eine Geruchs- und Stimmlawine kam uns entgegen.

Im Stimmengewirr herrschte: »Hano« und »Ha noi« vor, im Duftgemisch eine starke Komponente von Sauerkraut, unterstützt von gebratenen Ripple und Rotwein, alles fein abgestimmt mit Zigarrenrauch.

Drinnen herrschte drangvolle Enge. Ein voluminöser Geschirrschrank drängte sich ängstlich an die Wand. Ringsum ein Gewirr nicht zueinander passender Stühle und Tische, der ganze Raum – zu normalen Zeiten wohl das Wohnzimmer – überhaupt vollgestopft mit Tischen, Stühlen und Menschen.

Die Stimmung war gut. Es wurde geschwätzt und gelacht. Die Gäste schienen sich durch das Interieur an zu Hause erinnert zu fühlen, mit dem Vorteil, daß es ja nicht das eigene Zuhause war, welches man hier so schamlos benutzte. Sie saßen dicht an dicht, faßten sich beim Reden an, schrien und kreischten durcheinander. Wir quetschten uns auf das Sofa, Peter verschwand in der Küche. Ohne zu fragen hatte ich Wein und Ripple vor mir stehen. Über meinen Teller hinweg ging die Unterhaltung lautstark von links nach rechts weiter. Ich verstand nur Bruchstücke davon.

»Etzet!« gab der Wirt zu verstehen, wenn er wieder einmal ein vollbesetztes Tablett auf den Tisch hiefte.

»Sodele«, rief die dicke Wirtin, wenn sie die neugefüllten Weinkrüge auf den Tisch stellte.

»Trinke müsse mer«, teilte mir mein Nachbar vertraulich mit, »scho, damit's morge beim Scheiße net stäubt!«

Wir hoben unsere Krügle, wir prosteten uns zu. Ein Gitarrenspieler tauchte aus dem Dunstkreis der Küche auf, er setzte sich auf einen Hocker und hub zu spielen an. Alle sangen kräftig mit, auch Valentin und ich, es fiel nicht weiter auf. Niemand verbot es uns, wir sangen, was das Zeug hielt.

Die Wirtin erschien und setzte, »Sodele«, neue Weinkrüge auf den Tisch, der Wirt sorgte »Etzet!« für Nachschub von Ripple und Sauerkraut. Mein Nachbar ließ mich von seinem Weckle abbeißen, wir hoben erneut die Gläser, es war saumäßig gemütlich!

An diesem Abend fühlten wir uns wie Ausländer, die zwar kaum ein Wort verstehen, sich aber dennoch gut aufgehoben und unter Freunden fühlen. Wie geraten, tranken wir recht viel, wir wollten unserer Gesundheit keinen Schaden zufügen. Der Rückweg, die erbarmungslos gebohnerte Treppe hinunter, erwies sich als schwierig.

Auf dem Heimweg dankten wir Peter und Charlotte überschwenglich für den gelungenen Abend, den wir dank ihrer tatkräftigen Unterstützung erleben durften.

»Aber oimal im Jahr langt's«, sagte Peter, und Charlotte lachte.

»I fend's jedesmol arg schö!«

Waren Schneewanderungen, Fasnet und Besuch der Besenwirtschaft unsere Wintervergnügen gewesen, so ging ab Mai das Grillen im Wald los. Valentin überraschte mich eines Abends mit einer Einladung zum kommenden Sonntag.

»Die ganze Abteilung wandert geschlossen in den Wald«, teilte er mir mit. »Sie machen das jedes Jahr, und es soll ein Mordsvergnügen sein!«

Ich sah ihn an. »Und die Frauen dürfen auch mit?«

»Was denkst du denn«, antwortete Valentin. »Die Frauen, die Kinder, überhaupt jeder, der zur Familie gehört. Besorge bloß genügend Grillwürste«, schärfte er mir ein, »und Brötchen und Kartoffelsalat. Morgen komme ich etwas eher nach Hause, wir müssen in die Stadt, Rucksäcke und Wanderschuhe kaufen!«

In diesem Sommer lernte ich, wie man einen Rucksack packt, und die Vorteile dicksohliger Wanderschuhe schätzen, denn ich stellte erstaunt fest, daß nicht nur das jeweilige Betriebsfest in den Wald verlegt wurde, sondern daß darüber hinaus auch die einzelnen Abteilungen und Unterabteilungen und aus diesen wiederum private Grüppchen in den Wald zogen. Es marschierten geschlossen die Abteilung ERGH/1 und die Abteilung C 206, die Abteilung FHC/2 und die Verwaltung, die Personalabteilung und der Vertrieb. Es schritten Seite an Seite der Chef und der Praktikant, die Sekretärin und der Portier, der Werkstattleiter und der Betriebsrat. Die jeweiligen Ehemänner und -frauen, die Kinder, die zur Familie gehörigen Omis und Opis und »die Tante auf Besuch!« Und jedesmal wurden wir auch eingeladen.

Die vielen gut ausgestatteten Grillplätze waren mir bereits auf unseren Wanderungen im Winter aufgefallen. Meist waren sie mitten im Wald gelegen, gern an einem alten Gemäuer, einer pittoresken Ruine etwa, auf einer lauschigen Wiese oder an einem murmelnden Bach. Gut ausgestattet waren sie alle. Es gab das gemauerte Rund zum Feueranzünden, eine überdachte Hütte, mehrere Bänke und Tische und Spielgeräte für die Kinder.

Auf unserer ersten gemeinsamen Betriebswanderung wich ich nicht von Valentins Seite. Im Flüsterton rang ich ihm Erklärungen zu den einzelnen Kollegen ab, die ich zwar alle dem Namen nach kannte, jedoch noch nie hatte in Augenschein nehmen können.

»Wer ist der Mann mit dem Kinderwagen?« fragte ich und wies mit dem Kinn in die Richtung eines wackeren Wanderers, der geduldig die Karre mit dem Jüngsten über Stock und Stein schob. Valentin lachte.

»Das ist der Chef, das Jüngste ist grad ein Jahr alt, sie mochten es wohl nicht zu Hause lassen.«

»Und der da? Der mit dem Jagdhund?«

»Das ist Herr Schwab vom Vertrieb. Herr Schwab«, rief er laut hinter dem an uns vorüberhechelnden Herrn her, »wenn der Hund Sie weiter so zieht, werden Sie sicher als erster am Grillplatz sein. Halten Sie ihn für uns frei!«

Der Wagen, welcher die Getränke transportiert hatte, wartete bereits, als unsere Truppe schwitzend und etwas erschöpft nach mehrstündiger Wanderung eintraf. Wir packten unsere Rucksäcke aus und richteten den Platz her. Die Männer verschwanden geschlossen im Wald, um Brennholz herbeizuschaffen, nach kunstvollen Regeln wurde es aufgeschichtet.

»Hätt' ich dem Alten gar nicht zugetraut«, flüsterte Valentin mir zu und wies mit Blicken auf seinen Chef, der sich beim Feueranzünden besonders nützlich machte. »Sonst sieht man ihn immer im grauen Einreiher durch die Gänge eilen!« Er grinste.

Nun, heute trug er kurze Hosen, welche kräftige Knie freiließen, ein verwaschenes Hemd und Wanderschuhe, denen man ansah, daß er in seiner Freizeit andere Entfernungen meisterte, als diejenigen, welche er während der Woche im Büro zurücklegte.

Als alles bereit war, ging es ans Grillen, das gemeinsame Schmausen begann. Wir saßen zufrieden in der Runde, betrachteten in aller Ruhe die schöne Natur und die besseren Hälften der Arbeitskollegen, machten uns so unsere Gedanken, tauschten Grillsaucen, Gürkchen und Erfahrungen über bessere und schlechtere Grillplätze aus und vergaßen den langen Anmarschweg. Nach dem Essen hatte sich die Stimmung so weit gelockert, daß die Frauen zusammenrückten und miteinander ins Gespräch kamen, die Herren jedoch zum gemeinsamen Fußballmatch antraten. Ich sah voller Erstaunen ERGH/1 und FHC/2 um die Wette und um die Ehre kicken, sah den Chef mit dem Azubi um den Ball ringen und den Abteilungsleiter mit dem Freund der Sekretärin.

»Nächsten Sonntag gehen wir wieder mit«, rief Valentin mir im Vorbeilaufen zu. »Die Entwicklungsabteilung hat uns gerade eingeladen!«

Beinahe alle Grillplätze, welche wir im Laufe der Zeit aufsuchten, waren großzügig bemessen und leicht zu finden. Leider fanden andere Gruppen sie ebenso leicht. Obwohl doch zumindest in unserer Gegend fast jeder über einen eigenen Garten verfügte, schien sich die Sitte des Grillens im Garten nicht durchgesetzt zu haben. Zum Grillen trommelte man die Abteilung, den Sport- oder den Singverein zusammen und marschierte in den Wald. Viele marschierten in den Wald! So, wie man sich im Ruhrgebiet auf dem Balkon oder im eigenen Garten, allenfalls noch auf irgendeiner Clubterrasse um den Grill scharte, wie man sich in Bayern in einem der vielen Biergärten traf, so stiefelte man in Schwaben über die Hügel. Auch hier wurde erst geschafft, das heißt einige Kilometer zurückgelegt, Speis und Trank mühsam geschleppt und später Holz gesucht und aufgeschichtet, ehe man sich dem Genuß hingab. *Nach* der Arbeit ist gut ruhn!

Da jedoch nahezu jeder seinen Sommerspaß in den

Wald auf einen öffentlichen Grillplatz verlegte, reichten die Plätze zur Hauptsaison nicht aus, so reichlich sie auch vorhanden waren.

Es steigerte allerdings durchaus die Freude und die Besitzlust, wenn man es sich an seinem Platz gerade so recht gemütlich gemacht, die Hütte belegt, die Bänke und Tische mit den ausgepackten Würsten als »besetzt« deklariert hatte und sich eine andere Truppe näherte. Sie näherten sich müde mit schweren Schritten und voll dumpfer Vorahnung. Dann hielten sie an und stellten fest: andere waren schneller gewesen.

Auch wir kamen am Sonntag darauf zu spät. Drei Stunden waren wir bei brütender Hitze gewandert, die letzten Kilometer schon ein wenig lustlos, doch das lockende Ziel tapfer im Auge, da fanden wir den Platz bereits von einer fröhlichen Gruppe besetzt. Wir hielten an und spähten durch die Büsche, denn nun galt es, blitzschnell den augenblicklichen Stand festzustellen. Das Resultat war wenig erfreulich.

»Die sen no lang net fertig«, teilte uns Herr Schwab vom Vertrieb mit. »Die sen no beim Holzsammle, die hen no net amol die Würscht aus'packt. Des ka no Schtunde daure!«

Tatsächlich. Die Konkurrenz war erst am Anfang ihres Vergnügens.

Noch lagen keine Pappbecher und leeren Ketchupflaschen herum, noch balgte sich niemand um den Fußball. Die Männer waren zwecks Reisigsuche im Wald verschwunden, die Frauen saßen auf den Bänken und »fremdelten« sich an.

»'s macht ja nix«, tröstete mich Herr Schwab, während ich meine Füße mit Leukoplast verklebte und mißmutig auf meinen wohlgefüllten Rucksack hinuntersah, den es nun erneut zu schultern galt, »in zwei, drei Schtund hen mer wieder a Plätzle g'fonde, des genau so schö isch wie des do!«

Valentin liebte diese Grillfeste und Wanderungen inmitten seiner Kollegen sehr, das gemeinsame Reisigsammeln und das gemeinsame Ringen um den Ball. Sobald ERGH zum Marsch blies, war er als erster dabei. Fröhlich vor sich hinsummend holte er den Rucksack aus dem Keller, um ihn mit allerlei guten Sachen zu füllen. Zu späteren Zeiten arbeitete er sogar die Route aus und schritt sie vorher allein und sorgfältig ab, unter besonderer Berücksichtigung, daß auch die Älteren und die Kinderwagenschieber gut folgen konnten. Auch zeigte er sich erbötig, den Getränkewagen zum Grillplatz zu fahren und diesen freizuhalten. Beim Holzsammeln und auf dem Fußballplatz machte er gute Figur, beim Feueranzünden mußte er sich leider zurückhalten, da er nie zuvor Gelegenheit gehabt hatte, diese Kunst zu üben. Später sah man ihn zufrieden im Kreis seiner Arbeitskollegen auf der Wiese sitzen und sein Würstchen in die Sauce stippen.

Ich setzte mich zu ihm.

»Dir geht's gut, was?«

Er blinzelte mich an. Dann lachte er.

»Dachte gerade an die blöden Betriebsfeste, die man früher immer besuchen mußte. Wo wir dann einen piekfeinen Saal gemietet hatten und steif und maßlos gelangweilt drin rumsaßen. Hier geht es doch viel ungezwungener zu. Man teilt das Würstchen und den Ball miteinander, man vergißt, wer wessen Chef ist und freut sich ganz einfach an dem schönen Tag.«

»Die Natur vereint ihre Kinder«, sagte ich ironisch.

»Eben!« antwortete Valentin.

Er biß zufrieden in seine Laugenbrezel, und dann lachte er in sich hinein.

»Ich stell' mir grade Brenner vor, Brenner und mich, auf der Wiese des Essener Stadtparks sitzend, beide in kurzen Höschen und mit bekleckertem Hemd, ein Würstchen schmausend, die Füße im Flamingoteich!«

»Vielleicht hätte es euch gut getan«, meinte ich.

»Sicher!« sagte Valentin trocken.

Zunächst war es uns gar nicht aufgefallen, aber als ein Grillfest nach dem anderen verging, ohne daß Usch und Willi daran teilnahmen, begann ich mir doch Gedanken zu machen, zumal auch Uschs Anrufe auffallend nachließen. Wir hatten die beiden allerdings arg vernachlässigt, und mich plagte das schlechte Gewissen. Eines Abends sprach ich mit Valentin darüber.

»Meinst du, daß sie beleidigt sind?« fragte ich ihn. »Das täte mir dann doch leid. Schließlich haben sie sich früher immer viel Mühe gegeben und konnten ja nichts dafür, daß sie uns mit ihrer überschwenglichen Art so genervt haben. Weißt du was, wir rufen an und fragen, ob sie nicht Lust haben mit uns auf ein Wochenende nach Straßburg zu fahren. Es wird sie sicher freuen, wenn auch mal ein Vorschlag von unserer Seite kommt.«

Am nächsten Tag teilte Valentin mir mit, Willi hätte sich für die freundliche Einladung bedankt, jedoch gesagt, daß sie an dem betreffenden Wochenende keine Zeit hätten.

Sie hatten auch am nächsten und am übernächsten Wochenende keine Zeit! Einige Tage später erzählte mir Valentin dann von einer seltsamen Beobachtung, die er gemacht hatte.

»Ich habe schon seit Wochen gemerkt, daß mich der Willi im Betrieb auffallend oft schneidet«, teilte er mir mit. »Nicht, daß es mich sonderlich gestört hätte, aber gewundert hat's mich halt doch, und seit einiger Zeit sehe ich ihn immer häufiger in der Kantine mit schwäbischen Kollegen zusammensitzen und irgendwelche geheimnisvollen Beratungen abhalten. Dabei«, er warf mir einen vielsagenden Blick zu, »reden dic Schwaben dreimal so viel wie er. Kannst du dir das vorstellen?«

Nein, das konnte ich nicht, aber das Geheimnis interessierte mich.

Am nächsten Tag rief ich Usch an.

»Hör zu Usch«, sagte ich ohne Umschweife. »Ich habe das Gefühl, daß wir euch unbeabsichtigterweise beleidigt haben. Du sollst wissen, daß uns das leid tut. Valentin und ich hatten in der letzten Zeit wirklich viel zu tun, aber jetzt ist es etwas ruhiger. Ich wollte fragen, ob wir nicht endlich mal die gemeinsame Wandertour über die Alb machen, die wir immer geplant haben. Ich dachte vielleicht am nächsten Wochenende?«

»Datt geht nich«, sagte Usch.

»Ja gut, dann nicht in dieser, aber vielleicht in der nächsten Woche?«

»Datt geht überhaupt nich!« sagte Usch. Ich schwieg verblüfft in den Hörer. Schließlich sagte sie: »Kommt morgen abend mal auf'n Gläschen vorbei. Der Willi und ich, wir müssen euch watt sagen!«

»Usch ist in Umständen!« mutmaßte ich, als wir uns am nächsten Abend in den Wagen setzten. »Vielleicht macht ihnen das zu schaffen, schließlich sind sie über vierzig!«

Usch war nicht in Umständen! Sie führte uns ins Wohnzimmer. Wir nahmen Platz. Es gab wie immer reichlich zu trinken, aber das sonst übliche üppige Abendessen fiel diesmal weg. Statt dessen bot sie eine Tüte Salzstangen an.

»Ja, das ist so, wir werden in der nächsten Zeit kaum noch dazu kommen, etwas mit euch zu unternehmen, die Usch und ich, wir werden nämlich bauen!« Willi sah uns treuherzig an.

»Da seid ihr platt, watt?« forschte Usch nach.

Das waren wir in der Tat.

Ausgerechnet Usch und Willi, ausgerechnet diese beiden, die sich am allermeisten über die bauwütigen Schwaben amüsiert hatten, diese zwei, die ohne ein rundes Sümmchen »zum Verjubeln« angeblich nicht leben konnten, waren unter die Bauherren gegangen.

»Ja, datt is nämlich so«, teilte Usch uns zur Klärung der Lage mit. »Der Willi und ich, wir waren die Bude hier eigentlich schon lange leid! Die hohe Miete und dann immer der Ärger mit der Kehrwoche, ewig den Dreck von anderen Leuten wegputzen, da hatt' ich schon lange keine Lust mehr zu, und als jetzt unser Vermieter doch tatsächlich daherkommt und schon wieder erhöht, da kam uns 'n tolles Angebot gerade recht, 'n Grundstück, wie man's nur einmal im Leben angeboten kriegt.«

Das tolle Angebot war eine Wiese, irgendwo weit abgelegen, aber Südhang, unverbaubarer Blick. Man hatte schnell zugreifen müssen, denn auch andere hatten den Wert erkannt, und der Besitzer drängte auf Entscheidung. Da durfte man nicht lange zögern, und Usch und Willi hatten dies auch nicht getan! Über Nacht waren sie sozusagen ins Lager der Häuslebauer gewechselt, aber da es sich um eine einmalige Gelegenheit handelte...

Nachdem man das Thema einmal angeschnitten hatte, gab es für diesen Abend kein anderes mehr. Anstelle von Kartoffelsalat und Roastbeef schleppte Usch die Baupläne heran, und Willi erläuterte die Vor- und Nachteile von Fertighäusern und der verschiedenen Heizsysteme. Leidenschaftslos betrachteten wir uns die Zeichnungen, derweil Willi vor Aufregung leicht ins Schwitzen geriet und Usch glänzende Augen bekam.

»Datt wird natürlich alles saumäßig teuer«, ergänzte Usch Willis Erläuterungen. »Aber ich meine für so'n Traumhaus, unverbaubarer Blick, direkt am Wald. Datt kriegt man ja nich alle Tage angeboten.«

»Und in 'n paar Jährkes sind wir ja auch über'n Berg«, meinte Willi. »Und außerdem«, er zwinkerte uns zu, »hätten wir nie gedacht, daß Hausbauen so 'n Abenteuer ist. Das fasziniert uns jetzt schon mehr als die schönste Sause durch Düsseldorfs Kneipen!«

Wir tranken unsere Gläser aus und erhoben uns. Das Thema begann uns zu langweilen.

Wir verabschiedeten uns früh.

»Ich würd' mich kaputtlachen, wenn ihr eines Tages auch anfangen würdet zu bauen«, rief Willi uns nach, als wir bereits auf der Treppe waren. »Wenn ihr uns erst mal im eigenen Haus besucht habt! Wetten?«

Nun die Wette würde er verlieren. Wir hatten nicht vor, uns auf diese Art von Abenteuer einzulassen.

Wir planten also, allein über die Alb zu wandern, doch als das Wochenende herankam, verschoben wir es auf einen unbestimmten Zeitpunkt, studierten unsere Landkarte und beschlossen, uns einmal das Dorf zu betrachten, an dessen Südhang Willi und Usch ihr Traumhaus errichten wollten.

Man mußte schon sehr weit durch das hügelige Land fahren, aber schließlich waren wir am Ziel.

Es war ein wunderbares Grundstück! Hoch über dem Dorf gelegen glänzte der Hang in der Mittagsonne. Von hier oben genoß man einen traumhaften Blick über die Ortschaft und die dahinter liegenden Felder bis hinüber zum Wald, der die Szenerie idyllisch einrahmte.

Wir standen und staunten. Neid kam auf und wurde niedergekämpft.

»Es ist verdammt weit draußen«, bemerkte Valentin.

»Allein die dauernde Fahrerei und dann die Spritkosten!«

»Usch wird hier vollkommen vereinsamen!« beruhigte ich mich meinerseits. »Im Sommer geht es ja, aber im Winter...«

»Im Winter wird man hier verrückt«, stimmte Valentin eifrig zu. »Und zu teuer scheint mir das Grundstück auch zu sein. Wenn Willi da mal nicht übers Ohr gehauen wurde. Hab' gehört, daß sich der Kostenvoranschlag leicht auf das Doppelte erhöht.«

»Wenn die zwei sich da nur nicht in ihr Unglück bauen«, trug ich meinen Teil bei. »Ich bin jedenfalls froh, daß wir keine Kuhpläke am Hals haben, für die man ein Leben lang auf alles verzichten muß. Ich meine...«, wir schenkten der Idylle einen letzten Rundblick, »so schön es ja ist!«

»Im Grunde ist es doch so«, nahm Valentin den Faden wieder auf, nachdem wir eine Weile schweigend durch das schöne Land gefahren waren. »Mit der Zeit gewöhnt man sich an alles und sitzt in seinem kostspieligen Haus genauso selbstverständlich wie vorher in der Wohnung, nur mit dem Unterschied, daß einem in der neuen Behausung die Schulden durch sämtliche Fenster gucken und einen angrinsen.«

Er trat auf die Bremse.

»Komm, das hier scheint ein schöner Gasthof zu sein. Wir wollen zu Mittag essen!«

Das taten wir auch. Der Gasthof war alt, von historischem Wert und ungeheuer gemütlich. Am Fenster, Blick in den üppigen Obstgarten, nahmen wir Platz. Valentin und ich bestellten uns Forelle blau, die Kinder Hähnchen mit Pommes frites. Die Kellnerin schleppte das Tablett herbei. Wir teilten uns eine riesige Schüssel Salat und nahmen Eis mit Früchten zum Nachtisch.

Es war eine gelungene Einkehr. Valentin zahlte ohne Reue, doch als wir später weiterfuhren, geschah etwas Merkwürdiges. Überall lachten mich plötzlich leere »Kuhpläken« an, unbebaut und einsam gelegen, an den schönsten Südhängen und meistens mit »Blick«. Blitzesartig tauchte auch mein seit längerem in Vergessenheit geratenes Traumhaus wieder auf, mit ausladendem Dach, spitzem Giebel und Fensterläden. Ein verschwenderisch blühender Bauerngarten rahmte es wunderhübsch ein.

»Schließlich verdient Willi auch nicht mehr als ich«, sagte Valentin plötzlich. »Und Usch verdient nicht mit!«

Ich verscheuchte das Traumbild aus meinen Gedanken und die vorüberflitzenden Wiesen sahen wieder aus wie immer.

»Eben«, sagte ich. Es lag etwas Doppeldeutiges in diesem »Eben«, es fiel uns nicht weiter auf!

Als wir müde zu Hause ankamen, erschien mir unsere Luxuswohnung enger, als ich sie in Erinnerung hatte. Besonders sonnig war sie eigentlich auch nicht, und die Küche im Wohnzimmer störte mich schon lange. Die Kinderzimmer waren wirklich poplig klein.

Ich seufzte heimlich vor mich hin.

Valentin, der für einen Augenblick hinaus auf die Terrasse getreten war, kam mit unzufriedenem Gesichtsausdruck wieder herein.

»Trostlos, immer so in fremde Gärten zu glotzen«, sagte er.

Er schloß die Tür hinter sich und lächelte. »Aber im ganzen ist es ein schöner Ausflug gewesen, nicht?«

»Hm-mm«, sagte ich und sah ihn an. Fünfundachtzig Mark hatte die Rechnung im »Goldenen Hirschen« betragen, und die Forellen waren im Grunde recht klein gewesen. Wenn man es genau nahm ... Also wenn man es ganz genau nahm ... »Sicher«, war alles was ich von meinen Gedanken äußerte.

Zweiter Teil

Früh krümmt sich, was ein Häkchen (und ein Bauherr) werden will

Der Virus

Von de Reiche lernt mer s'Schpare

Es ist wie eine Krankheit!

Man holt sich den gefährlichen Virus irgendwo, irgendwann, ohne es zu merken. Man lacht und scherzt und lebt weiter wie immer und ahnt nicht, daß man das schleichende Gift bereits in seinem Innern trägt, wo es sich unmerklich ausbreitet und, durch äußere Umstände begünstigt, wächst, bis die Krankheit plötzlich und unerwartet ausbricht.

Es beginnt damit, daß man vollkommen gesund und widerstandsfähig in verseuchtes Gebiet zieht. Man hört, daß dort bereits viele der grassierenden Epidemie zum Opfer gefallen sind und es tunlich ist, sich rechtzeitig gegen den Virus zu schützen. Man vernimmt diesen und ähnlich lautende Ratschläge und lächelt überlegen. Man fühlt sich gefeit, man hat schon ganz anderen Gefahren getrotzt und ist gegen Süchte aller Art überhaupt ziemlich immun. Die Menschen, die der Epidemie zum Opfer gefallen sind, mögen labile Typen sein, die leicht zu beeinflussen sind und über jede Versuchung stolpern. Doch während man diese und ähnliche Reden schwingt und sich stolz und unangreifbar fühlt, hat man sich bereits unmerklich angesteckt. Die Inkubationszeit ist von Fall zu Fall verschieden, aber unweigerlich bricht eines Tages die Krankheit aus: Man erwacht aus seinen Illusionen und hat plötzlich eine Menge Schulden, ein Eigenheim und ein Stück Land am Hals, mit dessen Bewässerung man fortan seine spärliche Freizeit ausfüllen wird.

So erging es vielen, die vor uns ins Ländle zogen, so erging es Willi und Usch, so wird es vielen ergehen, die nach uns kommen – und so erging es Valentin und mir! An einem schönen Samstagmorgen, an dem wir uns einem gemütlichen, ausgiebigen Frühstück hingaben, die Zeitung und das »Blättle« lasen und uns vom Ärger der Woche erholten, denn noch zählte traditionsgemäß bereits der Samstag als Feiertag, erschien das erste Anzeichen der kommenden Krankheit. Ich ignorierte es.

Zunächst saßen wir ganz friedlich da, belegten zufrieden unsere Semmeln, gossen Kaffee ein, raschelten mit unseren Zeitungen und lasen uns gegenseitig daraus vor.

Valentin schilderte detailliert, was irgendein Auslandskorrespondent zum Nahostkonflikt zu sagen hatte, ich revanchierte mich mit dem Leitartikel des Blättle. Er handelte davon, daß der Feuerwehr eine neue Spritze bewilligt wurde und der Bau der Umgehungsstraße den Marktplatz verkehrstechnisch stark entlasten wird. Die örtliche Gärtnerei annoncierte preiswerte Setzlinge, das Kaufhaus reduzierte Blusen. In Heimerdingen lud man zum Frühlingssingen des Männerchores ein, im Nachbarort zur großen Maiwanderung.

»Die Preise für Eigentumswohnungen fallen und fallen!« sagte Valentin plötzlich.

»Hier zum Beispiel: Komfortwohnung, Gartenanteil, neunzig Quadratmeter, gehobene Ausstattung, nur 240000 Mark.«

»Wieso nur?« fragte ich unbeeindruckt. Ich hatte mir gerade überlegt, ob ich mir eine der reduzierten Blusen kaufen sollte, und Valentin sprach bei der Summe von 240000 Mark von »nur«! Unsere Gedankengänge schienen zur Zeit, was die Finanzen betraf, nicht auf denselben Bahnen zu laufen.

»Na, ich meine ja bloß, bei der Größe und dann mit Garten, gehobene Ausstattung...«

»240000 Mark ist niemals ›nur‹, wenn du mich fragst«, sagte ich, »einerlei, wie gehoben die Ausstattung auch sein mag!«

»Ich mein' ja bloß«, wiederholte Valentin. »Herr Gott, wie mich diese ständige Rasenmäherei nervt, daß man hier aber auch kein einziges Mal in Ruhe frühstücken kann!« Er sprang auf und knallte das Fenster zu. »Unerträglich, diese Schaffenslust!« fügte er verbittert hinzu.

Ich erhob mich seufzend und begann den Kaffeetisch abzudecken, um die Frühstücksruhe war es ohnehin geschehen. Als ich mit dem Tablett zurückkam, erwischte ich Valentin gerade noch dabei, wie er heimlich die Seite mit den Immobilien zur Seite schaffte, um sie in einem Aktenordner zu deponieren.

»Nur zum Spaß«, sagte er verlegen.

»Hast du mal einen Blick auf jenes klägliche Talerhäufchen geworfen, welches wir unser Vermögen nennen?« fragte ich ihn.

»Hab' ich!« sagte er trocken.

Die Inkubationszeit begann!

In der folgenden Zeit ertappte ich mich dabei, daß ich mir in den Wohnzeitschriften mit wachsendem Interesse die dort abgebildeten Häuser ansah. Bis jetzt hatte ich die Zeitschriften hauptsächlich wegen der wundervollen Zimmereinrichtungen betrachtet, die mein Auge erfreuten und meiner Seele guttaten. Wenn es mir auch niemals gelingen sollte, unsere Wohnung so vollendet einzurichten, wie die Designer der Wohnressorts es taten, so lagen diese Träume doch zumindest nicht ganz außerhalb des jemals Erreichbaren. Zuweilen, wenn mein bekümmertes Auge auf unsere Couchgarnitur und den reichlich abgenutzten Eßtisch fiel, dachte ich: Wenn die Kinder groß sind…, und da sie tatsächlich von Tag zu Tag wuchsen, rückte mein Traum, eine Wohnungseinrichtung betreffend, die *nicht* unter dem Aspekt der Unverwüstlichkeit, sondern allein unter dem der Schönheit gekauft würde, in greifbare Nähe. Nun entdeckte ich plötzlich ein nie gekanntes Interesse für die Wände, welche diese Einrichtungen umgaben. Artikel wie ›Ein Traumhaus auf kleinem Grundstück‹ und ›Viel Wohnen für wenig Kapital – eine junge Familie hat es gewagt‹ studierte ich neuerdings mit gerunzelter Stirn und wachsender Sehnsucht im Herzen. Da saßen sie in ihrem Eigenheim, das sie mit wenig Geld und viel Idealismus gebaut hatten, luden zu Gartenpartys ein, wohnten in einem Grundriß, der zu ihnen paßte, konnten lärmen, baden, Musik hören so oft und so lange sie wollten und wischten ihre Treppe, wann es *ihnen* und nicht irgendeiner Vermieterin, geschweige denn irgendeiner Frau Mugglhahn, paßte.

Las ich dann etwas über die Kosten der betreffenden Häuser, normalisierten sich meine Träume wieder zum reduzierten Blüschen im örtlichen Kaufhaus hin. Was, das kleine Grundstück allein sollte 250000 Mark gekostet haben? Da konnte Familie F. aus W. noch so an den Fenstern und bei der Heizung gespart haben, um eine solche Summe allein für ein Stück Boden ausgeben zu können, mußten wir schon an mehr sparen als nur an den Fenstern. Wir müßten ab heute die Felder nach Eßbarem abstreifen und nach Marktschluß den Platz nach liegengebliebenem Abfall absuchen.

Ich seufzte und vergaß das Ganze. Valentin war ja verrückt. Hoffentlich erholte er sich bald. Es war anzunehmen, denn auch er sprach nicht mehr von Eigentumserwerb in einer Größenordnung von 240000 Mark, auch erwischte ich ihn nie mehr dabei, wie er ähnliche Annoncen in geheimen Ordnern stapelte.

Es war im ersten Frühjahr unseres neuen Lebens im Ländle. Die Frühlingsgeschäftigkeit ringsum entzückte mich sehr. Ging ich auf meiner täglichen Einkaufsrunde durch das Städtchen, so sah ich überall Frauen, die Setzlinge, Steckzwiebeln, Samentüten und Säcke mit Dünger nach Hause schleppten. Ich erstand in der Gärtnerei zehn Pflanzen für die Terrassenkästen, spendierte ihnen eine neue Lage Erde, goß sie täglich und betrachtete die »Gartenarbeit« somit als erledigt.

Über die Brüstung der Terrasse gelehnt, beobachtete ich die gärtnerischen Bemühungen meiner Nachbarn. Sie schafften emsig, in gebückter Stellung. Der Boden wurde gelockert, geharkt, geeggt. Er wurde mit Torf angereichert und gedüngt. Sie zogen schnurgerade Rillen und gaben das Saatgut hinein. Gut gegossen ging es bald auf. Es war eine Freude, dies vom Liegestuhl aus zu beobachten. Es kam der Tag, an dem unsere Nachbarin zur Linken mit einem Körbchen durch die Beete ging und erntete. Sie erntete Salat und Kräuter, Dill, Petersilie, Schnittlauch, sie pflückte Zitronenmelisse und Salbei, zupfte Radieschen aus der Erde und Frühlingszwiebeln.

Ich ging zum Supermarkt und erstand ein Bündchen Schnittlauch. Unzufrieden stellte ich das mickrige Kraut in ein Wasserglas und beschloß, sparsam damit umzugehen. Neidvoll und sehr nachdenklich ruhte mein Blick auf dem Kräutergarten meiner Nachbarin.

Auch in mir ging eine Saat auf. Irgendein bäuerlicher Ur-Urahn mochte das winzige Körnchen in mich hineingelegt haben. Noch war kein grünes Spitzchen zu sehen, aber es wuchs ...

Der warme Frühling ging in einen heißen Frühsommer über. Die Abende brachten die ersehnte Abkühlung. Bis zehn Uhr war es hell. Ebensolange wurde in den Gärten ringsum geschafft. Wir verbrachten die lauen Stunden stilvoll auf unserer Terrasse, hingelagert in unsere neuen Korbmöbel, einen Weinkrug und ein Tablett mit geeister Melone zwischen uns und träumten davon, den stillen Abend zu genießen, zuzusehen, wie der Tag dem Abend wich und die Sonne hinter den Wipfeln der Bäume unterging. Ein Traum, wie gesagt!

Die Träume unserer Nachbarn hatten anderes zum Inhalt. Nicht einer von ihnen gab sich still und romantisch dem Anblick des Mondes und dem Ruf des Nachtvogels hin. Unmittelbar unter uns wässerte Frau Hauser den Rasen, links düngte Herr Beierle die Gemüsebeete. Rechts war ein wackerer Heimwerker mit der Säge zu Gange. Im letzten Jahr hatte er den Dachstuhl seines Heimes erneuert, in diesem war der Zaun an der Reihe. Pünktlich mit der Sonne gingen sie alle zu Bett. Wir taten es ihnen nach. Wir waren erschöpft vom Zuschauen. Kaum lagen wir, wurde es von der anderen Seite, Richtung Marktplatz, lebendig. Jugendliche lärmten am Brunnen, von der nahen Wirtschaft her scholl es laut zu uns herauf. Verspätete Gäste ließen die Motoren ihrer Autos aufheulen, die Jugendlichen die ihrer Mopeds. Wir schliefen schließlich erschöpft ein und erwachten erst, wenn uns der Wecker aus dem Schlaf riß oder, an Samstagen, die Kreissäge des Nachbarn.

»Vielleicht sollten wir uns nach einem Schrebergarten umsehen«, sagte Valentin eines Abends beiläufig. »Gemütlich rumsitzen kannst du hier niemals, du ärgerst dich bloß. Besser, man verbringt den Abend ebenfalls mit nützlicher Tätigkeit, die Nervenanspannung läßt nach und man schafft etwas Sinnvolles. Noch besser wäre natürlich überhaupt etwas Eigenes!« fügte er hinzu.

Ich sah ihn scharf an. Er sah aus wie immer, aber ich war mißtrauisch.

»Schaffe, spare, Häusle baue?« leierte ich den Kalauer herunter.

Valentin antwortete nicht, aber in seinen Augen glaubte ich geheime Sehnsüchte zu entdecken. Sie beunruhigten mich sehr.

»Das kommt für uns ja glücklicherweise nicht in Frage«, gab ich mir selbst entschieden zur Antwort. Ich stand auf und stellte die Teller zusammen. Während ich das Geschirr abspülte, beruhigte ich mich wieder. Ich war in letzter Zeit ein bißchen nervös.

Sicher war mein Verdacht ganz unbegründet. Dabei, das mußte ich zugeben, hatte ich im Grunde gar nichts gegen das »Häuslebaue«. Es war das »Schaffe«, das mich verdroß.

Es wurde ein schöner Sommer. Gut gewässert schoß der Salat ringsum in die Höhe.

Sicher lag es an der anhaltenden Hitze, daß ich des öfteren Halluzinationen hatte. Bewaffnet mit einem schmucken Henkelkorb sah ich mich dann anstelle von Frau Hauser in der abendlichen Kühle durch die Gemüsereihen gehen und ernten, was sich schwer vor Reife zur Erde bog. Wenig später sah ich mich dann am Terrassentisch sitzen und leise vor mich hinsummend Gemüse putzen. Halluzinationen dieser Art überfielen mich gern, wenn ich die gute Frau bei der Ernte sah. Beobachtete ich sie dagegen, wenn sie in glühender Hitze zwischen ihren Beeten hockte und Unkraut zupfte, verflüchtigten sie sich schnell. Idiotisch, diese Plackerei für einen lächerlichen Salatkopf, den es just um diese Zeit makellos gewachsen für ein paar Groschen an jeder Ecke zu kaufen gab.

Anfang September erreichte uns die Einladung zur versprochenen Einweihung des Bringleschen Landhauses. Es hatte ein bißchen gedauert, bis es endlich bis in den letzten Winkel hinein vorzeigbar war. Nun am kommenden Samstag erwartete man uns zu Speis und Trank und zur Bewunderung. Auch an Lis war rechtzeitig eine Einladung ergangen. Leider konnte sie diese nicht annehmen, weil sie es vorgezogen hatte, das ländliche Leben in einem alten Herrenhaus in der Toskana zu genießen. Zusammen mit acht Freunden, die das Ländliche gern mit dem Dekorativen paarten, hatte sie die »Burg« für einige Wochen gemietet. Es mußte ein gottvolles Leben sein. Bereits geschickte Fotos zeugten davon. Man sah darauf gealtertes Gemäuer, von wildem Wein prächtig berankt, einen gefliesten Innenhof mit großen Steintöpfen, in denen es grünte und blühte, einen langen, rustikalen Holztisch, bestückt mit Weinkrügen, herrlich dekorierten Obst- und Gemüseplatten, viel bäuerliche Keramik und die vollzählig versammelte Truppe, angetan mit derben Gewändern, das Haar offen herabfallend, die Arme mit Reifen bestückt, die Füße ohne jedes einzwängende Schuhwerk. Ich betrachtete mir die Fotos voller Neid. Ach, warum waren wir nicht auch in die Toskana gefahren, anstatt den herrlichen Sommer dahingehend zu vergeuden, von unserer Terrasse aus dem beharrlichen Treiben unserer Nachbarn zuzusehen. Wir hatten uns gedacht, die Sommertage diesmal im Ländle zu verbringen, Ausflüge in die Umgebung zu machen und die langen warmen Abende auf unserem Balkon zu genießen.

Und jetzt? Genossen wir etwa? Weit gefehlt. Es war schon soweit gekommen, daß wir kaum Lust verspürten, unseren Freisitz überhaupt aufzusuchen.

Aber im nächsten Jahr, das schwor ich mir, würden wir wieder wegfahren, in die Toskana zum Beispiel, in ein altes Herrenhaus! Jawohl! Es waren Pläne, wie ein frisch Infizierter sie macht, weil er die kommende Krankheit noch nicht spürt.

Am Nachmittag vor der Einweihungsparty fuhren Valentin und ich nach Stuttgart, um ein passendes Geschenk auszusuchen. Frau Bringle, das war uns klar, konnte man nicht mit ein paar Blümchen aus dem örtlichen Laden zufriedenstellen. Es war langer Samstag und die Stadt war wie stets überfüllt. Erschöpft strebten wir schließlich einem Café zu. Da stieß Valentin mich an.

»Guck mal da, Willi und Usch!«

Bepackt mit Tüten kamen sie gerade aus einem Kaufhaus. »Hallo!« rief Valentin. Sie reagierten nicht. Vielleicht hatten sie ihn nicht gehört, auch wenn ich eher den Eindruck hatte, daß sie uns wissentlich übersahen. Wir versperrten ihnen den Weg.

»Ihr habt's aber eilig«, sagte Valentin. »Schön, daß man sich wieder einmal sieht!«

Sie lächelten etwas verkrampft und sagten, sie hätten keine Zeit zum längeren Verweilen, folgten uns dann aber doch zögernd ins Café, nachdem wir sie zu Kaffee und Kuchen eingeladen hatten.

»Der Bau macht gute Fortschritte«, erzählte Willi. »Bloß bei den Kosten haben wir uns total verkalkuliert. Wißt ihr, am Anfang nimmt man sich vor, es billig zu machen, und dann, nach und nach, verliert man die Übersicht und nimmt statt der einfachen Fliesen eben doch die teuren und statt der Standardverglasung die, die das Dreifache kostet!«

»Man macht's ja nur einmal im Leben«, setzte Usch erklärend hinzu. »Datt sachse dir, bis datt Ganze mehr kostet, als du je für möglich gehalten hast!«

Bereits nach kurzer Zeit standen sie auf und verabschiedeten sich.

»Wenn alles fertig ist, kommt ihr sicher mal vorbei. Im Moment haben wir wenig Zeit, weil wir viel auf dem Bau sind!«

»Meldet euch, wenn es soweit ist«, sagte Valentin.

Wir bestellten noch zwei Kännchen Kaffee und sahen ihnen nach.

»Willi sah blaß aus«, sagte Valentin nach einer Weile.

»Usch auch«, entgegnete ich. »Sehr schmal, sehr elend!«

»Willi war richtig abgemagert!« fand Valentin.

»Usch müßte dringend mal zum Friseur!« erwiderte ich.

»Der Bau scheint sie langsam aufzuzehren«, stellte Valentin fest.

»War ja vorauszusehen!« sagte ich zufrieden.

Ich muß gestehen, daß wir uns dem Bringleschen Landhaus mit großem Interesse näherten. Frau Bringle traute ich schon zu, daß sie das Ländliche mit städtischem Ambiente zu vereinen wußte und freute mich auf unsere erste größere Party im Ländle mit kindlicher Neugier.

Ich weiß nicht recht warum, aber irgendwie stellte ich mir ein romantisches Schwarzwaldhaus vor, mit dunkel gebeizten Balkonen, kleinen unterteilten Fensterchen und schwellenden Geranienkästen. Doch weit gefehlt! Die Villa stand am Rand einer kleinen Ortschaft, war idyllisch am Wald gelegen, umgeben von Gemüse- und Getreidefeldern und wirkte in der ländlichen Kulisse wie ein Elektroherd in einer Rancherküche. Mit der breiten, bekiesten Auffahrt, drei doppeltürigen Garagen und der wuchtigen Haustür aus »Altdeutsch Eiche« protzte das Anwesen dem Besucher bereits von weitem entgegen.

»Ich nehme unser Geschenk doch lieber nicht mit rein!« teilte ich Valentin beklommen mit. Er warf mir einen Blick zu.

»Wieso nicht?«

»Ach ich genier' mich, so blöde Kompottschalen!«

»Im Laden fandest du sie sehr hübsch!«

Valentin griff nach dem Päckchen und klemmte es sich beherzt unter den Arm. Wir näherten uns der Tür. Frau Bringle öffnete. Sie trug einen bodenlangen handgewebten Kaminrock, eine hochgeschlossene Seidenbluse und viel Blau auf den Lidern. Diese flatterten nervös. Sie reichte uns mit einem makellosen Lächeln die Hand.

»Kommen Sie herein, haben Sie es gleich gefunden?« Dieser Prachtbau ist ja nicht zu übersehen, dachte ich und nickte stumm.

»Aber ja, sicher«, sagte Valentin und drückte ihr das Päckchen mit den Puddingschalen in die Hand. Frau Bringle betrachtete leicht irritiert das blumige Papier und die rosa Schleife, die alles zusammenhielt.

»Ach, wie nett!« Wir lächelten uns an, sie eher zurückhaltend, ich sehr verlegen. Hätte ich das Geschenk doch wenigstens schicker verpackt und nicht unbedacht das simple Papier aus dem Lädle an der Ecke gewählt. Frau Bringle ersparte uns jedoch weitere Peinlichkeiten, indem sie das Päckchen ungeöffnet auf die Garderobe legte.

Sie bat uns in die Wohnhalle. Diese hatte stattliche Ausmaße und war bis auf den letzten Winkel perfekt durchgestylt: Wuchtige Ledersofas, persische Teppiche auf glänzendem Marmorboden. Acht Meter Glaswand gaben den Blick auf die Terrasse und den Swimmingpool frei. Einige der Gäste waren bereits da. Sie standen dekorativ verteilt im Raum herum, langstielige Gläser in der Hand. Stumm registrierende Blicke taxierten meine Frisur und unsere modische Aufmachung. Ich fühlte ein leichtes Wellengekräusel den Rücken hinabrieseln. Zu Hause vor dem heimischen Spiegel hatte ich mich in meinem neuen Samtanzug noch ganz flott gefühlt, nun hatte ich plötzlich das Gefühl, als ob mir das Wort »Sonderangebot« gut sichtbar auf den Rücken geschrieben wäre.

Wir stellten uns zu den anderen und wußten nichts zu sagen.

Herr Bringle kam die geschwungene Treppe herunter und begrüßte uns. Er hatte gerade einen kleinen Trupp von Gästen durch das Haus geführt. Auch wir durften es von der Sauna im Keller bis hinauf zum Studio unterm Dach besichtigen. Mit sichtlichem Stolz machte uns der Hausherr auf die italienischen Fliesen im Bad und die besonders kostbaren Armaturen aufmerksam. Er betätigte die Automatik, mit deren Hilfe sich die Fenster öffnen und schließen ließen und die stufenlos einstellbare indirekte Beleuchtung des Schlafzimmers. Schließlich geleitete er uns hinaus in den Garten, er sichtlich angeregt, wir erschöpft vom vielen Loben. Auf der Terrasse war das Buffet aufgebaut. Ein weißbemützter Koch kredenzte riesige Schinken im Brotteig, Spanferkel und raffinierte Salate. Herr Bringle bediente uns an einem mit allen Raffinessen ausgestatteten Barwagen.

»Ein Geschenk von unserer Tennisclique«, erläuterte seine Frau.

»Und den Korb hat unsere Skatrunde zusammengestellt. Süß nicht?«

Mein Blick fiel auf einen gewaltigen Weidenkorb, gefüllt mit Champagner und Delikatessen. Beklommen dachte ich an das Päckchen mit den Puddingschalen, welches noch immer ungeöffnet auf der Garderobe lag und hoffte, daß es dort liegen bleiben möge, bis wir uns verabschiedet hatten.

Trotz der Unkosten, in welche sich die Bringles gestürzt hatten – man kredenzte, was Küche, Keller und Geldbeutel nur irgend ermöglichen konnten –, kam keine rechte Stimmung auf. Die Damen saßen gelangweilt in den gepolsterten Holzsesseln und ließen die Augen unter den hochgezogenen Brauen angeödet über das Buffet schweifen. Gegessen wurde kaum etwas. Die Herren standen zusammen und unterhielten sich über die Clubmeisterschaften und Geschäftliches. Wir hatten wenig zum Thema beizusteuern und fühlten uns zunehmend unbehaglich.

Gegen Mitternacht lockerte sich endlich die Stimmung. Hatte man auch kaum gegessen, der Bowle und dem Sekt war eifrig zugesprochen worden. Die Damen begannen schrill zu lachen, die Herren wurden zutraulicher.

»Und Sie sind aus Düsseldorf zugezogen?« näherte sich ein braungebrannter Sportsmann in weißer Hose und Tennisschuhen, den Wollpullover mit dem aufgenähten Firmenzeichen lässig über die Schulter geworfen. »Wo werden Sie sich denn niederlassen?«

Ich sah ihn fragend an. Ach so, er fragte nach einem Bauplatz.

»Ach, wir wohnen ja erst seit einem Jahr hier und sind mit dem Leben in der Kreisstadt und mit unserer Wohnung noch sehr zufrieden!«

»Sie haben die Wohnung von den Bringles gemietet?« mischte sich seine Frau ins Gespräch. »Also da bewundere ich Sie, wie Sie das so beengt aushalten können, noch dazu mit zwei Kindern – und dann der kleine Balkon. Ich habe mich früher schon gefragt«, rief sie Frau Bringle zu, »wie du das ausgehalten hast. Wir haben 280 Quadratmeter Wohnfläche«, teilte sie mir dann vertraulich mit, »ohne Terrasse, alle sagten damals, das wäre zu groß, allein die Instandhaltung und die Pflege ...«

»Will ja auch alles beleuchtet sein«, warf Valentin ironisch ein, aber der Pfeil traf daneben.

»Ach, das weniger, aber man warnte uns vor den Heizkosten. Wissen Sie, wir haben einen ganz offenen Grundriß, unten die Wohnhalle und dann Galerien! Man fühlt sich sonst so eingesperrt«, fügte sie erklärend hinzu und warf einen herablassenden Blick in das Bringlesche Wohnzimmer, diese Kammer mit ihren lächerlichen vierzig Quadratmetern.

»Fred arbeitet viel zu Hause«, konterte Frau Bringle spitz. »Da braucht man einfach auch Raum, in den man sich zurückziehen kann. Das ist ja nicht so wie bei euch, Gritt!«

»Ich käme mir eingeschlossen vor«, beharrte Gritt. »Ich hab' damals zu Harry gesagt, nur die Naßzellen und die sanitären Anlagen abgeschlossen, sonst alles offen – auch der Schlaftrakt ... ich ersticke sonst«, setzte sie erklärend hinzu. »Fred«, rief sie Herrn Bringle zu, »bitte noch eine blue Mary mit viel Tonic!«

»Sie werden auch nicht mehr lange in Ihrer engen Bude sitzen wollen«, prophezeite sie mir abschließend. »Sie können ja kaum mal zu einer Party einladen! Und dann die hohe Miete!«

»Eben«, mischte sich ihr Mann ins Gespräch. »Haben Sie sich das mal ausgerechnet, das macht Monat für Monat ... Jahr für Jahr ...«

»Mit Zinsen ...« vervollständigte ich seinen Satz und warf ihm einen ärgerlichen Blick zu. Trug er auch ein Seidenjackett aus einer teuren Stuttgarter Boutique, darunter verbarg er eine original Täublesche Seele.

Ich erhob mich und ging durch den Garten. Er war frisiert und gestutzt, kein Busch zu viel, keine Blume wuchs krumm. Im hinteren Teil ein Seerosenteich. Ein eiserner Schwan mit vergoldeten Flügeln spieh unverdrossen Wasser auf die Blüten.

Als ich zurückkam erwischte ich meinen lieben Valentin an der Bar in der Halle in inniger Zweisamkeit mit einem kleinen wendigen Mann, der, wie ich erfahren hatte, ein gut gehendes Maklerbüro besaß.

Ich trat hinzu, er war gerade dabei, Valentin detailliert auseinanderzusetzen, daß sogar jemand, der nur dreißig Mark im Monat erübrigen konnte, in der Lage war, Eigentum zu erwerben, welches man in zirka achthundertfünfundsechzig Jahren abbezahlt haben würde. Dann aber ging es auch voll in den eigenen Besitz über. Er blinzelte mich schelmisch an und sagte:

»So finanzieren Sie den Bringles im Laufe der Zeit für dasselbe Geld das Schwimmbad und die Kellerbar, welche ihnen zu ihrem Glück noch fehlen.«

Er lehnte sich zurück und lachte, daß ihm die Tränen kamen.

»Von de Reiche lernt mer's Schpare«, fügte er augenzwinkernd hinzu.

Mir war der Kerl äußerst unsympathisch, auch Valentin sah säuerlich drein.

»Die Bringles haben vor, das links an ihren Garten grenzende Grundstück zu erwerben und Eigentumswohnungen zu bauen«, teilte er mir später mit, als wir durch stille dunkle Sträßchen nach Hause fuhren. Er sah mich beleidigt von der Seite an und fügte hinzu: »Alles von unserem Geld!«

Ich dachte an das Bringlesche Anwesen, den schönen Garten, die Wohnungen, deren Bau sie bereits planten und die hohe Miete, die allmonatlich von unserem kleinen Konto auf ihr üppiges floß – und ärgerte mich. Ich dachte an das dumme Gerede von Gritt und ihren Hinweis, daß »man ja nie mal jemand einladen könne« – und ärgerte mich noch mehr.

Es war wirklich ganz und gar blödsinnig, wenn man das Eigentum anderer Leute finanzierte, die man nicht einmal besonders nett fand, wenn man bei nur dreißig Mark im Monat, in achthundertfünfundsechzig Jahren ... Der Virus, den ich mir unbemerkt eingefangen hatte, hatte zu wirken begonnen. Er umnebelte bereits das Gehirn und trübte die Gedanken.

Eigene Erde – eigene Schnecken

’s wär scho recht, wenn net…

In der folgenden Zeit durchforsteten Valentin und ich die Zeitung nach einer Eigentumswohnung mit Garten.

Das Angebot der Immobilien verwirrte uns.

Es gab Wohnungen jeder Größe, alte und neue, »gehobene« und schlichte. Es gab den »Privatverkauf« und Objekte, die an Immoblienhändler gebunden waren. Es gab das Bauherrenmodell und Reihenhäuser, die preiswerter waren als Wohnungen, und was bedeuteten all die Abkürzungen? Was war ein REH? Was eine DHH?

In meiner Verzweiflung wandte ich mich an Frau Mugglhahn, die ich eines Morgens auf dem Marktplatz traf.

»Frau Mugglhahn, entschuldigen Sie, hätten Sie einen Moment Zeit für mich?«

Sie blieb stehen und sah mich an.

»Wissen Sie, mein Mann und ich, wir wollen gern eine Eigentumswohnung kaufen, aber das Angebot ist so groß, so unübersichtlich, wir sind schon ganz verwirrt!«

»A Eigetumswohnung wollet Sie kaufe?« Frau Mugglhahns Blick, soeben noch recht zurückhaltend, hellte sich auf. Sie betrachtete mich voller Interesse.

»Ja, wir wollen es halt auch einmal wagen, nur wir haben so gar keine Erfahrung!«

»Des isch scho wahr, do muß mer aufpasse, vor allem, wenn’s erschtemal isch«, gab mir Frau Mugglhahn recht. »Wisset Se was, am beschte Sie kommet glei heut mit Ihrm Ma bei mir vorbei, i glaub’ scho, daß i Ihne en gute Rat gebe ka!«

Am Nachmittag desselben Tages klingelten Valentin und ich erstmalig bei Frau Mugglhahn. Sie öffnete und lächelte uns an.

Wir reichten uns die Hände.

»Des isch recht, daß Sie mi b'suchet, kommet Se no rei!« Hingebungsvoll putzten wir uns die Füße ab und betraten das Mugglhahnsche Heiligtum. Ich hatte den Eindruck, daß sie sich über unser Kommen tatsächlich freute.

Wir wollten Eigentum erwerben, plötzlich waren wir auch gesellschaftsfähig! Außerdem verbanden uns nun gemeinsame Interessen. Freundlich bat Frau Mugglhahn uns ins Wohnzimmer. Vorsichtig, sozusagen auf Zehenspitzen, betraten wir es. Wie erwartet strahlte die Mugglhahnsche Wohnung wie eine Putzmittelreklame. Hier gab es eine Trennwand zwischen Küche und Wohnraum, der daher recht langweilig und klein wirkte, aber er wurde ohnehin nur selten benutzt, das eigentliche Leben spielte sich in der Küche ab.

Zunächst einmal erklärte uns Frau Mugglhahn, wie man Annoncen liest. Sie interpretierte die Abkürzungen und verwarf die Idee, einen Makler zu bemühen, als unnötige Geldausgabe. Dann betrachteten wir Seite an Seite, über die Anzeigen gebeugt, die einzelnen Angebote. Wir kamen uns auf diese Weise körperlich und geistig ungewohnt nahe.

»Also«, faßte Frau Mugglhahn schließlich ihre Erkenntnisse zusammen, »grundsätzlich sen alle Wohnunge, wo Küche ond Bad extra angebe isch, ointeressant. Bei 250000 Mark isch normalerweise a Küche ond a Bad dabei. Ond passet Se uff, wenn's Baujahr fehlt. Des isch meischt so a Bude em a Hochhaus aus de sechziger Jahr. Des werdet die kaum losbrenge«, fügte sie befriedigt hinzu. »Ond Sie wisset, daß Se de Preis emmer no drücke könnet, des Angebot isch zur Zeit arg groß. Bis zu zehntausend Mark könnet Se do runterhandle.«

Wir erhoben uns, Valentin faltete die Zeitung zusammen. Wir schüttelten Frau Mugglhahn dankbar die Hand, sie lächelte.

»Ja, no wünsch' i Ihne, daß Se bald 's Richtige fendet.

Im schtille han i mir scho emmer denkt, daß Sie au gern ebbes Eigenes möchtet...«

»Ach, als Mieter fühlt man sich auf Dauer gesehen einfach nicht wohl«, beteuerte Valentin.

»Ond denket Se dra, i helf' Ihne gern, wenn Se en Rat brauchet!« rief Frau Mugglhahn uns nach, als wir bereits auf der Treppe waren. »Sie könnet ruhig bei mir läute!« Sie winkte uns in aller Freundschaft zu. Was Wunder – saßen wir auch noch nicht im selben Boot, so standen wir doch in Begriff zuzusteigen, in das mit festverzinslichen Darlehen schwerbeladene Boot der Besitzenden.

Die erste Wohnung, die wir besichtigten (90 qm, EBK, Ter. Gartenanteil) lag in einem winzigen Nest, etwa dreißig Kilometer von der Kreisstadt entfernt. Es war gut, daß wir sie im Sommer besuchten, so hatte die Fahrt durch all die Dörfer wenigstens das Flair einer Landpartie. Aber arg ländlich war es schon. Gemessen an dem, was dieser Marktflecken zu bieten hatte, erschien mir das Leben der Kreisstadt geradezu wie prickelnder Sekt. Endlich war »unser« Dorf erreicht. Es war klein und alt, Mist lag vor den Türen, ein Trecker rumpelte vor uns über die Landstraße, Kinder spielten in den Höfen. Die winzige Kirche grüßte freundlich herüber. Im Erdgeschoß eines windschiefen Fachwerkhauses, in der Größe eines Wohnzimmerchens: der »Supermarkt«. Ich wand mich zwischen den Obst- und Gemüsekisten bis zur Kasse durch und fragte nach der Birkenstraße.

»Ja, des muß obe em Neubaugebiet sei, fahret Se no emmer gradaus, d' Straß nauf, do sehet S'es glei!« Ich bedankte mich und tastete mich im Halbdunkel des Ladens dem Ausgang zu, wobei ich einen Ständer mit Tütensuppen gefährlich ins Schwanken brachte.

»Emmer schö gradaus ond d' Straß nauf!« wies ich Valentin an. Etwa sieben Minuten vom Dorfkern entfernt lag das Neubauviertel.

Es war lieblos in die Gegend geklatscht, von deren

Schönheit man nicht mehr viel sah, denn mehrere Wohntürme versperrten die Aussicht. Dahinter gab es Reihenhäuser, ein paar drei- bis vierstöckige Gebäude, zwei Kinderspielplätze und »öffentliches Grün«. Die Wohnung, welche wir suchten, lag in einem der vierstöckigen Gebäude im Schatten der Hochhäuser. Die Birkenstraße erschien mir grau und trostlos, nicht eine einzige Birke war zu sehen! Zögernd klingelten wir.

Frau Bremer öffnete. Wir hatten bereits angeregt miteinander telefoniert. Sie begrüßte uns mit herzlicher Überschwenglichkeit.

»Ja, kommet Se no rei, des isch aber nett, daß Se sich für onser Wohnung interessieret. Des isch also der Flur!«

Wir betrachteten den Flur, etwas Besonderes war nicht zu sehen.

»Ond des isch's Schlafzimmer!«

Ein kleiner Raum, mit einem mächtigen Schrank und mächtigen Ehebetten möbliert, in der Ecke eine Frisierkommode.

»Ond des sen die Kinderzimmer!«

Zwei enge Kämmerchen, Marke Sozialbau, dunkel und klein.

»Ond do hen mer 's Wohnzimmer!«

Ohne den Raum eines Blickes zu würdigen, eilte ich auf die Terrasse. Sie war mit Plastikmöbeln bestückt, auf dem kleinen Rasenplatz davor spielten zwei Kinder. Sie unterbrachen ihr Spiel und betrachteten mich. Ich betrachtete sie. Zwei rotbackige, stramme Schwabenjungs, gesund und munter. Ich wandte mich lächelnd an Frau Bremer: »Sind das Ihre? Wie heißen sie denn?«

»Ha noi«, antwortete sie. »Mir hen koine Kender, des sen die zwoi von onserm Nachbar, die hen drei, die schpielet meischtens do; 's isch nämlich verbote, en Zaun zu mache. Alle, die do wohnet, hen die Rasefläche mitnander, onsers isch bloß a Garteanteil. Aber des hat au seine Vorteile!« setzte sie rasch hinzu.

Ich blickte nach links. Tatsächlich, hart hinter dem

Sichtschutz mußte sich gleich die nächste Terrasse befinden, ich hörte, wie jemand dort bügelte und dem Wunschkonzert im Radio lauschte.

Wir verabschiedeten uns rasch, was sollten wir der netten Frau Bremer unnötige Hoffnungen machen. An einen Gartenanteil hatten wir nicht gedacht, nicht an eine gemeinsame Rasenfläche, nicht an fremde Kinder, die zu jeder Tageszeit vor unseren Fenstern auftauchen konnten, nicht an erzwungenes Mithören von anderer Leute Radioprogramm. Wenn wir auf der Terrasse Kaffee tranken, wollten wir weder durch Fußball spielende Kinder gestört werden, noch von unsichtbarer Nachbarschaft, welche uns durch siebenundsiebzig Hochhausfenster in die Kaffeetasse lugte.

Wir hatten uns immer noch nicht von der städtischen Vorstellung gelöst, daß ein Garten nebst Terrasse vor allen Dingen dazu da ist, sich ungestört und möglichst unbeobachtet in den Liegestühlen zu räkeln. Von all dem konnte in der Birkenstraße keine Rede sein.

Unsere Freizeitgestaltung erfuhr von nun an eine wesentliche Erweiterung. An den Wochenenden und an einem oder zwei Abenden in der Woche besuchten wir fremde Familien, drangen in ihre Schatzkammern ein und besichtigten, was sie anzubieten hatten. Aber es war überall dasselbe. Zwar standen die Zeitungen voll, manche Gartenwohnung befand sich unter den Angeboten, aber etwas »fürs Herz« war nicht dabei. Die Gärten waren meist nur »Anteile«, zudem klein und nahe der Straße gelegen und immer von oben einsehbar. Seufzend schraubten wir unsere Erwartungen zurück.

Der Sommer verging, der Herbst hielt Einzug. Herr Beierle legte die Säge zur Seite, Frau Hauser erntete »die Felder« ab. Es wurde still hinterm Haus. Die Sträucher und Bäume verloren ihre Blätter, die ersten Nebel stiegen zu Tal. Und wir suchten und suchten. Dabei hatte ich an unserem neuen Spiel inzwischen Gefallen gefunden.

Mochten uns die Schwaben sonst nicht in ihre Behausungen lassen, in unserer Eigenschaft als mögliche Käufer schlossen sie bereitwillig ihre Türen auf und kamen uns äußerst freundlich entgegen – ich genoß diesen Zustand mit Wonneschauern.

»Im Grunde genommen«, sagte ich eines Abends zu Valentin, als wir wieder einmal von der Besichtigung einer Komfortwohnung (87 qm, geh. Ausst., Fbh., Teppichb. , Naturh. Türen) zurückfuhren, »will ich gar keine Eigentumswohnung mehr haben. Ich meine, wir sollten das Wohnungssuchen lieber zum Hobby machen. Es ist spannend, leicht durchführbar und bereitet kaum Unkosten. Man bekommt Einblick in vielerlei Familienleben, studiert nebenbei die Gewohnheiten und den Möbelmarkt und kann Art und Dauer des Vergnügens selbst bestimmen. Man wird überall freundlich empfangen, spürt das erregende Gefühl der Macht und bekommt stets die innig ausgesprochene Empfehlung, sich bald wieder sehen zu lassen, mit auf den Weg!«

Valentin warf mir einen Blick zu, und dann lachte er.

»In Gegenden, wo es Sitte ist, einem Menschen auch eine Kleinigkeit anzubieten und ihm außer dem Blick auf die Heizungsrechnung auch einen Blick in seine Seele zu gestatten, würde ich deinen Vorschlag eher begrüßen. Wenn du meine Meinung hören willst, ich habe keine Lust mehr, in anderer Leute Schlafzimmer zu gucken und mir anzuhören, wie hoch ihre monatlichen Unkosten sind. Aber was bleibt uns anderes übrig«, fügte er hinzu.

Eben, was blieb uns anderes übrig? Wir rüsteten die Bereifung des Wagens von ›Sommer‹ auf ›Winter‹ und fuhren, den Plan in der Hand, weiterhin die Gegend ab.

Im tiefen Winter eine ländlich gelegene Gartenwohnung zu suchen, ist gefährlich, zumindest, wenn man sich in der Gegend nicht auskennt. Man kann sich das alles nicht so recht vorstellen, wenn man im Schneetreiben mühsam seinen Weg sucht. Sicher, es wird im Sommer ganz anders aussehen (dies bestätigte uns nahezu jeder

Wohnungsverkäufer mit Inbrunst), aber auf welche Weise wohl? Valentin erkundigte sich interessiert nach der Größe des Gartens in Quadratmetern und versuchte die Möglichkeit des geplanten Obst- und Gemüseanbaus abzuschätzen, mich bewegte eigentlich nur die eine Frage: Wie viele Mietparteien konnten mich beobachten, wenn ich, hingeräkelt in einen blau-rot gestreiften Liegestuhl, die Sonne und den Anblick der üppig tragenden Beerensträucher genoß? Aber es ergab sich immer dasselbe Problem: der Garten war zu klein und die Anzahl derer, die hineinsehen konnten, zu groß.

Um diese Zeit gab uns das gnädig gestimmte Schicksal noch einen allerletzten Wink, die kostspielige Idee des Siedelns im Ländle lieber zu lassen. Valentin wurde in das Hauptwerk nach Stuttgart versetzt. Nun hatten wir eine gute Gelegenheit, zu unseren früheren Gewohnheiten zurückzukehren. Wir konnten eine geräumige Wohnung in der Nähe der City mieten, in Reichweite von Valentins Arbeitsplatz und guten Schulen, wir konnten abends durch die Stadt bummeln und unser Geld genußreich unter die Leute bringen. Im Gegensatz zu früher hatte man zudem die Natur in greifbarer Nähe, man konnte jederzeit das Ränzle schnüren und hineinwandern und abends in einer gemütlichen Stadtpinte von all der Landluft Erholung suchen.

Wir unterbrachen das Spiel mit der Wohnungssuche und schalteten eine Denk- und Erholungspause ein. Eines Abends klingelte das Telefon. Es war Usch.

»Ja, datt is ja fast 'n Wunder, datt man bei euch mal jemanden antrifft«, lachte sie. »Der Willi und ich, wir haben schon gedacht, datt ihr verschütt gegangen seid!«

»Wir sind in der letzten Zeit viel unterwegs«, sagte ich.

»Wir suchen eine Eigentumswohnung!«

»Ach nee«, sie lachte wieder. »Auf diese Weise werden wir alle nach und nach richtige Schwaben. Ja, datt is nämlich so, ich wollte euch nur mal unsere neue Telefonnummer durchgeben«, sie schaltete eine wirkungsvolle Pause ein und fügte dann hinzu: »Wir sind nämlich am letzten Montag eingezogen!«

»Ja? Da gratulieren wir aber. Wenn es euch recht ist, kommen wir bald mal vorbei, euer Eigenheim am Hang möchten wir doch unbedingt sehen!«

»Ach, et ist ja alles noch nich so ganz fertig, weißt du, die Kosten sind so hoch, datt et uns zum Schluß auf jede ersparte Miete ankam, deshalb sind wir schon mal eingezogen, obwohl der Verputz noch gar nicht drauf ist und...«

»Ach, das macht doch nichts«, rief ich. »Wir werden es uns schon vorstellen können, wie es einmal aussehen wird. Man wird doch sicher schon gemütlich innen sitzen und quatschen können, ohne daß einem der Wind ins Gesicht pfeift!«

»Ja datt kann man«, bestätigte Usch. »Der Willi ruft grade, ihr sollt am Samstag zum Mittagessen kommen, dann können wir euch nachmittags noch die Gegend zeigen!«

Dann übernahm Willi den Hörer.

»Ich freu' mich, wenn ihr am nächsten Samstag kommen und unser dünnes Süppchen mit uns teilen würdet. Wir sind vollkommen pleite«, fügte er in schlichter Offenheit hinzu.

Der Samstag war ein frostklarer, blitzblauer Wintertag. Das ideale Wetter für eine Landpartie.

»Was sollen wir Usch und Willi mitbringen?« fragte ich Valentin.

»Etwas Nettes für das neue Haus?«

»Stell lieber 'n schönen Freßkorb zusammen«, riet er mir lachend, »damit wir das dünne Süppchen ein bißchen aufwerten können!«

Wir kauften im Lädle einen hübschen Korb und füllten ihn mit Speck, Würsten und anderen Köstlichkeiten.

Standen wir auch im Begriff, Eigentum zu erwerben, pleite waren wir (noch) nicht.

Das Haus von Willi und Usch unterschied sich nicht von vielen anderen Häusern, die wir im Ländle gesehen hatten. Es war zweistöckig mit Satteldach, hatte oben einen Balkon und unten eine geräumige Terrasse, Fenster mit Alurahmen und eine Haustür aus dem örtlichen Heimwerkerladen. »Ländlich« sah es ebensowenig aus wie das der Bringles, wenn auch deutlich bescheidener. Aber es hatte »Blick«, und das war schon etwas Besonderes.

Wir parkten auf der stillen Straße und ließen den Gesamteindruck auf uns wirken.

»Mit Putz wird es besser aussehen«, sagte ich. »So ein rohes Gemäuer hat immer etwas Ärmliches.«

»Sicher«, sagte Valentin. »Aber ob es Usch und Willi jahrelang über das dünne Süppchen hinwegtröstet?«

Nun, noch tröstete das Hochgefühl, endlich im eigenen Haus aufzuwachen, Usch und Willi über vieles hinweg. Sie begrüßten uns herzlich und bedankten sich überschwenglich für den üppig gefüllten Freßkorb. Sie besaßen auch genug Humor, die Gabe so zu nehmen, wie sie gemeint war.

»Na, solche Gäste laden wir öfter ein«, lachte Willi und öffnete gleich die Flasche mit dem Obstler, »die sogar den Willkommensschluck selbst mitbringen!«

»Da müssen wir uns aber beeilen«, rief Usch, »ehe die Eigentumswohnung gefunden ist!«

»Oder neue Freunde suchen, die bloß zur Miete wohnen«, frotzelte Willi. »Mit den Hausbesitzern kann man ja kaum Kontakt halten, entweder fehlt ihnen das Geld oder die Zeit, aufwendige Gastlichkeit zu üben. Kommt, ich führ' euch mal rum!«

Wir stiegen hinauf in den ersten Stock. Willi zeigte uns die beiden Schlafzimmer und das Bad.

»Den Dachstock bauen wir später aus, vielleicht mit verglastem Giebel, da sind uns echt die Mäuse ausgegangen«, erläuterte er. »Dabei sollte das der schönste Raum im ganzen Haus werden, mit dem einmalig schönen Blick, den man von oben hat. Usch war richtig sauer, aber«, er zuckte mit den Schultern, »'n Existenzminimum braucht der Mensch nun mal!«

Ich dachte unwillkürlich an das »runde Sümmchen zum Verjubeln«, welches er noch vor kurzer Zeit als unbedingt nötig angepriesen hatte und mußte lächeln. Heute jubelte Willi über andere Dinge.

»Leute guckt euch die Aussicht an«, er winkte uns hinaus auf den Balkon. »Ich hab' von hier oben schon zwei Filme verknipst, um denen zu Hause mal zu zeigen, wozu ein neugebackener Schwabe fähig ist. Und um sie 'n bißchen neidisch zu machen natürlich auch«, fügte er in edler Selbsterkenntnis hinzu.

Unten, in der gemütlichen Eßecke neben der Küche, hatte Usch inzwischen den Tisch gedeckt. Es gab kein dünnes Süppchen, sondern »Gaisburger Marsch«, der ebenso gut schmeckte wie der, den wir zuweilen Samstag mittags im »Rößle« aßen. Dazu gab es frische Weckle von der kleinen Dorfbäckerei, wir langten kräftig zu.

»Also, Usch, euer Haus ist wirklich schön geworden, gratuliere«, sagte ich kauend, »vor allem natürlich auch der Lage und der herrlichen Aussicht wegen!«

»Wenn ich nur Zeit hätte, die Aussicht zu genießen«, lachte Usch. »Aber ab März hab' ich 'ne Stelle in 'nem kleinen Büro hier am Ort.«

Ich sah sie fragend an.

»Der Willi, der war ja erst gar nich dafür, datt ich mitarbeite, aber ich laß' nich eher Ruh, als bis ich datt Dachstudio und den verglasten Giebel hab'. Datt war und is nun mal mein Traum!«

»Und wenn das Dachgeschoß bezahlt ist, dann träumen wir vom Swimmingpool«, witzelte Valentin.

»Gut, datt du ›wir‹ sachs«, antwortete Usch, »warte nur ab, Freundchen, wovon *du* in Kürze träums, denn wenn dich datt ers mal gepackt hat...«

»Wir wollen uns nicht allzusehr einschränken«, sagte ich. »Jetzt, wo Valentin die Stelle in Stuttgart hat, haben wir sogar schon überlegt, ob wir nicht lieber etwas in der Stadt mieten, anstatt uns auf dem Land festzusetzen!«

»Da kommse auch nich eher zur Ruhe, als bis du watt Eigenes has«, lachte Usch, »datt zwickt dich Tag und Nacht, wetten?«

»Spaß beiseite«, mischte Valentin sich ins Gespräch und vertraulich in Willis Richtung gebeugt: »Sag mal, wie hast du das Ganze überhaupt finanziert, hast du da nicht mal 'n paar Tips parat?«

Willi sprang auf. Er schleppte gewaltige Ordner herbei. Damit es schneller ging, half er sogar beim Tischabräumen. Usch und ich verzogen uns in die Küche. Valentin und Willi debattierten über die günstigste Finanzierung von Eigenheimen, Usch und ich über Vor- und Nachteile von Fußbodenheizungen. Valentin begutachtete die bereits erstellten Pläne für den Dachausbau, Usch und ich wühlten in Mustermappen mit Gardinenstoffen.

Der Nachmittag verging im Flug!

»Ich weiß nicht, was wir früher eigentlich immer gegen Usch und Willi hatten«, sagte Valentin, als wir später im Wagen saßen und nach Hause fuhren. »Eigentlich sind es doch recht patente Leute!«

»Versteh' ich auch nicht«, antwortete ich. »Es ist direkt schade, daß sie jetzt so weit weg wohnen. Ich habe den Nachmittag wirklich genossen!«

»Ich auch«, sagte Valentin, »ganz im Gegensatz zu früher!«

In den folgenden Wochen plagten wir uns viel mit dem Für und Wider unseres Planes herum. Schließlich reizte uns der Umzug in eine Großstadt doch auch sehr und wenn wir uns unsere Finanzen weniger optimistisch als sachlich betrachteten, war es da nicht wirklich vernünftiger ...?

Aber der Virus saß bereits zu tief, die Idee, einen eigenen Garten haben zu müssen, hatte bereits das Zentralgehirn erreicht.

»Für die Kinder ist es auch gesünder«, teilten wir uns gegenseitig mit. »Sie sollen in frischer Luft aufwachsen!«

Wir bedachten nicht, daß die Kinder in Stadtluft sehr wohl gediehen waren und wir die Jahre, in denen sie noch in freier Natur spielen mochten, bereits zählen konnten. Ein paar Sommer, ein paar Winter und schon würden sie nachsinnen, wie sie am Wochenende in die Stadt kommen könnten – zu anregenden Vergnügen, die wir für sie aufzugeben im Begriff standen.

»Denk dir, wenn wir die beiden wieder in so einem engen Kinderzimmer einsperren müßten, jetzt wo sie das freie Leben gewöhnt sind«, argumentierten wir statt dessen. »Nicht auszuhalten, für die Kinder nicht – und auch nicht für uns!«

Die Wohnung, die wir schließlich fanden, hatte viele Vorzüge und einen einzigen Nachteil, wir ignorierten ihn großzügig.

Sie war sehr attraktiv geschnitten, zweiundneunzig Quadratmeter groß, mit einem offenen Kamin, zwei Kinderzimmern und einer großzügigen Küche ausgestattet. Sie war sonnig und besaß einen eigenen Garten, den wir mit niemandem teilen mußten. Die Nebenkosten waren erfreulich gering. Was bedeutete neben all diesen Vorzügen schon der kleine Nachteil: von Valentins Arbeitsplatz lag sie eine gute Fahrstunde entfernt, zwei hin und zurück. Aber irgendein Nachteil war schließlich immer dabei, wir griffen zu und unterschrieben beherzt den Kaufvertrag.

Die erste Person, der wir von unserem geglückten Kauf erzählten, war Frau Mugglhahn. Sie hatte sich geduldig all unsere fehlgeschlagenen Expeditionen schildern lassen, nun sollte sie auch an unserem Triumph teilhaben. Valentin entfaltete stolz den Plan mit dem Grundriß.

Frau Mugglhahn nahm ihn in die Hand und betrachtete ihn skeptisch und ausgiebig. Schließlich hob sie den Blick.

»Ja, do gratulier' i Ihne herzlich«, sagte sie, »daß Sie endlich ebbes g'funde hen!«

»Ja und was sagen Sie zu dem Grundriß?«

Frau Mugglhahn vertiefte sich erneut in den Plan.

»Ja, 's wär scho recht, wenn Se bloß net so gschwend unterschriebe hättet. En Käufer, der sich so schnell entschließt, den gibt's net all Tag. Ond der Preis, den Se zahlt hen, isch au net ganz reell. Na ja«, sie seufzte, »i hoff' bloß, daß Se au so viel Glück hen, wenn Se amol verkaufe wollet!«

Nach diesem frommen Wunsch ging sie beherzt zur Tagesordnung über:

»Wenn Se de endgültige Auszugstermin hen, no saget Se mir's, daß mer des mit der Kehrwoch au reglet!«

Abies, Buxus, Salix oder dreißig Meter Hecke

> Bergab schiebet alle Heilige,
> berguff koi Teifel!

Im Frühjahr, genau zwei Jahre, nachdem wir in die Kreisstadt gezogen waren, zogen wir wieder aus.

Ich muß gestehen, daß ich während der letzten Wochen recht wehmütig durch die vertrauten Gassen ging. Ich empfand plötzlich einen Abschiedsschmerz, der mir während all unserer früheren Umzüge vollkommen unbekannt geblieben war. Die alten Häuser waren mir ans Herz gewachsen, die kleinen Geschäfte, der Marktplatz, die ganze wuselige Atmosphäre und sogar der Hahn auf der Kirchturmspitze, schließlich hatte er täglich zu mir herübergeblinkt, wenn ich in der Küche stand und das Geschirr spülte.

Jetzt, wo wir wegziehen wollten, betrachtete ich mir sogar das pünktlich mit dem Aussetzen der Nachtfröste wieder aufgenommene Treiben unserer Nachbarn mit größerer Nachsicht. Es war zu nett, wie sie zusammen mit den Zugvögeln wieder Einzug in ihre Gärten hielten. Den Winter über hatten wir sie kaum gesehen, aber nun, beim ersten Frühlingserwachen, erschien Herr Hauser wie gewohnt mit Torfballen und Setzlingen, mähte Herr Beierle den Rasen, prüfte unser nimmermüder Heimwerker seine Kreissäge auf deren Tauglichkeit. Was mochte er sich in diesem Jahr vorgenommen haben? Dachstuhl und Zaun bedurften vorläufig keiner Erneuerung, aber er hatte schon etwas Neues gefunden: er baute einen Geräteschuppen an die Grundstücksgrenze.

In der letzten Woche vor unserem Umzug besuchte uns Frau Bringle. Es war ein warmer Tag. Wir setzten uns auf die Terrasse, ich schenkte Kaffee ein. Unmittelbar unter uns bearbeitete Frau Mugglhahn ihre Bettumrandung mit dem Klopfer, links düngte Frau Hauser ihr Kräuterbeet. Frau Bringle warf einen Blick hinunter und lachte.

»Nun, genügend Anschauungsunterricht haben Sie ja hier genossen, frei Haus sozusagen. Jetzt haben Sie zwei Möglichkeiten, Ihren Garten anzulegen: à la Ackerbau und Viehzucht oder à la grüner Salon wie bei uns.« Sie lehnte sich gemütlich zurück und warf mir einen Blick zu. »Ach, ich bin gespannt, wie es bei Ihnen aussehen wird, wenn alles fertig ist, Sie werden uns dann ja sicher mal einladen!«

Ich dachte an unseren Garten in seinem augenblicklichen Zustand. Der Vorbesitzer hatte lediglich Rasen eingesät, eine Kätzchenweide gesetzt und eine Hecke gepflanzt. Er hatte Garten und Wohnung mehrere Jahre lang besessen, sich für die Gartenfreuden jedoch kaum erwärmen können. Ich lachte.

»Wenn Sie warten wollen, bis unser Garten bepflanzt und gewachsen ist, dann werden wir uns wohl in den nächsten fünf bis zehn Jahren nicht wiedersehen, bis jetzt ist unser Garten absolut unmöbliert. Schade, daß man die entsprechenden Büsche und Bäume nicht einfach so kaufen und wie Möbel in den grünen Salon hineinstellen kann, dann wäre er ebenso schnell benutzbar wie die Wohnung!« Ich seufzte.

»Ach, Sie müssen große Gewächse nehmen«, sagte Frau Bringle. »Dann haben Sie schon im zweiten Jahr etwas von Ihrem Garten, das wächst schnell heran.«

Sie erhob sich und gab mir die Hand.

»Ich nehme an, Sie werden sich eher an unserer Anlage orientieren als an denen da unten!« Sie wies mit dem Kopf zu unseren fleißigen Kleinbauern hin. »Oder gefällt Ihnen so etwas?«

»Um Gottes willen«, beeilte ich mich zu versichern. »Ihr Garten hat uns da schon besser gefallen. So ähnlich dachten wir es uns auch.«

Ich mochte nicht sagen, daß uns weder das Gemüsefeld

unserer Nachbarn gefiel, noch die frisierte Anlage der Bringles, sondern daß uns ganz andere Vorstellungen und Sehnsüchte bewegten. Vorstellungen, die ich, wie ich zugeben mußte, noch niemals in natura, wohl aber über Jahre hinweg in einschlägigen Zeitschriften und Journalen realisiert gesehen hatte. Da gab es lauschige Gartenwinkel, im Hintergrund eine über und über blühende Clematis, im Vordergrund, auf dunkel gebeiztem Gartentisch, ein bäuerliches Geschirr, das im Farbton genau zu den lila Blüten der Pflanze paßte, da blühten Rhododendren in wundervollen Farbabstufungen, vom hellsten Lila über sattes Rot bis hin zum samtigen Violett, ein Meer von Blüten, eine delikate Farbpalette. Der braungebrannte Hausherr mähte wonnetrunken einen smaragdfarbenen Rasenteppich, lachende Kinder tummelten sich vergnügt in einer blumenübersäten Wiese, von oben leicht beschattet durch tief herabhängende, blühende Obstbaumzweige.

Wenn der lang ersehnte Frühling endlich die Stadt erreichte und sich die tief im Unterbewußtsein verankerten bäuerlichen Urtriebe lediglich an den beiden Balkonkästen »austoben« konnten, dann blätterte ich seufzend in diesen Journalen. All die bunten Abbildungen gaukelten mir vor, was man haben könnte, wenn es doch endlich gelänge, den Mauern der Stadt zu entfliehen. Ja, so stellte ich mir unseren Garten vor. Gezähmte Wildnis, in der man die freie Natur noch ahnt, ohne ihr zu gestatten, sich allzu vorwitzig vorzudrängen. Die Hand des Gärtners durfte kaum zu spüren sein, kaum merklich mochte er hier und da eingreifen, aber dem Garten keinesfalls jene Unnatürlichkeit aufzwingen, wie es bei den Bringles und so vielen anderen Leuten der Fall war, über deren Zäune wir neugierig lugten. Recht Mittelmäßiges war da zu sehen!

Nein, an so etwas hatten wir nicht gedacht. Unser Garten sollte vom April bis tief in den Herbst hinein ein Blütenmeer sein, da sollte es immer etwas zu pflücken, immer etwas zu ernten geben. Ich sah mich üppige Sträuße binden, große Körbe mit Beeren in die Küche schleppen und fröhlich die Leiter an unseren Apfelbaum stellen, um in luftiger Höhe zu ernten, was der liebe Gott und unser Fleiß uns geschenkt hatten. Auch das Kräuterbeet tauchte wieder in meinen Träumen auf, in kleine Rechtecke unterteilt, säuberlich gesät. Wie Großmutters Stickmustertuch sollte es aussehen, wenn die Saat erst mal aufgegangen war. Die berühmte Frankfurter Sauce, Goethes Lieblingsspeise, zusammengestellt aus sieben verschiedenen Kräutern, würden wir genießen, so oft wir nur wollten, den Zaun entlang würden wir Stauden pflanzen, nickende Sonnenblumen, Rittersporn, Phlox, wilde Heckenrosen.

Ich begann die seit Jahren gesammelten Wohn- und Gartenzeitschriften zu durchforsten und die Bilder, die mir am besten gefielen, herauszureißen und in einem Ordner zu sammeln, kunterbunt durcheinander, ohne groß darauf Rücksicht zu nehmen, ob sie nun in das Ressort ›Der schönste Schloßpark von England‹, zu dem Artikel ›Nachtigallen und Rosen – ein Traumgarten an der italienischen Riviera‹ oder zu der Bildreportage ›Eine junge Stadtfamilie hat es geschafft: Ein umgebauter Bauernhof und 500 ha gezähmte Wildnis‹ gehörten. Mir gefielen die Abbildungen, sie regten Phantasie und Wunschdenken an, ich sammelte sie mit Eifer.

Valentin schloß sich meinen Vorstellungen an. Auch er betrachtete die Fotos, die ich ihm zeigte, mit Wohlwollen. Wir wußten seit Jahren genau, wie unser Garten einmal aussehen sollte, was wir nicht wußten, war, wie man ihn anlegt. Wir wußten weder, wie man »das, was da im Frühjahr immer so toll blüht«, botanisch oder auch nur umgangssprachlich benennt, noch wie groß es wurde, wie viele Wochen die Blütezeit dauerte, ob es viel oder wenig Wasser brauchte und wie der Standplatz beschaffen sein mußte, damit es gedieh. Wir wußten nichts von Bodenbeschaffenheit, Auflockerung, »Lüftung« und Düngung, nichts von Unkraut und dessen Bekämpfung, nichts von

Bewässerung und Beschneidung. Wir wußten nicht einmal, wie oft man einen Rasen mähen muß, daß der Rittersporn zu den Stauden gehört, daß es einjährige und mehrjährige gibt und welche, die unter die Rubrik »zweijährig« fallen, und daß dies bei den Kräutern genauso ist. Wir hatten keine Ahnung, wieviel Abstand man den einzelnen Pflanzen gewähren muß, daß einige unglaublich langsam wachsen und sich andere derart ins Zeug legen, daß sie in kurzer Zeit alles überwuchert und ihre Nachbarn erstickt haben. Ich hatte gedacht, daß man, nachdem man das Hauptproblem gelöst hat, was alles man an Pflanzen in seinem Garten sehen möchte, diese einfach in die Erde setzt, so wie sie eben sind, nach dem Prinzip: kaufen, einpflanzen, gießen, blühen lassen, wobei ich dem Punkt »Gießen« nicht einmal besonderes Interesse entgegenbrachte, denn schließlich regnete es ja mal!

Was wir außerdem, glücklicherweise muß ich sagen, nicht ahnten, war, was so ein Garten kostet, und zwar an Schweiß, Zeit und Mühe – und in Heller und Pfennig!

Es war gut, daß wir dies alles nicht wußten, sonst hätten wir uns vielleicht gar keinen eigenen Garten angeschafft oder es bei Hecke und Kätzchenweide bewenden lassen. So aber ließen uns die traumhaften Vorstellungen, die in unseren Köpfen geisterten, die Ärmel hochkrempeln, sie ließen uns unmerklich vom theoretischen ins praktische Gartenleben hineinwachsen, sie ließen uns waggonweise Pflanzen, Torf und Dünger, Unkrautvernichtungsmittel, Gartengeräte und -möbel herbeischaffen und uns gänzlich neue Wege einschlagen. Unsere Geldmittel flossen nunmehr nur noch in eine einzige Richtung: »den Bach hinunter «, direkt in die Kasse der Gärtnerei.

Daß Valentin und ich so gänzlich unerfahren waren, hatte einen sehr einfachen Grund: Niemand in seiner Familie und niemand in meiner Familie hat je einen Garten besessen. Wohl war ich als Kind des öfteren zu einer Freundin meiner Großmutter in die Sommerfrische geschickt worden, Tante Hulda besaß ein eigenes Haus und einen eigenen Garten, jedoch waren die Kenntnisse, welche ich anschließend mit nach Hause brachte, nicht allzu tiefgreifend. Tante Hulda, eine ehemalige Biologielehrerin, hatte mir Flora und Fauna auf ihre Weise nahegebracht.

»Begleite mich in den Garten«, befahl sie morgens, gleich nach dem Frühstück, und führte mich an der Hand hinaus. Dort wies sie mit langem Finger auf eine wunderschön gelb-blühende Pflanze.

»Das ist ein Verbascum«, dozierte sie, »daneben eine Digitalis. Vorsicht, sie ist giftig!« Wir gingen weiter. »Cortaderia ist nicht richtig gekommen, dafür breitet sich der Sedum zu stark aus.« Sie bückte sich. »Sieh her, die Cupressocyparis hat braune Nadeln, aber der Juniperus hat gut ausgeschlagen, ich hatte ihn schon aufgegeben!«

Ich hing schlaff an ihrer Hand und sehnte mich nach Hause, wo auf der Fensterbank zwei Primeln blühten und ich ansonsten von Flora verschont wurde.

Nachmittags hatte ich die Tante an einen alten Bahndamm zu begleiten, wo wir Blumen und Gräser pflückten, die ich anschließend anhand eines Botanikbuches »bestimmen« mußte, wobei ich mir bald selbst wie eine Dicentra vorkam, denn mein Herz tränte, wenn ich an die schönen Ferien dachte, die ich hätte haben können, wenn Tante Hulda dies mit all ihren Thujas und Cytisus' nicht verhindert hätte. Sie verhinderte überdies, daß sich in mir jemals ein wirkliches Interesse an Gartenpflege regte, und aus Trotz hatte ich mich sogar geweigert, wenigstens die deutschen Bezeichnungen zu lernen. Das einzige, was mir von diesen Gartenferien in Erinnerung geblieben war, war ein altes Botanikbuch und ein schaler Geschmack, wenn ich an Abies, Buxus, Salix dachte.

In der kommenden Zeit sollte ich jedoch des öfteren bereuen, damals, in Tante Huldas »Unterricht«, nicht besser aufgepaßt zu haben.

Der Umzug ging schnell vonstatten.

Ich putzte ein letztes Mal die kostbare Marmortreppe, Valentin kehrte ein letztes Mal die Straße. Wir verabschiedeten uns von Frau Mugglhahn, sie wünschte uns alles Gute. Auch sie würde übrigens bald ausziehen. Ganz in der Nähe, an einem Südhang, in attraktiver Aussichtslage, planten die Mugglhahns den Bau ihres Eigenheims.

»Se werdet au net emmer in dere Eigentumswohnung bleibe wolle«, teilte sie uns treuherzig mit, »'s möcht halt jeder sei eiges Häusle! In sore Wohnung isch mer doch net sei eigener Herr!«

Wir blickten sie stumm an. Diese Schwaben konnten einen zum Wahnsinn treiben. Schließlich war es noch nicht allzu lange her, und Vater Täuble hatte uns die Freude an der endlich gefundenen Mietwohnung dadurch getrübt, indem er unheilverkündend davon sprach, daß sich das Glück in einer gemieteten niemals, sondern nur in einer rechtmäßig erworbenen finden ließ. Auch auf der Party bei den Bringles hatten wir den Eindruck gewonnen, daß wir durch den Kauf einer Eigentumswohnung den Makel des unwürdigen Mieterdaseins loswerden und gesellschaftlich anerkannt werden würden. Doch nun, wir waren noch nicht eingezogen, hatten noch keine Blume gepflanzt, keinen Schrank gestellt, prophezeite Frau Mugglhahn, daß wir für das viele Geld immer noch nichts G'scheits hätten.

Wir reichten Frau Mugglhahn die Hand.

»Was i no sage wollt', die Bringles wollet ihr Wohnung au verkaufe. Hoffentlich krieget se überhaupt so viel, daß ihre Okoschte deckt sen.« Dies war die letzte Unheilsverkündung, die uns Frau Mugglhahn mit auf den Weg gab, ehe wir sie verließen. Daß die Bringles verkaufen wollten, war uns übrigens bekannt, sie benötigten das Kapital, um das an ihr Anwesen grenzende Grundstück kaufen zu können. Nun, »von unserem Geld« würden sie künftig keine Immobilien mehr erwerben.

Es war das zweite Mal, daß Valentin seinen Urlaub für einen Umzug opferte, womit wir uns den schwäbischen Sitten bereits auf eine Weise anpaßten, wie wir es früher niemals für möglich gehalten hätten. Irgendwie kamen wir kaum noch aus dem Ländle heraus, geschweige denn an weit entfernte, ausländische Küsten. Aber wir dachten nicht weiter darüber nach, wir dachten an unseren Garten! Zunächst einmal plagte uns das Problem mit der Hecke. Sie war so niedrig, daß man uns von allen Seiten sehen konnte. Das mißfiel uns sehr! Wir wußten zu diesem Zeitpunkt noch nicht, daß wir nicht bloß im Besitz einer Hecke waren, sondern daß unser Vorgänger, ein Unwissender wie wir, eine Buchsbaumhecke gepflanzt hatte. Ein zufällig vorbeikommender Herr, der uns bekümmert hinter unserem petersilienhohen »Sichtschutz« stehen sah, klärte uns auf.

»Des hätt' i fei net pflanzt, des isch Buchsbaum, der eignet sich net als Sichtschutz, weil er arg langsam wächst ond net höher wird als höchschtens vierzig, fünfzig Zentimeter. Deshalb nimmt mer's lieber als Grabumrandung.« Er nickte uns freundlich zu und ging weiter, Valentin und mich in ratloser Verblüffung zurücklassend.

Erregt schritten wir in unserem Garten auf und ab. Man konnte weit ausholen, kein Busch, kein Baum, ja nicht einmal die kleinste Ringelblume stand uns im Weg. Valentin schüttelte verärgert die mageren Triebe der Kätzchenweide. Karl hob verächtlich das Bein an ihrem schmächtigen Stamm.

»Das blöde Ding hier hätten sie sich auch sparen können, so dürftig wie das aussieht«, teilte Valentin mir mit. »Ich kann diese Art von Bäumen sowieso nicht leiden. Zu Hause, im Stadtpark, da standen ein paar Trauerweiden, ich fand den Anblick immer de... was ist *das* denn?« Er sah mich entsetzt an. Ich trat näher und traute meinen Augen nicht. Die spärlichen Triebe waren über und über von Raupen bedeckt, sie bildeten ringsum eine dichte, fressende, ekelhafte Schicht.

»Ich hau' den ganzen Baum um!« sagte Valentin. »Ich hab' bloß keine Säge, die muß als erstes gekauft werden!« Inzwischen war ein Passant die Straße heraufgekommen. Vor unserem Grundstück verweilte er und mischte sich ungebeten in unser Gespräch. Er gehörte zur Sorte der Zugereisten, war bestens zu verstehen, trotzdem erfreute uns wenig, was er zu sagen hatte.

»Dann können Sie Jahr für Jahr umhauen, was Sie gepflanzt haben. Auf diese Weise werden Sie der Schädlinge niemals Herr werden, denn die kommen immer wieder, die sind beharrlicher als Sie und Ihre Säge zusammen. Wenn ich Ihnen einen Rat geben darf, schneiden Sie sämtliche Triebe kurz ab und verbrennen Sie sie. Die Triebe wachsen rasch nach, und Sie sind das Problem los.« Er musterte uns interessiert. »Sie haben wohl noch nie einen Garten gehabt?« Wir bestätigten diese Annahme durch kraftloses Kopfnicken. »Man sieht's an Ihrer Hecke.« Er trat näher heran. »Wissen Sie, so nahe der Straße, mit direkter Einsicht auf die Terrasse, da sollte man lieber etwas pflanzen, was mehr Sichtschutz bietet als so eine Buchsbaumhecke, die immer niedrig bleibt. Außerdem ist sie sehr arbeitsintensiv, muß dauernd geschnitten werden. Da haben Sie viel Geld ausgegeben für wenig Gewinn!« Er nickte kurz, dann ging er weiter, wir starrten ihm nach. Das wurde ja immer schöner. Arbeitsintensiv, muß dauernd geschnitten werden, teuer schien sie auch gewesen zu sein, und wir mußten uns zu Deppen deklarieren lassen, derweil der eigentliche Urheber dieses Heckenunfugs längst fortgezogen war.

Eine Frau mit einem kleinen Mädchen an der Hand kam vorbei. Sie grüßte freundlich zu uns herüber. Das kleine Mädchen blieb stehen, um Karl zu betrachten, der wie üblich bettelnd und wedelnd hinterhergelaufen war. Jetzt setzte er sich nieder und machte Männchen. Das kleine Mädchen war entzückt, die Mutter stellte die Einkaufstasche ab.

»Ja, des Johr isch's arg mit de Raupe. I tät se alle verbrenne«, teilte sie uns mit. Wir bestätigten, daß wir selbiges vorhätten. »Ond des do«, sie stippte mit der Schuhspitze recht verächtlich gegen die teure Buchsbaumhecke, »des müsset Se kräftig dünge ond gut z'rückschneide, sonscht wächst des nie!« Sie nickte freundlich, nahm ihr Kind an die Hand und ging weiter. Wir standen da und sahen ihnen nach. Es ging zu wie im Theater: Auftritt links, Abgang rechts, Auftritt rechts, Abgang links.

»Es paßt mir nicht«, sagte Valentin, »daß unser gesamtes Familienleben von jedem, der da zufällig vorbeikommt, eingehend studiert und beurteilt werden kann. Sie beleidigen unsere Hecke, sie belächeln unseren einzigen Baum, sie drängen uns ihre Ratschläge auf und streicheln unseren Dackel. Scheußlich, so was!«

Ich lachte.

»Da gibt es nur eins, wenn du mich fragst. Wir brauchen keine Säge, sondern eine brauchbare Hecke, dicht gewachsen, und mindestens einen Meter siebzig hoch!«

»Zwei Meter!« sagte Valentin.

Die Hecke beschäftigte bald alle unsere Gedanken. Was eignete sich überhaupt? Gab es eigentlich »fertige« Hekken zu kaufen? Und wo? Oder mußten wir in jedem Fall »klein« anfangen und uns während vieler Sommer den Einblick in unser Gartenleben gefallen lassen? Wir gewöhnten uns an, die etwas kühleren Abendstunden für ausgiebige Spaziergänge zu nutzen. Von den landschaftlichen Reizen, die uns umgaben, bemerkten wir wenig, unser gesamtes Augenmerk galt den Hecken, an denen wir vorbeikamen. In den unten an der Straße liegenden Häusern, die schon etwas älter waren, entsprachen sie voll unseren Vorstellungen. Da gab es regelrechte grüne Mauern, dicht gewachsen, jeden neugierigen Einblick verwehrend. Ja, so hatte so etwas auszusehen! Eines Abends kamen wir gerade hinzu, als der Besitzer einer besonders prachtvollen Hecke dieselbe beschnitt. Er benutzte dazu eine stattliche Leiter. Wir blieben stehen.

»Eine schöne Hecke haben Sie da«, sagte Valentin.

Er warf einen kurzen Blick aus seiner luftigen Höhe zu uns hinab und arbeitete schweigend weiter.

»Wirklich prachtvoll gewachsen!«

Er ließ sich nicht in seiner Arbeit unterbrechen.

Schnipp, schnipp, schnipp, machte die große Schere. Zweige, doppelt so lang wie unsere Hecke hoch war, prasselten zu Boden. Wir betrachteten sie glühend vor Neid. Valentin wagte einen erneuten Vorstoß.

»Wie nennt man diese Heckenart eigentlich, wenn ich fragen darf?«

Der Mann ließ seine Schere sinken und trocknete sich mit dem Ärmel seine Stirn. Dann sah er uns an. Schließlich sagte er:

»I weiß au net, wie des Zeug heißt. Mei Großvater hat's halt neipflanzt, ond mir hen de Ärger damit! I tät mi freue, wenn er ons mit der Heck do verschont hätt!«

Der Großvater hatte sie gepflanzt! Eine niederschmetternde Antwort! Ich stellte mir unsere Enkel vor, wie sie unsere Hecke schoren, derweil Valentin und ich, zittrig in Korbstühlen sitzend, endlich in ihrem Schutz ruhen konnten. Wir gingen weiter. Valentin bückte sich und nahm einen der abgeschnittenen Äste mit. Zu Hause stellten wir ihn sorgsam in ein Wasserglas.

Am nächsten Morgen trugen wir den kostbaren Zweig der Traumhecke in die örtliche Gärtnerei. Es handelte sich um einen größeren Betrieb mit mehreren Gewächshäusern und etlichen freien Beeten, auf denen alles mögliche wuchs, das schön bunt anzusehen und dessen Name uns leider unbekannt war. Im hinteren Teil eines der Gewächshäuser machte sich ein alter Mann zu schaffen. Strohhut und blaue Schürze kleideten ihn gut, er sah aus, wie der Gärtner in einem alten Lesebuch. Wir näherten uns vorsichtig.

»Grüß Gott!« Grunzen. Keine Antwort.

Der Mann pflanzte kleine, grüne Pflänzchen, die wie Salat aussahen, in ordentlichen Reihen auf ein Beet. Er ließ sich durch uns nicht stören.

»Ich habe da mal eine Frage!« Grunzen. Schneller Blick. Ein wettergegerbtes Gesicht, kleine, schlaue Augen und eine gewaltige rote Nase.

Ich zeigte ihm schüchtern unser Zweiglein.

»Könnten Sie wohl so nett sein und uns sagen, was das ist? Wir hätten es gern für eine Hecke!«

Widerwillig nahm er den Zweig in die schwielige Hand. Dann warf er ihn hinter sich auf einen Komposthaufen.

»Des isch Hainbuche!« Er bückte sich und arbeitete weiter.

Ich holte tief Luft!

»Wie gesagt, wir wollten aus dieser, dieser Hainbuche gern eine Hecke pflanzen und wollten fragen, ob man so etwas bei Ihnen vielleicht bekommen kann!«

Er richtete sich auf und seine kleinen Äuglein auf mich. Endlich war es mir gelungen, seine Aufmerksamkeit zu erringen.

»Für a Hecke?« vergewisserte er sich.

»Ja, für eine Hecke! Wir sahen eine solche unten an der Hauptstraße, sie hat uns gut gefallen.«

»Ja, des müßt' i Ihne erscht b'sorge, im Herbscht!«

»Im Herbst, warum dauert es denn so lange?«

»Jetzt isch's z' spät, a Hecke z' pflanze, bei dere Hitz!«

Ach, konnte man nicht zu jeder Jahreszeit pflanzen? Gab es bestimmte Pflanzzeiten? Ich wagte diese Frage nicht zu stellen. Der Gärtnersmann schien durch den ständigen Umgang mit Pflanzen völlig verstummt zu sein, durch allzu eifrige Unterhaltung fühlte er sich schnell bedrängt. »I tät Hainbuche aber sowieso net nehme«, sagte er plötzlich.

Hurra, er taute auf, er wurde gesprächig. Man mußte den Leuten nur Zeit lassen.

»Ja?« lauerte ich.

»Warum nicht?« flüsterte Valentin. Nur den Redestrom jetzt nicht durch ein unbedachtes Wort wieder zum Versiegen bringen.

»Weil des isch halt so bei re Hainbuche. Die verliert

ihre Blätter erscht im Mai, do hen Se des ganze Frühjahr, wenn rengsrom alles blüht, die welke Blätter vor de Auge ond könnet im Mai 's Laub z'ammefege wie em Herbscht. Also i tät Ihne abrote.«

Wir starrten uns an. Was redete er da? Die Hainbuche verlor ihre Blätter im Frühjahr, nicht wie jeder anständige Baum im Herbst? Sollte man das glauben?

»I han dahinte, hinter dem letschte G'wächshaus, a schöns Liguschterheckle liege, des tät i Ihne empfehle. Des könnet Se jetzt au no pflanze, des isch was G'scheits. Des wächst arg schnell, isch bis en de Winter nei grün ond wird so hoch, wie Sie wollet.«

»Wie hoch ist die Hecke denn jetzt?« Die Frage brannte uns auf den Nägeln.

»Ja, so etwa!« Der Mann zeigte eine Höhe von fünfzig, sechzig Zentimetern. »Aber wie g'sagt, des wächst schnell. No gut pflanze ond kräftig gieße ond a bißle Dünger.«

Er bückte sich nieder und begann wieder zu arbeiten. Die Unterhaltung betrachtete er als beendet. Schade, daß er sein kostbares Wissen so ungern weitergab. Er hätte eine Quelle der Erkenntnis sein können, so war er nur ein mühsam tröpfelndes Quellchen, das auszuschöpfen unendliche Geduld verlangte. Soviel Geduld hatten wir nicht.

»Ade!« Wir verließen das Gewächshaus eilenden Schrittes und spurteten in die angegebene Richtung. Hinter dem besagten Gewächshaus war von einer stattlichen Hecke, fünfzig, sechzig Zentimeter hoch, jedoch nichts zu sehen. Dort lag lediglich ein Bündel Reisig, wie es die alten Frauen in den Bilderbüchern gern aus dem Wald nach Hause tragen. Ein junger Mann kam des Weges, er schleppte zwei Gießkannen. Ich hielt ihn an.

»Entschuldigen Sie, hier soll irgendwo eine Ligusterhecke liegen, die wir gern kaufen wollten!«

Er stellte seine Kannen ab und sah uns an. Was hatte er denn? Sagte man das nicht, daß man eine Hecke kaufen wollte? Dreißig Meter Hecke schön dicht, einsneunzig hoch? So etwa erträumten wir es uns.

»Des isch des do!« Er wies auf den Reisighaufen. Dürre Triebe, kaum Blättchen, unten bemerkten wir nur ein paar bläßliche Wurzeln. Wir betrachteten das Häuflein mißtrauisch. Es war sehr klein.

»Ja, aber wir benötigen meterweise Hecke!«

»Ja, des pflanzt mer ja au net dicht an dicht, des pflanzt mer mit Abschtand, no wächst's scho z'amme!«

Nein danke. Diese dürren Triebe und auch noch mit Abstand. Da konnte man ja hindurchsehen, wie würden uns ja vorkommen wie von Zahnstochern eingekreist, da machte ja unsere Minihecke noch mehr her. War sie auch niedrig, so war sie doch schön dicht. Immerhin.

Mutlos verließen wir die Gärtnerei. Zu Hause setzten wir uns in das Wohnzimmer, auf die Terrasse mochten wir nicht gehen. Es ging uns dort zu lebhaft zu, auch windete es stark. Der Sonnenschirm, den wir als vorübergehenden Sichtschutz aufgestellt hatten, war in die raupenübersäte Kätzchenweide gefallen. Mit spitzen Fingern stellten wir ihn wieder auf und klappten ihn zu. Nichts wollte uns so recht gelingen, nicht einmal das simple Aufstellen eines Sonnenschirms.

»Der Baum hat beinahe kein einziges Blatt mehr«, stellte Valentin verbittert fest. »Das Grüne sind die Raupen. Von weitem merkt man den Unterschied kaum.«

»Na, dann laß sie doch einfach tun, was sie nicht lassen können«, schlug ich vor.

»Du bist wohl nicht ganz klar im Kopf«, brauste er auf. »Wenn sie den Baum erledigt haben, werden sie am Stamm hinunterkriechen, um sich über den Rasen und die Buchsbaumhecke herzumachen!«

Wir gingen zurück ins Haus. Valentin hatte recht. Sie würden nicht satt zu kriegen sein. Ich stellte mir vor, wie sie in Sechserreihen den Stamm hinunterkriechen und sich in Marschrichtung Hecke setzen würden. Der Termin war sicher bereits geplant, für morgen nacht hatten sie die Umsiedlung ins Auge gefaßt, heimlich, still und leise!

»Du mußt noch heute die Äste absägen und alles verbrennen «, teilte ich Valentin mit. Er warf mir einen Blick zu. »Morgen!« sagte er dann.

Brösamle oder die Rache der Natur

»Meischter, d' Arbeit wär fertig,
soll i se glei flicke?«

In den nächsten Tagen beschlossen wir, das leidige Gartenproblem vorerst zurückzustellen und das gute Wetter zu nutzen, um uns die Gegend anzusehen.

Wir konnten keine schön gewachsene Hecke von zwei Metern Höhe in unseren Garten hineinzaubern, das hatten wir ein für allemal begriffen und damit die erste Lektion im Garteneinmaleins gelernt: wer einen Garten anlegen will, braucht dreimal soviel Geduld wie Pflanzen. So machten wir an einem Nachmittag allein einen Ausflug, da die Kinder es vorgezogen hatten, ihrerseits die unmittelbare Nachbarschaft zu erkunden.

Wir fuhren durch hügeliges Land, die Sonne schien, es war warm, die kleinen Sträßchen kaum belebt. Hin und wieder tuckerte ein Traktor vor uns her. Auf den Feldern arbeiteten die Bauern, in ihren Gärten lagen die, die Zeit und Muße dazu hatten. Wie waren diese Gärten doch schön. Noch vor kurzem hatten wir, unsere durch Gazettenlektüre irregeleitete Idealvorstellung im Kopf, über die meisten Gärten mitleidig den Kopf geschüttelt. Nach den jüngsten Erfahrungen brachen wir bereits beim Anblick einer kniehohen Hecke und einem Beet mit blühenden Stauden in Bewunderung aus. Nun gut, die Gärten waren mehr oder weniger gelungen angelegt, aber so trostlos wie der unsrige war keiner.

In einem kleinen Landgasthaus machten wir Rast. Wir setzten uns in den schattigen Wirtsgarten und bestellten ein erfrischendes »Schorle sauer«. Unaufgefordert brachte die Wirtin einen Korb mit Brezeln und stellte ihn dazu. Wir aßen und tranken, fühlten uns wohl. Man saß so nett hier, man hatte alles, was man benötigte, wozu brauchten wir eigentlich einen Garten? Schließlich gab es doch Gärten genug, in die man sich zur Sommerzeit setzen konnte.

»Was ist?« fragte Valentin.

Ich schreckte aus meinen Gedanken auf.

»Was soll sein?«

»Du guckst gerade so grimmig!«

Ich lachte.

»Es ist nichts«, sagte ich. Es schien mir taktisch unklug, meine negativen Gedanken preiszugeben, die gute Stimmung zu gefährden.

»Aber sieh mal, was ist denn das da drüben?«

Hinter einem halbhohen Zaun war eine Baumschule zu sehen, Nadelgehölze, so weit das Auge reichte, in langen ordentlichen Reihen gepflanzt. Valentin zahlte, und wir schlenderten zur Gärtnerei hinüber. Vielleicht war uns das Schicksal gnädig und schickte uns einen wissenden und ebenso aussagebereiten Geist über den Weg. Da nahte er schon. Eine blonde junge Frau kam uns lachend entgegen. »Grüß Gott, was kann ich für Sie tun?«

Hei, wie mein Herz hüpfte, der liebe Gott hatte meine Bitte erhört.

»Wir suchen einen Sichtschutz für unseren Garten, er ist zur Straße hin gelegen und hat von überall Einsicht, die Terrasse können wir gar nicht benutzen.«

»Ja, an was haben Sie denn gedacht?«

»An sich an eine Hecke, bloß...«

»Ja, da brauchen Sie viel Geduld, bis so eine Hecke einmal hoch genug ist, daß sie einen wirklichen Schutz bietet, und dann muß sie dauernd geschnitten werden. Ich würde Ihnen eher raten, ein paar immergrüne Koniferen zu setzen, schön aufgelockert, da brauchen Sie gar nicht viele!« Koniferen? Ach so, sie sprach von Tannenbäumen.

»Sehen Sie dahinten, die Zypressen, zwei Stück vielleicht, und dann eine schöne Bergkiefer und zwei kleine

Wacholder, da haben Sie schon ganz schön was in Ihrem Garten.« Die Zypressen, die sie uns zeigte, waren recht groß, allerdings mag ich gerade diese Bäume am allerwenigsten. Sie haben so etwas Friedhofartiges, Überdauerndes, Ewiges. Man muß immer daran denken, daß sie noch stehen, wenn man selbst schon lange begraben ist. Außerdem kostete die große fast vierhundert Mark. Valentin ließ sofort von ihr ab.

»Was haben Sie denn dahinten?«

»Ach, das sind nur ganz einfache Christbäume, die wir zum Fest schlagen wollen, die eignen sich eigentlich nicht, sie sind nicht mal veredelt.«

Wir näherten uns dem hinteren Teil der Baumschule. Schnurgerade ausgerichtet in langen Reihen, standen hier entzückende Tannenbäumchen, mit dichten grünen Nadeln und hellgrünen Spitzen, vertrauenerweckend, da seit Kindertagen bekannt.

»Was kosten sie?« fragte Valentin.

Die Frau sah uns zögernd an.

»Ja nun, wir verkaufen sie so zwischen zehn und zwanzig Mark das Stück.«

Zwischen zehn und zwanzig Mark das Stück, kein Preis, wenn man sie mit den Zypressen verglich. Für eine Zypresse à vierhundert Mark bekam man vierzig dieser possierlichen Gesellen, die unseren Garten schmücken und uns vor Blicken schützen würden, sofort, wenn wir jetzt zugriffen.

»Könnte man sie jetzt noch pflanzen?«

Die Frau nickte.

»Ach, die sind nicht so arg empfindlich, ich würde Ihnen raten, zuerst die Pflanzlöcher auszuheben, alles gut mit Torf zu vermengen und dann, morgen abend vielleicht, die Bäume zu holen und gleich einzusetzen, das müßten sie schon überstehen. Gießen Sie sie nur gut an und geben Sie ein bißchen Dünger für Koniferen dazu, dann werden sie schon anwachsen.

Wir eilten jubelnd nach Hause. Valentin machte sich

sofort ans Werk und grub an der Grundstücksgrenze zur Straße hin zehn kraterförmige Löcher aus, immer schön der Reihe nach, eines nach dem anderen.

Er war vollkommen erschöpft, als das Werk getan war. Zufrieden besah er sich seine Arbeit. So, das war erledigt, die Bäumchen würden einen wunderbaren Sichtschutz bieten, morgen, heute waren wir rechtschaffen müde, Valentin vom Löchergraben, ich vom Zuschauen und Anweisungen geben. Wir gingen früh zu Bett.

Am nächsten Abend holten wir die Bäumchen ab. Zehn an der Zahl. Die nette blonde Frau wuchtete noch einen Sack mit Torf in den Wagen, der unter dem Gewicht merklich in die Knie ging. Als Transportmittel für halbe Baumschulen und zentnerweise Torf hatten wir ihn eigentlich nicht gekauft, aber wir dachten nicht weiter darüber nach. Wir beeilten uns, die Bäume in die Erde zu bekommen, ehe sie Schaden nahmen. Wenn wir nur schnell genug arbeiteten, merkten sie den Standortwechsel vielleicht gar nicht. Mit quietschenden Bremsen hielten wir vor dem Haus und trugen die Bäume einzeln in den Garten! Praktisch, daß man sie gleich am späteren Standort über die Hecke werfen konnte, insofern hatte unser geschmähter Buchsbaum schon seine Vorteile.

Dann begannen wir zu pflanzen. Mit den Händen schaufelten wir in Windeseile den Torf in die ausgehobenen Löcher, stellten den Baum hinein und füllten mit der ausgehobenen Erde nach. Die Kinder schleppten kannenweise das Wasser herbei, wir schufteten wie die Verrückten.

»Ja, was machet Sie denn do? Sie müsset scho entschuldige, daß i mi eimisch, aber des ka mer net mit agucke!« Wir hoben die erhitzten Gesichter.

Unser Nachbar zur Linken, ihn hatten wir bis jetzt nicht zu Gesicht bekommen, da er während unseres Einzugs verreist war. Nun war er zurückgekommen und überstieg mühelos unsere Hecke.

»Brösamle, grüß Gott!«

»Grüß Gott!« Hoffentlich würde er jetzt kein längeres Gespräch beginnen, wir hatten zu schaffen! Die kostbaren Bäume mußten gesetzt werden, nach einem Schwätzchen stand uns nicht der Sinn.

»Der Torf, den Se do nei hen, der muß erscht amol im Wasser quelle, der muß ganz und gar naß sei, sonscht zieht er de Pflänzle 's ganze Wasser, des Se obe neigießet, onte glei wieder weg.«

Wir sahen ihn ratlos an. Was meinte er? Wovon sprach er? Ich hatte nur das eine verstanden, daß unsere Bäume verdursten würden.

»Gebet Se's mir her!«

Energisch ging er und holte eine Schubkarre herbei. In dieser begann er nun den Torf mit viel Wasser zu vermengen. Wir standen da und staunten.

»So en Torf, der nemmt 's Vierfache von seim eigene G'wicht auf!« teilte er uns mit. Wir sahen es mit Staunen. Einmal in Schwung gekommen, pflanzte er die restlichen Bäumchen gleich selber, wir standen daneben und sahen zu. »I war bei meim Schwager in der Stadt, vierzehn Tag, ganz ohne Garte, des isch fei nix für mi!«

Nun, uns kam der vierzehntägig lahmgelegte Schaffenstrieb zugute. Eine Stunde später standen sämtliche Bäume in Reih und Glied. Wir betrachteten sie entzückt.

»Sind sie nicht süß?« fragte ich unseren fleißigen Nachbarn.

Er wischte sich die Hände an der Schürze ab und betrachtete kritisch, was er gepflanzt hatte.

»Ja, i woiß net recht«, sagte er schließlich. »I hätt se halt lieber a bißle versetzt pflanzt, mal eins vor, eins z'rück. So schtehet se a bißle steif do, aber«, setzte er beschwichtigend hinzu, »do kommt mit der Zeit sowieso no viel dazu, no fällt's nemme so uff.«

Wir verabschiedeten uns herzlich voneinander, und er ging über die Hecke hinweg in seinen Garten zurück.

Entgegen der Meinung unseres Nachbarn erfreute uns der Anblick der Tannenbäumchen sehr. Gerade, daß sie wie artige Kinder in einer Reihe standen, war ja das Nette. Sichtschutz boten sie auch. Man konnte uns nur noch von der Taille an aufwärts sehen, und dann wuchsen sie ja, man durfte nur mit dem Dünger nicht sparen. Ich griff beherzt zu dem Paket mit dem Koniferenspezialdünger und spendete ihnen reichlich. Sie sollten ruhig merken, daß sie in keinem sparsamen Schwabenhaushalt gelandet waren, sondern in einem, der gern gab. Auch Valentin hatte bereits seine Großzügigkeit bewiesen, und vor dem Schlafengehen liefen die Kinder hinaus und »fütterten« sie noch einmal. Die große Packung war bald leer, es schadete nichts, um so eher würden wir in unserem eigenen Tannenwald spazierengehen können.

Am nächsten Tag regnete es!

Wir fuhren in einen der großen Bau- und Pflanzenmärkte, in denen es alles zu kaufen gab, was der Heimwerker und Hobbygärtner zu seiner Freizeitgestaltung und seinem Glück so braucht. Wir erstanden einen Rasenmäher »Puma Superleise«, einen Gartenschlauch, zwei Gartenmesser, einen Spaten, einen Rechen, eine Heckenschere, zwei Sägen, einen Reisigbesen, eine Giftspritze, Ungeziefervernichtungsmittel, Rasen- und Koniferendünger, eine Gießkanne, zwei kleine Schippen und eine Wäschespinne. Wir fuhren nach Hause und luden alles ab, wendeten den Wagen, hetzten zurück und kauften einen Gartentisch, vier Gartenstühle, zwei Gartenliegen, einen neuen, größeren Sonnenschirm, einen kleinen Beistelltisch auf Rollen und eine Hängematte. Warum wir die Hängematte erwarben, wo wir doch nur einen einzigen Baum besaßen, weiß ich nicht, wahrscheinlich tat ihr Anblick unseren Augen einfach wohl. Als wir die Gesamtsumme erfuhren, wurde uns weich in den Knien! Was, so viel kosteten ein paar lumpige Gartengeräte? Schweigend fuhren wir nach Hause. Schweigend trugen wir unsere Einkäufe hinaus in den Garten. Valentin nahm nachdenklich den Rechen in die Hand und ließ den Blick über den Rasenmäher und die anderen Geräte schweifen.

»Wenn die ehrlich wären, würden sie all das Zeugs da unter dem Sammelbegriff ›Freizeitvernichtungsmittel‹ führen«, sagte er.

In der Nacht, als es dunkel war und alle Nachbarn schliefen, schlich er sich heimlich mit der neuerworbenen Giftspritze hinaus und verpaßte den Raupen eine tödliche Dosis. Er hatte sich nicht dazu überwinden können, unseren einzigen Baum seiner wenigen Triebe zu berauben und die Raupen zu verbrennen. Und den Nachbarn gleich zu Anfang zu zeigen, daß wir zu jener Sorte verantwortungsloser Zeitgenossen gehörten, die sich nicht schämen, die Umwelt zu vergiften und den biologischen Haushalt zu stören, dazu fehlte uns ganz einfach der Mut.

Als ich am nächsten Morgen die Jalousie hochzog und einen Blick in den Garten warf, war ich sprachlos vor Entsetzen. Ein beispielloses Unglück hatte uns ereilt, die so oft zitierte Rache der Natur war eingetroffen.

»Was ist los?« Valentin sprang aus dem Bett. »Du siehst ja aus wie zur Salzsäule erstarrt!«

Anstelle einer Antwort wies ich stumm in den Garten hinaus.

»Ach du lieber Himmel«, flüsterte Valentin, »das ist ja grauenvoll!«

Wir standen und starrten die neugepflanzten Bäumchen an. Sie waren allesamt von einer furchtbaren Krankheit befallen. Braun von der Wurzel bis zur Spitze, zehn alte Rostgabeln im Sonnenlicht.

»Wie sieht's denn bei den anderen aus?« fragte Valentin mit heiserer Stimme. Wir spähten hinüber zu Herrn Brösamle. Dort war alles grün! Hastig zogen wir uns an und eilten die Straße hinunter, um auszukundschaften, ob die Rache der Natur auch andere Gärten getroffen hatte. Allein sie hatte sich lediglich an unseren kleinen hilflosen Bäumchen ausgetobt. Wir gingen zurück, und Valentin machte sich mit todtraurigem Gesicht ans Werk, die Rostgabeln abzusägen, sie boten einen gar zu deprimierenden Anblick. Ich assistierte ihm, wobei ich in lästerlicher Weise fluchte. Wir hatten den ersten Baum gerade beseitigt, als sich das Gebüsch teilte und Nachbar Brösamle in auffallendem Tempo über die Hecke setzte. Er riß Valentin die Säge aus der Hand!

»Ja ka mer Sie net amol fünf Minute alloi lasse, ohne daß Sie a Oglück arichtet?« entsetzte er sich. »Wahrscheinlich hen Se die arme Dinger do total überdüngt. I han geschtern scho a gute Portion Dünger unter de Torf g'mengt, des hätt de Sommer über g'langt.«

Er betrachtete uns voller Empörung. Wir senkten verlegen den Blick.

»Jetzt tun Se mer den G'falle ond lasset Se Ihre Fenger von dene arme Tännle do, die erholet sich scho no von dem Schock, den Se ihne verpaßt hen. Aber jetzt müsset Se halt Geduld habe ond mit dem Anblick lebe! Ond Ihrn Rase do, den müßtet Se au amol schneide, am beschte glei!« Er warf Valentin einen mißtrauischen Blick zu.

»Hen Se scho mol Rase g'mäht?« erkundigte er sich.

Valentin hob die Schultern, was ebensogut »ja« wie »nein« bedeuten konnte. Er hatte noch nie im Leben einen Rasen gemäht, aber wir hatten schließlich gesehen, wie man es macht. Allzu schwer schien es nicht zu sein.

»Wir werden es schon zustande bringen, wenn wir uns Mühe geben«, sagte er in ironischem Ton und reichte Herrn Brösamle die Hand.

»No passet Se bloß uff, daß Se des Kabel net durchhauet!« bemerkte dieser, ehe er sich anschickte, in seinen Garten zurückzugehen.

Wir blickten ihm mißmutig nach. Wahrscheinlich stieg er jetzt in seinem Haus in den ersten Stock hinauf, um unser Tun, hinter der Gardine verborgen, zu beobachten und notfalls sofort einzugreifen, wenn wir irgendeinen Unfug anstellten. Es war ja alles lieb gemeint, aber auf Dauer uns eher lästig.

Wenig später schoben Valentin und »Puma Superleise« durch die Wiese. Willig beugten sich die Büschel unter der scharfen Klinge. Ich schritt leichtfüßig hinterher und rechte das geschnittene Gras zusammen. Diese Arbeit gefiel mir sehr. Die Sonne schien, der Himmel war blau, die Kinder sprangen um uns herum, ich trug ein ländlich gemustertes Kleid und ein ländliches Tuch um den Kopf... wenn man großzügig war und gewisse Details außer acht ließ, hatte die Szene durchaus etwas von dem Artikel ›Eine junge Stadtfamilie auf dem Land‹. In meiner Phantasie sah ich uns selbst als Hauptdarsteller. Valentin lässig über den Griff von »Puma Superleise« gebeugt, gewinnend lächeln und zu der Reporterin sagen: »Ach wissen Sie, trotz anfänglicher Schwierigkeiten und vieler Unkenrufe aus dem Bekanntenkreis haben wir unseren Entschluß bis heute kein einziges Mal bereut...« Ratsch! Stille! »Puma Superleise« rührte sich nicht mehr. Wir warfen uns fragende Blicke zu. Ich rannte ins Haus und überprüfte Steckdose und Stecker. Beides war in Ordnung. Valentin drehte »Puma Superleise« auf den Rücken und untersuchte seine scharfen Klingen, sie blinkten ihn an. Ich blickte furchtsam und wie ertappt zum nachbarlichen Grundstück hinüber, aber Herr Brösamle zeigte sich nicht, Gott sei Dank. Wir trugen den Rasenmäher und das kurze Stückchen Schnur, welches ihm verblieben war, (der Rest lag wie eine Schlange im tiefen Gras verborgen) so schnell und so diskret wie möglich ins Haus und versteckten ihn in der Gerätekammer. Valentin fuhr zum Baumarkt und erstand eine dicke Rolle Kabel. Er reparierte »Puma Superleise « lautlos, diskret und schnell. Keiner hatte etwas gemerkt, wir atmeten auf. Am Nachmittag konnte Valentin sein Werk beenden. Wie zuvor fraß »Puma Superleise« die Wiese, ging ich rechend hinterher. Aber das Kabel war uns im Weg. Es war nicht geschmeidig und weich, es war sperrig und dick, es widersetzte sich, es bog sich kaum und war einer starren Stange ähnlicher als einer Elektroschnur. Peer wurde angehalten, es hinter Papa und »Puma Superleise« herzutragen. Wir bildeten eine seltsame Prozession: Erst »Puma Superleise«, dann Valentin, dann Peer mit dem Kabel in der Hand, dann ich, den Rechen schwingend, und zu guter Letzt Pia, die die Grashaufen, die ich zusammenschob, zu einem großen schichtete.

»Ja, was hen Se denn do für a Kabel?«

Wir hielten resigniert inne. Herr Brösamle! Natürlich! Mußte er eigentlich ständig mit seinen unerbetenen Ratschlägen auftauchen? Konnte er nicht in seinem Garten bleiben? Fliegenden Fußes kam er näher. Fassungslos nahm er das Kabel in die Hand, ungläubig betrachtete er es.

»Ja, hen Se des kauft?« Dann hellte sich seine Miene auf. »Sie hen des Kabel durchg'mäht, gell?«

Wir nickten. Er schüttelte den Kopf und grinste.

»Sie erschparet sich aber au gar nix!« stellte er fest. Dann wurde er ernst. »Ja, ond des Kabel do, hen Se no g'hett?« Wir gestanden flüsternd, daß wir es soeben im Baumarkt käuflich erworben hätten. Herr Brösamle sah uns mitleidig an.

»Des isch a Kabel zum Lichtleitunge lege, im Haus, verschtandet Se? Deswege isch's au so sterrich, zum Rasemähe isch des nix.«

Entkräftet verließ er uns ohne Gruß. Er hatte genug gesehen, es überstieg sein Fassungsvermögen. Da stand sie, die schicke Familie aus der Stadt, die »den Sprung aufs Land nicht eine Minute bereut hat«. Da stand sie vor ihren »verrosteten« Tannenbäumen auf dem halb gemähten Rasen, »Puma Superleise« am Lichtleitungskabel in der Hand.

»Wenn wir uns weiter so anstellen, werde ich mich bei Tageslicht nicht mehr in den Garten trauen, sondern sämtliche Arbeiten nachts bei vollkommener Dunkelheit erledigen«, sagte Valentin.

»Oder eine Annonce in die Zeitung setzen und Eintritt nehmen!« erwiderte ich.

Die Sommerferien gingen zu Ende. Wir hatten das Gartenprojekt mitsamt weiteren Aktivitäten auf den Herbst verlegt, eine Jahreszeit, zu der man auch pflanzen konnte, wie man uns sagte. Innerhalb der Wohnung stellten wir uns weniger täppisch an als außerhalb, ja wir waren sogar recht erfolgreich bei der Aufgabe, unsere neue Wohnung in ein gemütliches Zuhause zu verwandeln. Leider konnte es niemand sehen. Wieder zog ein Herbst ins Ländle. Die Kinder rüsteten sich zur Schule, Valentin zum Arbeitsbeginn. Ich blickte hinaus in den Garten, betrachtete die kleine Hecke und die neun Rostgabeln, die davor standen und dachte sehnsuchtsvoll an das Städtchen zurück, das wir verlassen hatten. Wie zufrieden waren Karl und ich am Morgen durch die Gassen gelaufen und hatten unsere Einkäufe erledigt. Wie nett war es immer gewesen, in die Bibliothek zu gehen oder in dem kleinen Bücherladen vorbeizuschauen. Der Blick aus dem Fenster hatte auch mehr geboten als hier, wo sämtliche Fenster einen Blick in den eigenen Garten und auf sonst gar nichts gestatteten. In der »Stadt« hatte ich hinten in die weit interessanteren Gärten unserer Nachbarn schauen können und vorn heraus das wuselige Treiben des geschäftigen Marktplatzes samt Kirche und Turmuhr vor Augen gehabt. Im Grunde hatten wir uns gerade eingelebt und nun … Ich seufzte und beschloß, Trine einzuladen. Diesmal konnte sie mir die Bitte nicht abschlagen, sie würde herkommen, und wenn ich sie persönlich an den Ohren ins Ländle schleifen mußte.

Etwa ein oder zwei Wochen, nachdem die Schule begonnen hatte, kam Peer würdigen Schrittes nach Hause, setzte sich behäbig in unseren Ohrensessel, schlug die Beine übereinander und sah mich an.

»Ich habe mich entschlossen, doch kein Zoodirektor zu werden!« teilte er mir mit. »Ich werde Dichter!«

»Ach ja?« fragte ich interessiert. »Und warum dieser Berufswechsel?«

»Herr Schuster, unser neuer Deutschlehrer, hat mein Talent erkannt!«

Er nestelte an seiner Tasche und warf lässig sein Aufsatzheft auf den Tisch. »Da, mein Aufsatz: ›Mein lustigstes Ferienerlebnis‹ ist der beste der Klasse gewesen. Ich durfte ihn sogar vorlesen«, teilte er mir mit. »Herr Schuster hat ihn mit einer Eins benotet und mich vor allen gelobt. Du darfst ihn auch lesen«, fügte er großzügig hinzu.

Ich nahm das Heft und schlug es auf.

Mein lustigstes Ferienerlebnis!

Wie meine Eltern einmal einen Garten angepflanzt haben.

In den großen Ferien sind wir von der Kreisstadt aufs Land gezogen. Da haben meine Eltern sofort einen Garten angepflanzt. Sie sind in ein Dorf gefahren und haben Tannenbäume gekauft, weil die am billigsten sind, sagt mein Vater, und auch weil wir nicht immer von fremden Leuten belästigt werden wollen, die uns über die Hecke gucken. Ein Nachbar hat uns geholfen, die Bäume einzupflanzen, weil der gesehen hat, daß meine Eltern es vollkommen falsch angefangen haben. Sie sahen nachher auch richtig schön aus. Dann haben meine Eltern, meine Schwester und ich sie gedüngt, damit sie schnell wachsen und wir uns dahinter verstecken können. Zwei Tage später waren sie auf einmal alle ganz braun, weil wir zuviel Dünger genommen haben, das wußten wir aber nicht. Sie sahen aus wie alte rostige Gabeln. Meine Eltern dachten, jetzt wäre alles zunichte gemacht. Mein Vater hat einen ganz roten Kopf gekriegt und meine Mutter ist leichenblaß geworden. Sie hat nur »oh, oh!« gemacht, und dann hat sie sich ins Bett gelegt und bitterlich geweint.

Aber meine Schwester und ich, wir haben uns fast kaputtgelacht, denn so rostige Bäume hatten wir noch nie gesehen!

»Eine sehr lustige Geschichte«, hatte Herr Schuster darunter geschrieben. »Sehr gut«.

Ich warf das Heft auf den Tisch.

»Was soll das heißen«, schrie ich meinen Sohn an. »Wie kannst du schreiben, daß ich leichenblaß geworden wäre, oh, oh gemacht und mich bitterlich weinend ins Bett gelegt hätte? Du weißt doch genau, daß das nicht stimmt!«

»Erst mal«, klärte Peer mich auf, »kann ein Schriftsteller schreiben, was er will, er darf lügen, was das Zeug hält, er muß es sogar, die Leute haben es gern. Zweitens konnte ich doch nicht schreiben, was du wirklich gesagt hast, was soll denn Herr Schuster von dir denken ...«

Ich schloß ihn in die Arme. So gesehen, mußte ich dankbar sein, daß mein Sohn »nur« ein Dichter war und kein Berichterstatter!

Weise gehen in den Garten

> Wenn i so auf meiner Terrass lieg',
> de g'schtirnte Himmel über mir,
> 's moralische G'setz in mir ond
> meine Salatköpf hinter mir,
> do kommet mir allemol die beschte Gedanke!
>
> *Verfremdet nach Christian Späth*

Die Dackelhündin Fee war das dümmste Hundevieh, welches mir jemals vor Augen gekommen ist. Sie erkannte ihren eigenen Sohn nicht wieder. Zwar ließ sie sich von selbigem gnädig ein bißchen beschnuppern, dann wandte sie sich gelangweilt ab und folgte Trine in den Garten, den diese mit gerunzelter Stirn besichtigte, während sie chinesische Weisheiten von sich gab:

»Kinder weinen, Narren warten, Dumme wissen, Kleine meinen, Weise gehen in den Garten! Nebenbei«, sie unterbrach sich, »euren Garten habe ich mir schöner vorgestellt!«

Sie umrundete die Kätzchenweide und blieb vor den Tannen nachdenklich stehen. Dann fiel ihr Blick auf die Hecke.

»Buchsbaum hättet ihr besser nicht genommen. Das Zeug wächst zu langsam, außerdem wird es höchstens fünfzig, sechzig Zentimeter hoch. Die Hecke müßt ihr kräftig düngen und gut zurückschneiden, sonst habt ihr nicht viel Freude daran. Am besten wär's gewesen, ihr hättet euch vorher in einer guten Gärtnerei erkundigt, was für eure Zwecke geeignet ist, anstatt wie verrückt einfach draufloszupflanzen! Der ganze Garten hat überhaupt so etwas Kahles, man kann euch ja von allen Seiten in die Kaffeetassen gucken.« Kopfschüttelnd sah sie sich um.

»Trinchen«, sagte ich, »hast du schon einmal einen eigenen Garten besessen?«

Sie warf mir einen Blick zu.

»Nö, aber ich sammle seit Jahren Ausschnitte aus Gartenjournalen, da holt man sich die besten Anregungen. Manchmal war ich drauf und dran, mein Haus zu verkaufen und mich fürs Alter in einem kleinen Häuschen irgendwo auf dem Land niederzulassen, nur um endlich realisieren zu können, was seit Jahrzehnten in meiner Seele schlummert. Was man übern Zaun hinweg bei anderen so sieht, das ist ja todlangweiliger Kram, man sieht sofort, daß sich die Leute vorher überhaupt keine Gedanken gemacht haben. Ich versteh' so was nicht!«

Valentin und ich zwinkerten uns zu.

»Wie lange hast du vor, uns mit deinem lang ersehnten Besuch zu beehren?« fragte ich.

Sie sah mich an.

»Nun, so drei bis vier Wochen könnte ich schon bleiben!«

»Na, da kannst du dich ja an unserer Gartengestaltung beteiligen«, schlug ich vor. »Jetzt im Herbst soll man am besten pflanzen können, Vorschläge deinerseits werden wir gern berücksichtigen, und was die Anregungen aus den Journalen betrifft, von denen du soeben sprachst, dieselben haben wir haufenweise im Schrank herumliegen!« »Na, dann gib mal her«, sagte Trine gemütlich. Sie sah mich an und fügte bedeutungsvoll hinzu: »Freund, denke zuerst, was es ist, was du tun willst! 'n weises Sprüchsken von meinem Abreißkalender!«

»Na, dann denke mal«, sagte Valentin.

Auch wenn unsere diesbezüglichen Vorschläge ironisch gemeint waren, Trine nahm unseren Auftrag ernst.

Gleich am nächsten Tag schwang sie sich hinter das Steuer ihres neuerworbenen Kombis. Sie hatte »auf ihre alten Tage« noch ihren Führerschein gemacht und die Abenteuerfahrt bis zu uns »in den Busch« in acht Stunden gemeistert. Nun fuhr sie bedächtig die Gegend nach einer Gärtnerei ab, mit deren Hilfe sie unseren Garten zu »gestalten« gedachte.

»Der Gärtner hier am Ort ist ein Döskopp«, teilte sie uns nach ihrer ersten Erkundigungsfahrt mit. »Bis der sich mal zu einer Antwort herabläßt, sind anderswo die Bäume groß. Himmel, ist das 'ne anregende Gegend hier.« Sie schwieg! Ich auch, um ihre Gedankengänge nicht zu stören.

Schließlich meinte sie: »Die Gärtnerei hier kannst du jedenfalls vergessen, die ist nur für Einheimische, die genau wissen, was sie wollen und auf Beratung nicht angewiesen sind! Ich wollte ein bißchen Heidekraut kaufen, aber dann hab' ich's gelassen. Bis der Strohhut sich bequemt, die paar Pflanzen einzupacken, hat man selbst Wurzeln geschlagen! Kennt ihr ihn?«

Wir nickten. Wir kannten ihn gut, wäre er nicht gewesen wie er war, dann sähe unser Garten weniger trostlos aus. »Wir können es noch einmal bei der netten Frau aus der Baumschule versuchen«, schlug ich vor.

Aber davon wollte Valentin nichts wissen.

»Dann haben wir vor lauter Begeisterung, einen Menschen gefunden zu haben, der bereit ist, ein Wort mit uns zu wechseln, am Ende lauter Immergrüne im Garten herumstehen. Und im nächsten Jahr gucken wir neidisch über sämtliche Zäune der Nachbarschaft, hinter denen es verschwenderisch blüht.«

Da hatte Valentin leider recht! Das neidische »Über-den-Zaun-Gucken« war uns ja bereits zur Gewohnheit geworden.

»Nein«, sagte Trine, »wir brauchen einen Gärtner, der alles hat, viel weiß und bereit ist, sein Wissen ohne Androhung der Prügelstrafe an uns weiterzugeben. Glaubst du, daß es so etwas hier gibt?«

»Man muß halt suchen«, sagte ich gottergeben.

In den folgenden Tagen fuhren wir los und grasten die Gärtnereien der umliegenden Ortschaften nach einer beratenden Seele ab. Aber es war überall dasselbe. Zu dieser Jahreszeit waren die Märkte gut besucht, es gab viele Bäume und Büsche und kaum Personal, wenn man von dem jungen Mann an der Kasse einmal absah, der das Geld für die Pflanzen kassierte, die man sich selbst ausgegraben und per Wägelchen zu ihm hingekarrt hatte. Aber da wir die Namen der Büsche nicht kannten und nicht wußten, wie und wohin man sie pflanzt, wußten wir nicht, was wir zu seiner Kasse karren sollten. Beratung gab es nirgendwo.

»Ach, wir kaufen einfach irgendwas und setzen es ein«, schlug ich schließlich vor. »Dann werden wir ja sehen, was draus wird!«

»Das werdet ihr sicher«, erwiderte Trine trocken.

Eines Tages flatterte ein bunter Reklamezettel in unseren Briefkasten, der die Dienste einer neu eröffneten Gärtnerei ganz in der Nähe anpries.

Gärtner Fux nimmt sich Ihrer Probleme an. Beratung an Ort und Stelle im eigenen Garten. Kostenlose Pflanzpläne nach Ihren Vorstellungen!

Ei, wie unser Herz lachte. Herr Fux hatte unsere innigsten Wünsche erkannt. Wahrscheinlich war er zu Fuß durch die Ortschaften gewandert und hatte sich die Adressen all derer notiert, bei denen ihm sein kundiger Blick über den Zaun deutlich gezeigt hatte, daß sie dringend der Beratung bedurften. Bei uns, dessen war ich mir sicher, hatte er besonders lange und besonders nachdenklich verweilt. Dann war er fliegenden Fußes nach Hause zurückgekehrt und hatte seine Frau in die Arme geschlossen.

»Florentine, ich habe einen Garten entdeckt, dessen Bepflanzung unsere Unkosten für die nächsten drei Jahre decken wird, hurra, wir sind aus dem Schneider!«

Ich rief Herrn Fux an. Er war gleich am Apparat. Er war wie wir zugezogen, sprachgewandt und -bereit. Ich verstand ihn mühelos. Über jeden meiner Scherze lachte er. Ein prächtiger Mann, ein Gärtner nach meinem Herzen! Ich schilderte ihm unser Problem. Er versprach noch am selbigen Abend vorbeizukommen und sich den Garten anzusehen. Dann wollte er einen Plan machen und die

Pflanzen, die wir bestellten, noch am Ende der Woche vorbeibringen. Wenn wir wollten, konnten wir bereits am Wochenende einen »fertigen« Garten haben.

Herrliche Aussichten!

Wir fieberten dem Abend entgegen.

Herr Fux fuhr in einem lustig bemalten Lieferwagen vor. Er »setzte« über unsere Hecke und näherte sich freudig erregt.

Er war ein Mann voller Elan, voller Begeisterung, die er auf seine Mitmenschen übertrug. Er stammte aus dem Ruhrgebiet, hatte sich in Norddeutschland die ersten Sporen verdient und sich dann im Ländle niedergelassen. Seine Sprache war ein Gemisch von Kumpeldeutsch, Plattdeutsch und Schwäbisch. Eine reizvolle Mischung. Eine bunte Mischung empfahl er auch für den Garten. Ohne daß wir ihn auch nur mit einem einzigen Wort dazu ermuntern mußten, stellte er sich in seinen schikken hohen Stiefeln auf unseren Rasen, holte weit mit den Armen aus und erläuterte uns, was er vor seinem inneren Auge sah. Er sah allerhand.

»Hinten rechts in die Ecke eine große Eibe, daneben eine Säulenzypresse, weiter links eine Weigelie, daneben eine Forsythie, dann vielleicht einen schönen Jasmin, als Sichtschutz etwas versetzt eine große Zypresse, dann eine Deutzia und eine Spiere. Unmittelbar vor der Terrasse, da wo das Grundstück ein bißchen ansteigt, würde ich einen Steingarten anlegen, da gibt es wunderhübsche Sachen, Blüte bis in den Sommer hinein, dahinter vielleicht eine Pergola, um das Ganze etwas attraktiver zu machen, und um etwas zu haben, an dem man Kletterpflanzen ranken lassen kann, was könnte man denn da... Knöterich!« Er warf mir einen schnellen Blick zu: »Blüht schon im ersten Jahr und schafft leicht zehn Meter!«

»In welchem Zeitraum?«

»Im ersten Sommer!«

Wir staunten ihn an wie den lieben Gott persönlich.

Herr Fux hatte uns gefehlt. Was er alles wußte, wie sehr er unsere innersten Wünsche erkannt hatte.

»Ja, und links vom Küchenfenster, hinter einem Staudenbeet vielleicht, ein kleiner Küchengarten, das kann man nett machen, mit kleinen unterteilten Beeten. Kräuter, Lauch, Salat!« Wir nickten eifrig mit den Köpfen. »Und hinten links gegen das Nachbargrundstück, dann eine Bergkiefer, nehmen Sie eine große, da haben Sie gleich Sichtschutz. Und von den merkwürdigen Tännchen, die Sie da stehen haben«, er betrachtete mich zögernd, wohl um zu sehen, wie seine Worte auf mich wirkten, »würde ich mich trennen!« Ich sah ihn unerschrocken an. Der wunderbare Herr Fux konnte vorschlagen, was er wollte, er hatte mein Herz im Sturm erobert.

»Setzen Sie drei in eine kleine Gruppe und links hinten vielleicht noch mal zwei, die anderen«, er wandte sich an Valentin, »schlagen Sie fürs Fest!«

Wir stimmten augenblicklich zu. Recht hatte er. Sie hatten uns überhaupt bis jetzt mehr Unglück als Glück beschert, weg mit den Rostgabeln.

»Statt dessen vielleicht ein schöner Flieder!«

»O ja!« hauchte ich.

All meine verkümmerten Träume, die meine Seele in früheren Zeiten beim Studium der Gartenjournale erleuchtet und erwärmt hatten, kamen wieder aus ihren Verstecken. Dieser Mann war ja nicht zu bezahlen! Wie er plante! Wie er sprach! Wie rasch er alle unsere Fragen beantwortete. Mochten doch die anderen Gärtner ringsum lebenslänglich in gebückter Haltung, in ihr geliebtes Schweigen versunken, im Mist wühlen, ich gönnte Herrn Fux, daß er sie samt und sonders der Pleite entgegenplante.

»Also Flieder!« Er zückte den Stift. »Welche Sorte bevorzugen Sie denn?«

Ich sah ihn unschlüssig an. Er half mir auf die Sprünge. »Chinesischer Flieder, dunkellila, einfach oder gefüllt,

Perlflieder, hellrosa blühend, oder der reinweiße, gefüllte große Blüten...«

»Lila«, rief Trine, »einfache Sorte, so was hatte ich als Kind an der Feuermauer, da wuchs...«

»Weiß!« sagte ich. »Chinesisch, geperlt, doppelt gefüllt und gleich drei Büsche!«

»Vier«, schrie Valentin. »Es soll eine richtige Hecke werden, eine große, blühende, duftende Fliederhecke, eine Mauer aus Flieder, mein Chef früher, ein gewisser Herr Brenner, ein unsympathischer Kerl, aber ein Fliederkenner. In seinem Park wuchs...«

Herr Fux notierte vier weiße Flieder Sorte Mme. Lemoine mit dichtblütigen Rispen. Wir rochen sie schon und sahen uns glücklich an. Dann ließ Herr Fux den Block, auf welchem sich unsere Bestellungen häuften, sinken. Er blickte uns treuherzig ins Auge.

»Ja nun, die blühen natürlich alle nur kurz. Das fängt im April mit der Forsythie an, dann folgen Weigelie und Jasmin, dann die Spiere, bis der Knöterich voll blüht, wird es September. Das ergibt eine Lücke im Gartenjahr!«

Was? Eine Lücke im Gartenjahr? Wir wollten keine Lücke, wir wollten immerwährenden Blütenzauber.

»Ja, am besten wären Rosen«, überlegte Herr Fux laut. »Es gibt da sehr schöne Möglichkeiten. Das Angebot ist riesengroß.«

Herr Fux schlug sein Rosenbuch auf. Uns schlug derweil das Herz bis zum Hals. Ich betrachtete mir die Abbildungen voller Gier.

Dann kreuzten wir an, was Herr Fux uns auch immer vorschlug. Rosen zum Kriechen, Rosen zum Klettern, Rosen am Busch und an hohen Stengeln. Dunkelrote, hellrote, rosa und weiße. Sie würden die Lücke im Gartenjahr schon schließen. Herr Fux klappte sein Rosenbrevier zu. Sein Blick fiel auf einen schmalen Streifen unterhalb des Schlafzimmerfensters.

»Ein schönes schattiges Plätzchen!«

Wir betrachteten es uns.

Ja, schattig war es. Wir hatten es bis jetzt nicht so recht beachtet. Die Stelle lag dem Wohnzimmer abgelegen, man sah sie eigentlich nie.

Trotzdem!

Ja, ob Herr Fux vielleicht einen Vorschlag hätte?

Er hatte einen. Er kniff die Augen zusammen, um sich in die Vision, die in seinem Inneren entstand, zu vertiefen. Dann schilderte er uns anschaulich, was er »erblickt« hatte.

»Rhododendren! Fünf Stück vielleicht, in delikater Farbabstufung, Sie werden sich nicht satt daran sehen können! Hinten dunkellila, dann der Reihe nach: hellila, dunkelrot, hellrot und ganz vorn ein helles Rosa.«

Wir kniffen die Augen zusammen und betrachteten den schmalen Streifen unter dem Schlafzimmer. Dann sahen wir »es« auch: Ein feinabgestuftes Farben- und Blütenmeer, ein Blütenrausch. Meine Vision war stark inspiriert durch einen Fotobericht von der »größten Rhododendrenshow der Welt«, den ich kürzlich in der Zeitschrift: ›Stil und Garten‹ gesehen hatte. Tausende von blühenden Rhododendren, Hunderttausende von Blüten. Ich übersetzte es mühelos auf den handtuchschmalen Streifen unter dem Fenster, auf dem jetzt Gras und Brennesseln wuchsen.

Wir bestellten fünf Rhododendren, verschiedene Farben, nicht zu klein. Sie sollten, dicht an dicht gesetzt, das betreffende Stück sofort decken.

»Ja und reichlich Torf«, sagte Valentin, damit Herr Fux nicht etwa denken sollte, daß er es mit blutigen Anfängern zu tun habe. »Und Spezialdünger für jede Art. Führen Sie auch Pergolen? Ich überlege, ob man die Pergola nicht jetzt schon baut, damit die Kletterpflanzen in die Erde kommen!«

Herr Fux führte auch Pergolen. Er machte geschwind eine Skizze und zeigte sie uns. Wir stimmten augenblicklich zu. Drei Stützpfeiler, zwei Wände, einen Längspfosten und zweiundzwanzig »Reiter«. Dazu »passend« einen Knöterich und eine Kletterrose.

Herr Fux klappte sein Auftragsbuch zu. Zufrieden ließ er den Blick noch einmal durch unseren leeren Garten schweifen und versprach, daß er noch an diesem Wochenende anders aussehen würde, ganz anders. Ende der Woche würde er alles liefern. Sämtliche Pflanzen samt Torf und Dünger, die Pergola in der nächsten Woche. Ob er einen Mann mitschicken solle, der uns beim Pflanzen hilft?

Valentin und ich sahen uns zögernd an. Nun, vielleicht wäre es besser, einen Fachmann an der Seite zu haben. Andererseits...

»Ja, also bei den großen Bäumen, der Eibe und der Bergkiefer, würde ich es Ihnen unbedingt empfehlen, das sind schon gewaltige Dinger, allein der Wurzelballen wiegt...«

»Noi, des isch net nötig!« Herr Brösamle kam angerannt. Keuchend hielt er an, ungebeten mischte er sich ins Gespräch. »Noi, zum Pflanze brauchet mer koi Hilf, des machet mer selber. Ond bevor Sie alles lieferet, machet Se ons en Koschtevoranschlag!«

Herr Fux betrachtete ihn ohne Freude, er nickte kurz, leicht distanziert. Die Tatsache, daß Herr Brösamle per »wir« von uns und sich sprach, wies ihn als Familienmitglied aus, welches man leider zu akzeptieren hatte, da es sich offensichtlich um jenes Familienmitglied handelte, welchem man später die Rechnung präsentieren würde. Herr Fux warf uns einen bedauernden Blick zu, dann verabschiedete er sich. Wir reichten uns die Hände. Auch Herr Brösamle war zu einem Händedruck bereit.

»Ond vergesset Se net, en detaillierte Koschtevoranschlag, no erscht gebe mir die endgültige Beschtellung durch. Ond a Pflanzhilf brauche mer net, solang mer no schaffa ko, soll mer's au do!«

Herr Fux überschritt die Hecke und fuhr davon. Nachbar Brösamle atmete auf. Er wischte sich den Schweiß von der Stirn. Dann wandte er sich an Trine.

»Des isch ja nomal gut gange. I war bloß gschwend auf em Friedhof, bei meiner Frau ihrm Grab, a paar Blümle nado. Wie i z'rückkomm', seh' i den Wage von dem Pflanzeheini vor em Haus schtehe. I han glei denkt, daß der bei Ihne isch. Do ben i no rechtzeitig komme!«

Er wandte sich zu mir.

»Zeiget Se mir amol den Plan, den er Ihne g'macht hat!« Ich gab ihm den Plan, den Herr Fux für uns gezeichnet hatte.

Sprachlos starrte Herr Brösamle die Zeichnung an, dann hob er den Blick.

»Was, des alles wollet Sie in Ihr klois Gärtle pflanze? Herr em Himmel, hen Se sich au überlegt, daß so a Bäumle wächst? Ond was des alles koschtet!« Er legte treuherzig die Hand auf sein Herz. »Also, selbscht uff die Gefahr, daß Se mi verfluchet, aber des ka i net zulasse. Des koschtet Sie a Vermöge, des Sie in a paar Johr auf de Müll schmeiße könnet, weil sich die Pflänzle gegeseitig Luft abschnüret. Jedes zweite Pflänzle isch z'viel. Nehmet Se die Eibe, die Zypress ond die Bergkiefer, als Sichtschutz isch des scho recht, wenn Se koi Geduld hen und net warte könnet, des koschtet Sie mindeschtens tausend Mark, aber bei Ihne macht des wohl nix. Dazwische höchschtens no a Weigelie ond vielleicht die Forsythie ond oine von dene Spiere, des isch meh als g'nug.«

Er war wohl verrückt. Wo blieb denn der Jasmin, in dessen Schatten ich sinnend verweilen wollte, der weiße Flieder? *... wenn der weiße Flieder wieder blüht ...* Herr Brösamle wollte meinen Gartentraum total entromantisieren, er rechnete jeglichen Zauber aus ihm heraus. Brach ein Schwabe niemals »die weiße Rose« mit einem innigen Lied auf den Lippen? War das Innigste, an das er zu denken vermochte, grundsätzlich eine Zinsrechnung?

»Der Flieder bleibt!« war das einzige, was ich von meinen Gedanken äußerte.

»Ja gut«, Herr Brösamle seufzte, »aber oiner langt. Des wird a riesiger Busch, vier Meter hoch, zwei Meter breit, glaubet Se ’s mir.« Seine Stimme bekam geradezu etwas Flehendes. »Ond wenn i no ebbes sage darf, nehmet Se koin weiße Flieder, der verblüht schnell, der welkt am Stamm, nach a paar Tag hen Se verfaulte, braune Dolde. So a weißer Flieder isch a wüschter Anblick, wenn er erscht mol sei Blüte hinter sich hat, ond des geht schnell!« Ich warf Herrn Brösamle einen Blick zu. Was faselte er nun schon wieder? Wieso welkte der weiße Flieder schneller als der blaue? Wieso welkte er »am Stamm?« Wo welkten denn die anderen? Mein Flieder würde mit Sicherheit nicht am Stamm welken, weil ich Schüsseln und Schalen mit seinen wundervollen doppelt gefüllten, chinesisch geperlten Blüten, Sorte Madame Sowieso, füllen würde!

»Der weiße Flieder bleibt!« sagte ich mit Nachdruck. »Von mir aus nehmen wir zunächst nur einen. Aber einen großen!« fügte ich mit ebensoviel Nachdruck hinzu.

Blauen Flieder, der früher in jedem Hinterhof sein Dasein fristete, sich sogar zwischen die Zechensiedlungen und auf Trümmergrundstücken behauptete, wollte ich nicht. Keine Nachtigall würde in ihm singen, auch war er selbst niemals besungen worden, ordinär wie er war. Aber Herr Brösamle dachte sicher wieder praktisch. Wahrscheinlich war der blaue Flieder ein paar Mark billiger als der weiße, wahrscheinlich hatte er ausgerechnet, daß der blaue fünf Stunden länger blühte und schon aus diesem Grunde wirtschaftlicher war. Herr Brösamle trampelte, ohne es zu ahnen, auf meinen Träumen herum und hatte unsere Finanzen schärfer im Auge als wir selbst. Das paßte mir nicht. »Herr Brösamle«, sagte ich und sah ihn verärgert an. »Wir haben uns bereits damit abgefunden, daß die Anlage eines schönen Gartens ihren Preis hat. Wir haben auch bereits einen Sommer verloren, in welchem wir unseren Garten nicht benutzen konnten, und wir haben bestimmt nicht vor, noch weitere zwanzig Jahre zu warten, bis wir endlich ungestört auf unserer Terrasse sitzen und Kaffee trinken können.«

»Kaffee trinke könnet Se in so me Gärtle nie«, lachte

Herr Brösamle ungerührt, »weil Se halt emmer ebbes zum Schaffe hen ond – in Ihrm Fall – auszulichte ond zu häcksle. Denn ois verschprech' i Ihne: all des viele Zeug, des Se jetzt gege mein Rat ond für en Haufe Geld kaufet und mit viel Schweiß und Müh eipflanzet, des könnet Se in a paar Johr mit der Häckselmaschin zerkleinere, weil Se sonscht gar nemme Herr über Ihrn Garte werdet. Hen Se sich scho erkundigt, was so a Häckselmaschin koschtet?« Ich wandte mich angewidert ab.

Wir standen nach wie vor in einem Garten, der eher wie ein Fußballplatz wirkte, der lediglich mit einer spillrigen Hecke und einer ebenso spillrigen Kätzchenweide »möbliert« war. Noch war kein einziger Baum gepflanzt, und schon sprach dieser Wahnsinnige von einer Häckselmaschine. Er konnte nicht ganz bei Trost sein.

»Na, auf jeden Fall sott mer sich freue, daß Sie sich Ihre Träume endlich erfülle ond beruhigt in de Winter gehe könnet! Darauf trinke mer oin. Wenn i Sie vielleicht zu mir eilade dürft'.« Er machte eine einladende Handbewegung. Wir folgten ihm.

Herr Brösamle lebte allein, das hatte er uns bereits erzählt, seine Frau war vor einigen Jahren gestorben, zu der in Stuttgart lebenden Tochter mochte er nicht ziehen. Sein Garten, das mußte man zugeben, war ausgesprochen schön. Er hatte diesen »Hauch von gezähmter Wildnis«, um den ich mich bemühen wollte.

Das Wohnzimmer, in welches Herr Brösamle uns führte, gefiel mir auf Anhieb. Die Wände mit Bücherregalen ringsum, deckenhoch, überquellend, gaben dem Raum die Atmosphäre eines Studierzimmers. An der frei gebliebenen Wand neben der Tür hingen Familienbilder. Ernste Damen und Herren, Trunk, Spiel und Freude weniger zugetan als rechtschaffener Lebensführung, blickten auf uns herab, als wir uns um den runden Tisch gruppierten und dem Wein zusprachen, den Herr Brösamle gastfreundlich ausschenkte. Dann lehnte er sich im Sessel zurück und erzählte aus seinem Leben.

Die Eltern hatten eine kleine Tuchfabrik besessen, sie stellten ein Tuch her, das »im Lebe net zerreißt!«, wie Herr Brösamle zufrieden kundtat. »Des isch wahrscheinlich au des End von dem Fabrikle g'wese«, lachte er, »daß jeder, der sich a Azügle aus unserm Stoff hat mache lasse, sei Lebtag kei neus braucht hat.«

Ich nickte zustimmend. Ich kannte die schwäbischen Tuche. Mit Grauen erinnerte ich mich an ein Bleylekleid, welches ich zum zehnten Geburtstag von einer sparsamen Tante geschenkt bekam: ein Kleid im typischen Blau, stark kratzend, zum Reinwachsen gekauft, daher auch nach Jahrzehnten noch »zeitlos schick«.

Auch von Valentin gab es ein Foto, welches ihn in dieser bei Eltern und Verwandten so beliebten Uniform zeigte: die »kurze« Hose mit den weiten Beinen, die ein gutes Stück über das Knie hinausragten, der ausladende Matrosenkragen, der einen dünnen Hals freiließ, der ganze Anzug zu groß, zu weit, da auf Zuwachs und gleich für nachwachsende Geschwisterreihen mitgekauft. Valentin zeigt keineswegs jenen zufrieden-stolzen Ausdruck, der mit einem neuen Anzug, den man zum erstenmal tragen darf, gemeinhin verbunden ist: unglücklich und gequält linst er in die Kamera.

Ja, »reinschlüpfen und sich wohl fühlen«, unter diesem Motto wurden Bleyleanzug und Bleylekleid nicht angeschafft, eher unter dem Gesichtspunkt: reinschlüpfen und jahrzehntelang drin steckenbleiben.

»Ja, die Schtoff, die meine Eltern herg'schtellt hen, die konntet scho was vertrage!« Herr Brösamle lachte, als hätte er meine Gedanken erraten. »Die hielten ewig, ond vom frühe Morge bis in d' Nacht nei hat mer im Fabrikle g'schafft, Urlaub und freie Tag hen meine Eltern net kennt.« Er lachte wieder und holte den Kasten mit den Familienfotos. Wir betrachteten die Eltern – sie schienen mir recht streng –, die Geschwister, das große Wohnhaus, das Fabrikle. Herr Brösamle füllte die Gläser aufs neue. Ich lehnte mich in dem bequemen Sessel zurück und fühlte mich wohl. Valentin und Trine erging es wie mir. Die Kinder saßen auf dem Teppich und betrachteten sich alte Bilderbücher. Sie waren um die Jahrhundertwende entstanden, hatten wunderschöne Zeichnungen und wandten sich an *brave Buben und Mädel!* Die Dackel lagen unter dem Schreibtisch und schliefen. Wir bildeten ein gemütliches Familienidyll, Überschrift: *Nach getaner Arbeit fand sich die Familie zusammen, um zu lesen, Gedanken auszutauschen und den Tag friedlich ausklingen zu lassen.* So etwa!

Herr Brösamle erzählte von seiner Familie. Der Urgroßvater war Bauer gewesen, der Großvater hatte die Fabrik gegründet und nebenbei ein Leben lang an einer Erfindung für farbechte Stoffe herumgetüftelt, der Vater hatte aus dem Fabrikle ein ernstzunehmendes Geschäft gemacht, welches im Krieg aufgelöst wurde. Auch Herr Brösamle, der nun seine Rente genoß, war Geschäftsmann gewesen, »mit eme lebenslängliche Hang fürs freie Land«. Die Tochter betrieb eine Rechtsanwaltspraxis, der Sohn hatte erst Soziologie studiert, sein Studium jedoch an den Nagel gehängt und lebte heute als Schäfer auf der Alb. Herr Brösamle schmunzelte. »Der Kreis hat sich g'schlosse!«

Es war Mitternacht, als wir uns voneinander verabschiedeten. Was für ein gelungener Abend! Wie gut, daß ausgerechnet Herr Brösamle unser Nachbar geworden war. Mit seiner Gastfreundschaft, seiner Redseligkeit und seinem Hang fürs freie Land. Dieser Hang, mit schwäbischer Umsicht gepaart, sollte unserem Garten und unserem Portemonnaie zu gleichen Teilen zugute kommen.

Bereits am nächsten Tag traf der Kostenvoranschlag ein. Herr Fux hatte alles sorgfältig ausgeführt und die einzelnen Posten addiert. Wir trauten unseren Augen nicht. Die Summe war so hoch, daß selbst ich bereit war, in Herrn Brösamles Fußstapfen zu treten. Ich bedachte (und begrüßte) plötzlich die Tatsache, »daß so a Bäumle ja au wächst« stetig und kostenlos und daß man gut daran tat, für den zur freien Entfaltung nötigen Raum zu sorgen. Von Flieder, Rosen und Jasmin mochte ich mich nicht trennen, aber die Spieren, die Deutzia und die Weigelie mochten bleiben, wo sie waren. Wir hatten noch nie bewußt eine Weigelie betrachtet und hatten keine Ahnung, wie eine Deutzia aussieht, noch nie hatten wir von einer Spiere geträumt, so würden wir sie auch nicht allzusehr vermissen. Wir griffen zum Rotstift und strichen...

Zum Schluß standen noch die drei großen Bäume auf der Liste, da wir sie zum sofortigen Sichtschutz benötigten, die Zypresse, die Eibe und die Bergkiefer. Dann all die kleinen Pflanzen für den Steingarten, zwei Buschrosen »weißes Schneewittchen«, ein Flieder weiß, ein Jasmin und drei Rhododendren: dunkel-, hellila und rosa. Die Pergola, der Knöterich und die Kletterrose.

Valentin nahm den Stift zur Hand und rechnete aus, was die Herbstbepflanzung nunmehr kosten würde. Es war ja nur die Grundausstattung des »Gartenzimmers«, sozusagen die feste Möblierung, »Nippes« in Form von Stauden, Zwiebelgewächsen, Kräuter- und Gemüsegarten würden wir erst im Frühjahr planen, säen und pflanzen. Trotzdem! Als wir die neue Summe betrachteten, strichen wir weiter. Wir strichen die geplante Skitour, die Herbstwanderwoche durchs Elsaß, die Tiefkühltruhe und die neue Bettumrandung. Den Bau der Pergola verschoben wir auf das Frühjahr.

Wie versprochen wurden die Pflanzen am Ende der Woche geliefert. Das ging zackig voran, man mußte Herrn Fux loben. Es war mildes, warmes Oktoberwetter, ein ideales Wetter zum Pflanzen. Herr Brösamle ging uns zur Hand. Die beiden Männer arbeiteten wie die Wilden. Die großen Bäume hatten mächtige Wurzelballen, sie waren zentnerschwer. Valentin brach sich fast das Kreuz in dem Bemühen, sie in die vorher ausgehobenen Krater zu hiefen, Herr Brösamle schwitzte so sehr, daß wir die Hälfte des Gießwassers sparen konnten. Trine und ich standen mit den Kindern und den Dackeln im Weg, gaben gute Ratschläge und bedauerten die beiden Gärtner. Auch sparten wir nicht an Bewunderung, was sie zu neuen Taten ansporne.

Am Abend war alles gepflanzt.

Wir fielen uns gegenseitig in die Arme.

Geschafft! Ein Traum war in Erfüllung gegangen.

Nun ja, ein Träumchen!

Weihnacht auf dem Lande oder »Auch du ein Gärtner!«

> A Schleifetz vors Haus g'saicht
> des isch allemol
> des schönste G'schenk!

Unser erstes Weihnachtsfest »auf dem Lande« wurde ein voller Erfolg. Lis kam zu Besuch, da sie dem Wetterbericht entnommen hatte, starke Schneefälle hätten den Nordschwarzwald in ein winterliches Paradies verwandelt – »Ski und Rodel gut!«

Wie sie mir lachend am Telefon erzählte, hatten wir es inzwischen in ihrem schicken städtischen Bekanntenkreis zu einem gewissen Ruhm gebracht.

»Auf langweiligen Partys erzähl' ich gern von meiner Schwester, die vor einigen Jahren ›ausgestiegen‹ ist und heute mit ihrer Familie in einem ganz einsam gelegenen Hexenhaus mitten im Wald wohnt, fernab vom weltlichen Getriebe. Die Leute wollen dann immer noch mehr wissen und fragen nach Einzelheiten, weil's irgendwie genau ihren eigenen Träumen entspricht! Es macht dir doch nichts aus?« fragte sie.

Nein, es machte mir nichts aus. Im Geist sah ich Valentin und Karl im Morgengrauen auf dem Hochstand, mich selbst eine Gans rupfend und das Feuer schürend. Mochte Lis uns ruhig für ihre Partys »benutzen«, zumal man davon ausgehen konnte, daß niemals jemand unser »einsam gelegenes Hexenhaus« finden würde.

Lis entstieg dem Zügle diesmal als russische Großfürstin verkleidet, angetan mit einem bodenlangen Mantel aus Wolfspelz, das zarte Köpfchen mit einem ausladenden Pelzbarett geschützt. Anna Karenina auf ihrer Reise ins winterliche Moskau. Auch wir hatten uns zünftig gewandet. Die ganze Familie trug Schafswollpullover, hatte sich Ringelmützen bis über die Augenbrauen gezogen und die Beine in wollene Stulpen gesteckt. So standen wir der Reihe nach aufgereiht, man konnte uns nicht so leicht übersehen.

Zu Hause, den Blick auf die neuerworbene Bergkiefer gerichtet, gruppierten wir uns in der Nähe des Kaminfeuers im Rund, tranken Glühwein, starrten sinnend in die Flammen, bestätigten uns gegenseitig, daß das gute alte Weihnachtsfest eigentlich nur noch »im Walde« so richtig zu genießen sei, streichelten abwechselnd den Dackel und kamen einer Idylle recht nahe. Selbst Lis hatte an der Qualität unseres Winterabends nichts auszusetzen.

»Ach Kinder«, gähnte sie, als wir uns schließlich gute Nacht sagten, »bei euch auf dem Land ist es schön, da findet man endlich wieder einmal zu sich selbst!«

Die Weihnachtsferien begannen. Valentin hatte frei. Da der Skiurlaub dem Rotstift zum Opfer gefallen war und nun in Form von Taxus, Pinus und Cypressus unseren Garten schmückte, hatte Lis auch weiterhin Gelegenheit, »zu sich selbst zu finden«.

Am Samstag vor Weihnachten rief Charlotte an. Sie fragte, ob wir schon einen Baum hätten.

»Wir wollen am Montag hier in der Gärtnerei einen besorgen«, sagte ich. »Dort hat man einen Verkauf eingerichtet!«

»Do schlag' i euch was Bessers vor«, lachte Charlotte. »Machet morge a Schiwanderung mit ons, obe auf der Höh isch a Bauer, do ka mer sich sein Baum selber schlage. Mir wanderet auf Schier na, und anschließend gibt's bei ons hausg'machte Maultasche. Den Baum ka der Valentin in der nächschte Woch mit em Wage hole, ond für die Kinder isch's sicher a schöns Erlebnis«, fügte sie hinzu.

»Abgemacht«, sagte ich. »Wir kommen morgen mittag bei euch vorbei!«

»Was sind Maultaschen?« fragte Lis, als wir am nächsten Tag auf dem Weg waren. »Ich hab' das Wort irgendwo schon einmal gehört, aber ich wußte nicht, daß es etwas Eßbares ist. Ich dachte immer, es wäre eine Tierkrankheit.«

»Du meinst Maul- und Klauenseuche«, wies Valentin sie zurecht. »Ich muß zugeben, der Name hat mich anfangs auch leicht irritiert, aber es ist etwas ganz Köstliches!«

»Wirklich wahr!« bestätigte Peer. »'s ist eine schwäbische Spezialität, die's nur hier gibt. Die Leute kommen extra deswegen von weit her!«

Ich warf ihm einen Blick zu. Im Gegensatz zu ihm hatte ich unsere erste Maultaschenmahlzeit nicht vergessen. Dann faßte ich Lis ins Auge.

»Wie immer du sie auch finden magst«, sagte ich, »du wirst dir *nichts* anmerken lassen. Wehe, du beleidigst Charlotte auch nur mit Blicken, denn erstens kostet die Zubereitung viel Mühe, und zweitens sind sie wirklich ganz köstlich.«

»Wirklich wahr«, bestätigte Peer ein zweites Mal.

»Wenn die Maultaschen so sind wie das Häuschen, bin ich jetzt schon begeistert, nein ist das süß!« schrie Lis und sprang aus dem Wagen. »Pia, gib mir mal meinen Fotoapparat!«

Wir hatten inzwischen vor dem Bilderbuchhäuschen gehalten, das des Städters Traum auf das Schönste realisierte. Ein wenig schief neigte es sich der Straße zu und blinkte dem Besucher aus vielen kleinen, unterteilten Fensterchen entgegen. Charlotte hatte die Blumenkästen mit Tanne und buntbesprühten Disteln geschmückt, an der alten Haustür hing ein Mispelkranz. Lis war hingerissen. Sie knipste uns vor und hinter dem Haus, und ich war sicher, daß sie das »Hexenhaus, in dem meine Schwester wohnt«, gefunden hatte. Charlotte und Peter standen schon bereit. Wir schnallten die Skier an. Im Gänsemarsch ging es gleich hinter dem Garten in den Wald. Schweigend stiegen wir bergauf. Es schneite sacht. Der Schnee knirschte unter den Brettern, hin und wieder flog ein Vogel auf, sonst war alles still. Kein Wanderer begegnete uns. Auf der Höhe angekommen, war es nicht mehr weit bis zum Ziel. Der Bauer kam uns schon entgegen. Sein rotes Gesicht strahlte, Rauhreif hing in seinem Bart und bildete kleine Kristalle auf seiner Mütze. Es war bitterkalt. »Ja, des isch aber recht, daß Sie no Freund mitbrenget!« Er schüttelte uns allen kräftig die Hand. Dann wies er uns den Weg in die Schonung. »'s isch glei dohinte. Schlaget Sie sich no die schönschte, hier isch d' Axt!«

Der Christbaum, den wir aussuchten, war ein stattlicher Bursche, gut einsneunzig hoch, prachtvoll gewachsen, mit vielen Tannenzapfen behangen. Charlotte und Peter wählten einen putzig-kleinen, rundlich, mit dichten Zweigen.

»Der genügt für onser Puppeschtuble«, lachte Charlotte. Peter nahm ihn gleich auf den Rücken.

Zurück, den Berg hinunter, legte Lis ein beachtliches Tempo vor, voller Neugier, das »Puppestüble« von innen zu sehen.

Wie erwartet kannte ihre Begeisterung keine Grenzen. Peter hatte das Häuschen sehr behutsam restauriert und das Alte so weit wie möglich erhalten. Anstelle einer Heizung gab es in der Diele einen Kachelofen, dessen Rückwand das Wohnzimmerchen heizte. Auch in der Küche gab es einen bulligen Ofen mit einer gemütlichen Bank ringsum. Wir ließen uns nieder, die warmen Kacheln im Rücken. Über dem Tisch hing ein stattlicher Adventskranz, über und über mit Zapfen und vergoldeten Nüssen besteckt. Die vier Kerzen verbreiteten heimeliges Licht. Draußen, in der blauen Dämmerung, fielen lautlos die Schneeflocken.

Ja, das war etwas! So hatte Weihnachten auf dem Land auszusehen, genau so! Lis blickte sich zufrieden um.

Charlotte brachte die Terrine mit den Maultaschen. Sie schwammen in kräftiger Brühe. Kaum hatte Lis die erste gekostet, schon brach sie in Lobeshymnen aus.

»Nein, wie köstlich, ganz ausgezeichnet! Charlotte, schreiben Sie mir das Rezept auf. Das muß ich mal für meine Düsseldorfer Freunde kochen! Die werden Augen machen. Ich werde ihnen überhaupt einiges erzählen!« fügte sie hinzu und umfaßte die Küche mit einem verliebten Blick.

In den letzten Tagen vor dem Fest war Lis eifrig bemüht, unserer Neubauwohnung das Flair von Charlottes Hexenküche zu verleihen, kein ganz leichtes Unterfangen. Zwar sah man auch bei uns auf verschneite Tannen, doch fehlte der Zauber des alten Hauses. Weder die Zentralheizung noch der Kamin konnten mit dem alten Kachelofen mithalten, der uns bei Peter und Charlotte den Rücken gewärmt hatte. Aber Lis war zu allem entschlossen. Sie begann die mangelnde Atmosphäre mit Tanne aufzuwerten, die sie verschwenderisch über sämtliche Räume verteilte. Doch damit nicht genug.

»Was bäckt man denn so zu Weihnachten?« fragte sie mich morgens beim Frühstück.

»Ich weiß nicht«, sagte ich. »Valentin und die Kinder sind ja keine Kuchenesser, ich habe deshalb nie viel gebacken!« Sie sah mich verächtlich an.

»Ich spreche nicht vom Essen, sondern vom Riechen«, teilte sie mir mit. »Vor Weihnachten, da muß es auf dem Land riechen, nach Christstollen, nach Lebkuchen und Plätzchen. Da muß so ein Duft in der Luft hängen...«

Der Duft ließ bald nichts mehr zu wünschen übrig. Lis verwandelte meine Küche in eine Weihnachtsbäckerei. Die Kinder halfen begeistert mit.

»Um Himmels willen, wer soll denn das alles essen?« Valentin steckte den Kopf zur Tür herein.

»Nicht essen, *riechen«*, teilte ich ihm lachend mit, während ich das vierte Blech in den Ofen schob. »Und Lis bittet dich, die Finger von dem Baum zu lassen, sie will ihn selbst schmücken, nach alten ländlichen Vorbildern!«

Als Brösamle am zweiten Feiertag zu Besuch kam, staunte er unseren Baum verblüfft an.

»Ihr hen aber a appetitanregends Bäumle«, sagte er. »Da läuft eim ja 's Wasser im Mund z'amme!«

»So hatte man ihn früher auf dem Land«, lächelte Lis. »In der guten alten Zeit. Gefällt er Ihnen? Ich habe ihn selbst geschmückt!«

Wir standen um den Baum herum. Er war wirklich einzigartig, mit seinen selbstgebackenen Brezeln, den Äpfelchen und rot-weiß karierten Taftbändern. Anstelle von Kugeln schmückten ihn getrocknete Strohblumen und Getreideähren. Aber wir hatten ihn einfach zu oft bewundert, wir waren schon etwas müde.

Wir baten Herrn Brösamle an den Kamin. Die Kinder schleppten ihre Geschenke herbei und zeigten sie unserem Gast.

»Do sen er aber reich beschenkt worde«, lächelte er und steckte gemütlich sein Pfeifchen in Brand. »Also früher, do war des ganz anders. I zum Beischpiel hab' amol bloß a Schleifetz vors Haus g'saicht kriegt!«

»Eine Schleifetz?« fragte Lis verwundert.

Brösamle zwinkerte uns zu.

»A Schlidderbahn!« Er warf Lis einen »knitzen« Blick zu. »Damals, en der gute alte Zeit, da war des 's schönschte G'schenk! Zumindescht auf em Land!« fügte er in gespieltem Ernst hinzu.

Den ganzen Winter über beschäftigten wir uns mit der Gartenplanung für das kommende Frühjahr. Wir hatten einen Ratgeber gekauft, den der rührige Herr Fux selbst verfaßt hatte. Dieser Ratgeber war Goldes wert! Herr Fux war davon ausgegangen, daß der Mensch, der seinen ersten Garten anlegt, nicht nur von jeglicher Kenntnis unbeleckt, sondern darüber hinaus geistig leicht behindert ist. An diese Zielgruppe wandte er sich mit seinem Büchlein: ›Auch du ein Gärtner!‹ Er schwelgte nicht in bunten Bildern, die nur Wünsche weckten, welche sich ein Normalmensch niemals erfüllen kann, er gab handfeste Tips. Man lernte viel aus seinem Ratgeber, die ganze Familie studierte ihn mit Eifer.

Ende März konnten wir endlich die Ärmel hochkrempeln. Am ersten Wochenende wurde die Pergola geliefert. Schnell gebaut gab sie unserem Garten »Tiefe« und endlich Gesicht. An die beiden Stützpfeiler pflanzte ich je einen Knöterich, an den mittleren die Kletterrose. Herr Brösamle war wortreich dagegen.

»Des würd' i fei net mache«, riet er mir eindringlich. »Ihr Rösle werdet Se zwische dene beide Knöterich bald nemme fende. Überhaupt isch so a Knöterich eher a Okraut, weil er so arg wächst. Nehmet Se bloß die Kletterrose, no hen Se de ganze Sommer a Freud!«

Ich hörte nicht auf ihn. Gerade die barbarische Wuchskraft war es ja, die mich besonders erfreute. Das Röschen würde sich schon zu wehren wissen. Und diesmal sollte ich recht behalten.

Der Knöterich hatte kaum die Erde gerochen, schon begann er unverzüglich in die Höhe zu klettern. Er kletterte ohne Unterlaß und ohne zu ermüden. Oben angekommen überwand er mühelos einen »Reiter« nach dem anderen und traf in der Mitte auf seinen Bruder, der ihm von der anderen Seite entgegengespurtet kam. Welch ein Wiedersehen! Nun spornten sie sich gegenseitig an, produzierten meterlange Triebe, wanden sich umeinander, verzahnten und verästelten sich und bildeten bald eine dichte, grüne Mauer. Im September produzierten sie ein weißes Blütenmeer, welches wie eine duftige Wolke über der Pergola schwebte und bis tief in den Oktober hinein immerzu neue Blüten bildete. Es war eine Lust, dies alles mit anzusehen. Auch die kleine Kletterrose, die wir in die Mitte gepflanzt hatten, sah dies mit an. Sie war ein pfiffiges Ding. Das wilde »Wellenreiten« in luftiger Höhe hatte sie mit zunehmender Besorgnis beobachtet. Dann faßte sie den weisen Entschluß, dieses unwürdige Wetteifern nicht mitzumachen. Sie blieb, anstatt ihrerseits in die Höhe zu klettern, lieber hübsch unten, verzweigte sich, schmiegte sich eng an die erwärmte Holzwand, blühte bereits im ersten Jahr und zeigte die ersten Knospen schon zu einer Zeit, zu der sich die beiden Knöteriche noch im sinnlosen Wettlauf erschöpften. Ich versäumte es nie, die kleine, kluge Rose, die ich Herrn Brösamle und Valentin abgetrotzt hatte, verschmitzt zu grüßen und die beiden Herren auf ihre Schönheit und Blühwilligkeit aufmerksam zu machen.

Mit einem anderen Vorschlag hat uns unser Nachbar jedoch die größte Freude beschert.

Mittels einer Fuhre Ziegel teilten wir unterhalb des Küchenfensters kleine Quadrate für einen Kräutergarten ab: Petersilie, Dill, Schnittlauch, Salbei, Pimpinelle, Thymian, Lavendel, Lauch, Zwiebeln. Wir zeichneten einen Plan und schrieben in die einzelnen Kästchen, was wir wohin zu pflanzen gedachten. Herr Brösamle nahm den Plan zur Hand und studierte ihn mit gerunzelter Stirn.

»So a groß Beetle bloß für Salbei? Wofür nimmt mer denn des?«

»Für Kalbsleber zum Beispiel!«

»Ja, hen Se sich au amol überlegt, daß Se do höchschtens drei, vier Blättle brauchet? Ond wie oft esset Se Kalbsleberle?« Er sah mich an. »I rat Ihne, lasset Se des mit dem Salbei ond säet Se Radiesle, do hen Se was G'scheits. Des isch was für Leut, die so ogeduldig send wie Sie!«

Ich sah ihn fragend an.

»Ja, jetzt glei in d' Erd g'schteckt, gibt's in a paar Woche die schönschte Radiesle. Do hen Se meh Freud dra als an so me Salbei!«

Ich nahm seinen Rat an und mußte ihm recht geben. Die Radieschen, die wir ernteten, Sorte »Riesenbutter«, groß, dunkelrot, saftig, wurmfrei, waren ein täglicher Genuß. Salbei habe ich bis heute nicht vermißt.

Radieschen und Knöterich gehören seitdem für uns zu den besten Anfängerpflanzen. Sie sind problemlos, wachsen »wie Mist« und geben selbst einem Greenhorn wie mir das Gefühl, ein gottbegnadeter Gärtner zu sein, den die Natur mit »dem grünen Finger« gesegnet hat.

Auch die Zwiebeln waren ein Gewächs nach unserem

Herzen. Als Steckzwiebeln gekauft, in die Erde gegeben und gut gegossen, bescherten sie problemlos eine reiche Ernte. Ende April erfreuten uns bereits die zarten Frühlingszwiebeln, später hatte man immer frischen Lauch zur Verfügung, und im Juli-August holten wir sie pfundweise aus der Erde. Sie schmeckten saftig und mild und waren nicht so scharf wie die aus dem Supermarkt.

Etwas anderes war es mit dem Salat. Ich hatte die Pflänzchen als Stecklinge in der Gärtnerei gekauft und liebevoll eingesetzt. Frisch gepflanzt sahen sie entzükkend aus, doch das änderte sich bald. Sie gediehen einfach nicht recht. Einige schossen in die Höhe, anstatt feste Köpfe zu bilden, andere faulten aus der Mitte heraus. Die wenigen, welche sich zu ernten überhaupt lohnten, waren liederliche Gesellen, die ihre wenigen Blätter wie ein nachlässig geschlossenes, flatterndes Negligé zu Markte trugen. Für eine Salatschüssel brauchte ich vier Stück! Es kostete uns Mühe, herauszufinden, daß sie zehnmal besser schmeckten als die herrlichen, festen Köpfe, die es zur selben Zeit für wenig Geld zu kaufen gab.

Herr Brösamle klärte uns schließlich darüber auf, warum unser Salat nicht gedieh:

»Sie dürfet niemals eifach von obe neigieße, des verzeiht Ihne so a Salatköpfle nie!«

Es schien noch mehr Sünden zu geben, die uns der Salat nicht verzieh, denn auch nachdem ich ihn nie mehr von oben, sondern »gesondert« mit der Kanne von unten begoß, wollte er nicht gedeihen. Vielleicht nahm er uns übel, daß wir es nicht geschafft hatten, dem Regen klarzumachen, wie unser Salat gegossen zu werden wünschte, denn er regnete unverdrossen von oben in die Köpfe hinein. Was den elenden Salat betrifft, so machten wir übrigens unverhältnismäßig viel Getöse um seinen Anbau und seine Pflege, ja wir übertrafen in unserem Bemühen um eine gute Ernte bei weitem unsere früheren Nachbarn, deren emsiges Schaffen am Salatbeet wir vor gar nicht allzu langer Zeit, über die Brüstung unserer Terrasse hinweg, hämisch belächelt hatten.

Von dem Salat einmal abgesehen, machte uns der Garten viel Freude. Die großen Bäume waren sämtlich gut angewachsen, wir wässerten sie mit Inbrunst und Abend für Abend! Flieder und Jasmin machten im ersten Jahr noch einen etwas spillrigen Eindruck, der Jasmin blühte kaum, die wenigen Fliederdolden verfaulten rasch am Stamm. Herr Brösamle versäumte es nicht, mich mehrmals darauf aufmerksam zu machen. Dafür schlossen die Rosen »die Lücke im Gartenjahr« besser, als wir es uns erträumt hatten. Das weiße Schneewittchen produzierte bereits im ersten Sommer eine solche Blütenfülle, daß es eine wahre Wonne war, dem zuzusehen.

In den beiden folgenden Jahren wuchsen alle Pflanzen zu voller Pracht heran und wurden so dicht, daß wir zuweilen seufzend feststellten, daß unser Garten bereits etwas zu schattig geworden war. Wie gut, daß uns Herr Brösamle daran gehindert hatte, all das zu pflanzen, was wir ursprünglich in unserem Wahn geplant hatten: unser Garten wäre tatsächlich ein Schlachtfeld geworden. Auch mit den wenigen Büschen und Bäumen auf die wir uns schließlich geeinigt hatten, war bereits im zweiten Sommer voller Sichtschutz erreicht, und wir mußten des öfteren über die Panik lächeln, mit der wir anfangs unsere Buchsbaumhecke betrachtet und die umliegenden Gärtnereien gestürmt hatten. Die Buchsbaumhecke wurde übrigens tatsächlich niemals höher als fünfzig Zentimeter, jedoch merkten wir das kaum. Vollkommen vergessen und von den größeren Gehölzen verdeckt, mochte sie in ihrer langweiligen Art vor sich hinträumen.

Mit der Zeit wuchsen auch wir, nämlich zu ernstzunehmenden Gartenexperten heran. Bei unseren abendlichen Rundgängen zwischen den Häusern und Gärten entlang, blieben wir zuweilen ungeniert an einem fremden Zaun stehen und gaben freimütig zum besten, was uns bewegte.

»Sieh dir nur die Hainbuchenhecke an, Valentin, die Leute werden es bereuen, wenn sie zum erstenmal im Mai die Blätter von der Straße fegen müssen, von dem scheußlichen Anblick, den sie bis dahin bietet, ganz zu schweigen.

»O Gott, sieh nur, wie der Salat fault, sicher ist er von oben gegossen worden.«

»Himmel, vier Knöteriche für eine einzige Terrassenwand, na, die werden ihr grünes Wunder erleben. Hoffentlich haben sie sich schon überlegt, wie sie den ganzen Mist wieder loswerden, wenn er erst das Dach und den Schornstein erreicht hat und ihnen die ersten Triebe des Morgens beim Aufwachen das Gesicht streicheln.«

»Buchsbaum hätte ich an Ihrer Stelle nicht gewählt«, sagte Valentin eines Abends, vor einer Hecke stehenbleibend, die zehn Zentimeter hoch war und einen minimalen Sichtschutz bot. Das junge Paar, welches sich gut sichtbar hinter der Hecke mit roten und ratlosen Gesichtern im Garten zu schaffen machte, kam näher. Sie waren neu eingezogen und aus der Stadt. Man merkte es gleich. Sie hatten keine Ahnung von dem, was sie trieben, man sah es ja an ihrer Hecke!

Wir teilten ihnen sofort schonungslos mit, daß Buchsbaum niemals höher als fünfzig, sechzig Zentimeter wird, für Grabumrandungen eher geeignet ist als für normale Gärten, viel kostet und wenig bringt. Wir grüßten freundlich und strebten weiter! Zurück nach Hause, in unseren Garten, die Petersilie gießen!

Es kann der Frömmste nicht in Frieden leben...

Kendermache isch koi Konscht,
aber s' Verheba

Mit Herrn Brösamle hatten wir das große Los gezogen. Er war unser direkter Nachbar, wir teilten die Schlafzimmerwand und die westliche Grundstücksgrenze, die kleine Kehrwoche und die vierteljährliche Müllboxenreinigung mit ihm und schon bald unsere Leiden bezüglich unseres gemeinsamen Nachbarn zur Rechten: Herrn Hillbrich und Familie. Da gemeinsamer Verdruß, der sich auf einen Dritten lenkt, im allgemeinen die Freundschaft fördert, wuchs unsere Freundschaft zu einer Innigkeit heran, wie sie im Schwabenland nicht gerade häufig vorkommt.

Auch wenn uns Nachbar Brösamle anfangs, als wir noch umnebelt von Unwissenheit auf unserem kümmerlichen Rasen gestanden hatten, des öfteren durch sein beherztes Eingreifen verstört und verärgert hatte, so waren seine Ratschläge doch nach und nach auf immer fruchtbareren Boden gefallen. Schon bald erschien uns ein Gartentag ohne ein ersprießliches Gespräch von Zaun zu Zaun unvollkommen.

Was besaß dieser Mann aber auch an Wissen! Nicht nur, daß er zu beinahe jeder, das Pflanzenreich betreffenden Frage einen fachkundigen Rat wußte, er war auch in sämtlichen Fragen des Immobilienerwerbs bewandert und überdies eine unerschöpfliche Quelle für Sprüche der schwäbischen Volksweisheit. Aus diesen Sprüchen, von denen er einige nur hinter vorgehaltener Hand und dem gewissen Zwinkern seiner »knitzen« blauen Augen von sich gab, lernten wir schließlich mehr über unsere neuen Mitbürger als durch direkten Kontakt mit ihnen.

Auch mit den anderen Bewohnern unseres Hauses hatten wir Glück gehabt. Das Haus beherbergte nur vier Parteien. Es war an den Hang gebaut, so daß die im ersten Stock Wohnenden einen über unserem Garten schwebenden Balkon ihr eigen nannten und zusätzlich nach hinten heraus eigene Gärten besaßen. Den über uns schwebenden Balkon, eher eine Terrasse von stattlichen Ausmaßen, hatten wir zu Anfang leicht beunruhigt beäugt. Würde die über uns wohnende Familie diesen Freisitz benutzen und uns »von oben herab« mit unerwünschten Blicken und unerwünschter Konversation belästigen? Würden sie: »Ich sehe dich, du siehst mich nicht« mit uns spielen und uns das Gartenleben durch das unangenehme Gefühl des »Beobachtetwerdens« vergällen? Würden sie vielleicht gar Terrassenabende veranstalten und laute Gastlichkeit üben, wenn wir uns stiller Betrachtung der Natur hinzugeben wünschten? Doch nichts von alledem.

Familie Märzen gehörte einer Gesellschaftsschicht an, die wir im Schwäbischen nur selten angetroffen haben: sie frönten einem sehr aushäusigen Leben, verbrachten das Wochenende meist im Tennisklub, die Ferienzeit immer auf Reisen und begaben sich zu sämtlichen Festtagen zu den im Oberschwäbischen ansässigen Großeltern. Wegen ihres ausgiebigen Gesellschaftslebens benutzten sie nicht nur ihre Terrasse nahezu niemals, sie interessierten sich auch kaum für die Kehrwoche, erledigten sie schnell und ohne Aufhebens und beaufsichtigten nicht die Arbeit der anderen Parteien. Zuweilen kreuzten sich unsere Wege, wenn wir von einer Wanderung nach Hause kamen und sie uns, angetan mit ihren Sportanzügen, entgegeneilten. So traf man sie meist an: in forteilender Manier, und uns war es nur recht so.

Die direkten Nachbarn von Familie Märzen war eine Familie Krüller, an denen wir uns bald scheu vorbeidrückten, wenn wir eines ihrer Mitglieder in der Garage oder im Treppenhaus trafen. Sie waren das Feinste vom Feinen. Frau Krüller war stets perfekt gekleidet und perfekt frisiert, sie gehörte zu jener Sorte bewundernswerter Frauen, die auch früh um sieben unbesorgt ihre Wohnungstür öffnen und sich selbst, ihren Ehemann, ihre Kinder und die gesamte Wohnung einschließlich des Besenschrankes präsentieren, was sage ich, vierfarbig für ein Journal fotografieren lassen können.

Wir haben die Wohnung der Krüllers niemals von innen gesehen, aber bereits der Anblick ihres gewienerten Autos, ihres Gartens, ihrer Garderobe und Spielzeuge der beiden Kinder ließ uns unsere eigene Unzulänglichkeit auf allen Gebieten schmerzlich bewußt werden.

Frau Krüller gehörte zu jenen Frauen, die niemals, auch nicht an schlimmen Streßtagen, vergessen nach dem Waschen der Hände das Nagelhäutchen zurückzuschieben oder nach einer durchfeierten Nacht morgens um vier das (einmal ist keinmal) Abschminken ihres Gesichtes. Allein der Anblick ihres Kellers, in welchen ich an einem stillen Tag einmal baß vor Staunen hineinsah (um längere Zeit in diesem Staunen zu verweilen), belehrte mich über den untadeligen Lebenswandel, dem man bei Krüllers huldigte : die Kellerregale waren sorgfältiger geputzt und ordentlicher bestückt als meine Küchenschränke. Zu diesem vorbildlichen Ehepaar gehörten zwei vorbildliche Kinder. Sie waren vier und fünf Jahre alt, blondgelockt, artig, still und sauber. Sie hießen Prisca und Perdita, wir nannten sie ehrfürchtig »die Prinzessinnen«. Insgeheim waren wir davon überzeugt, daß sie sicher von silbernen Tellern aßen und nicht von leicht angestoßenen wie andere Kinder.

So wie bei uns, einem eigentümlichen Naturgesetz zufolge, alles nach kürzester Zeit Patina ansetzte, unansehnlich und fleckig wurde und auf langjährigen Gebrauch schließen ließ, wie in unserem Auto die Bonbonpapiere, zerfledderte Straßenkarten und leere Zigarettenschachteln förmlich aus dem Boden wuchsen, wo alles, was unsere Kinder ein- oder zweimal angefaßt hatten, unweigerlich deren »Handschrift« aufwies, erfreute sich jeder Ge-

genstand, der sich im Besitz der Krüllers befand, einer glänzenden Makellosigkeit. Kam der Frühling, so erschienen auf dem smaragdfarbenen Rasenteppich ein weißlackierter Tisch mit vier weißlackierten Holzsesseln, ein fleckenlos weißer Sonnenschirm, mehrere Liegen mit makellosen weißen Auflagen und ein kleiner Sandkasten mit sicherlich makellosem weißen Sand. Prisca und Perdita gaben sich in frisch gestärkten, entzückenden Kleidchen dem Spiel mit ihren, unter pädagogischen Gesichtspunkten ausgewählten Spielsachen hin, rauften nie und heulten leise. Frau Krüller beaufsichtigte sie in ständig wechselnden, farblich auf die hübsche Szenerie abgestimmten Kleidern, meist in einem der Holzsessel sitzend, mit einer feinen Stickerei beschäftigt. Traf man sie irgendwo im Treppenhaus, so neigte sie huldvoll das schön frisierte Köpfchen und formte die Lippen zu einem tonlosen »Guten Tag!«

Valentin nannte sie dieses Gebarens und dieses Lächelns wegen »Mona Lisa«. Und etwas Geheimnisumwittertes, Unergründliches hatte sie auch an sich: Ich sollte niemals herausfinden, wie sie es fertigbrachte, ihr Heim, ihre Kinder und ihren gesamten Besitz so makellos sauber zu halten, ohne daß ihre Erscheinung (und ihre Laune) auch nur im geringsten darunter litt.

Die stille, vornehme Lebensführung der Krüllers kam uns sehr zugute. Das Bewußtsein, etwas Besseres zu sein, verbot es ihnen, ihre Kinder herumplärren zu lassen, das Ohr der Nachbarn durch unnötige Geräusche zu martern, über ihren Köpfen Decken, Kissen, Staubtücher und Bettlaken auszuschütteln, mit der Kreissäge oder der Häckselmaschine herumzuhantieren, etwaiger Schaffenslust vor den Augen der Nachbarn zu frönen und sich gewöhnlicher Kurzweil, wie etwa Fußballspielen, hinzugeben. Leider kam mir meine eigene Unzulänglichkeit jedesmal zu Bewußtsein, wann immer ich »Mona Lisa« mit Prisca und Perdita vorüberwandeln sah. Valentin behauptete, selbst der Krüllersche Rasenmäher nötige ihm

Respekt ab, erstens, weil Herr Krüller ihn niemals zur Zeit der Mittagsruhe in lärmende Tätigkeit brachte, zweitens, weil er so aussah, als ob er lediglich Kunstrasen zu fressen bekäme und noch nie mit nasser Wiese in Berührung gekommen sei.

Alles in allem waren die Bewohner des Hauses so recht nach unserem Herzen: sie waren freundlich und zurückhaltend, rücksichtsvoll und nachsichtig mit unseren Unzulänglichkeiten, lebten ihr eigenes Leben, ohne sich in das ihrer Mitbewohner einzumischen, sprangen ein, wenn Not am Mann war und betrachteten uns niemals »von oben herab«, wenn wir in unserem Garten tätig (oder müßig) waren. Wir hatten großes Glück mit ihnen gehabt und wußten dies in Dankbarkeit zu schätzen.

Weniger dankbar betrachteten wir die Nachbarn zur Rechten. Waren uns die Mitbewohner unseres Hauses von Gott zur Freude geschenkt, so hatte man uns die Hillbrichs als Zutat verehrt, auf daß das Glück nicht ausufere und wir Gelegenheit fänden, uns in Nachsicht und Geduld zu üben. In diesem Punkt allerdings versagten wir kläglich. War es auch nicht der einzige, so sollte die Nachbarschaft der Familie Hillbrich doch einer der Gründe sein, denen zufolge wir uns schließlich entschlossen, unsere Wohnung wieder aufzugeben, denn »es kann der Frömmste nicht in Frieden leben ...«

Das Haus der Hillbrichs war das weithin größte Einfamilienhaus, ein gewaltiger Bau mit ausgebautem Souterrain, ausgebautem Dachgeschoß, Terrassen, Balkon und Erker. Es hatte vorspringende Giebel und ein ausladendes Dach, einen großen gemauerten Hof an der Rückseite und einen überdachten Vorplatz. Hinter dem Haus erstreckte sich ein großer Garten, welcher in die dahinter liegenden Obstbaumwiesen und schließlich in den Wald überging. Das Haus war am Hang gelegen, schon aus diesem Grunde höher als das unsrige, das, obwohl es vier Parteien barg, wesentlich bescheidener wirkte als diese »Burg«, von der es im eigentlichen wie im übertragenen Sinn in den Schatten gestellt wurde.

Als wir die Wohnung bezogen, befanden sich die Hillbrich-Kinder gerade im Flegelalter und hatten außer ihren germanisch angehauchten Namen wenig Erfreuliches zu bieten. Die Söhne hießen Hartwin, Hasso, Heilo und Hilmar, das einzige Mädchen hörte auf den schönen Namen Heilgart, doch sie verbreiteten wenig Heil. Auf der Flucht vor ihrer Nachkommenschaft, welcher sie das Obergeschoß samt eigener Küche und eigenem Bad eingerichtet hatten, auf daß sie ihnen nicht etwa in die Quere käme, bestiegen Herr und Frau Hillbrich schon frühmorgens ihre Räder und machten sich in auffallender Eile davon, einer kinderfreien, stillen Arbeitsstätte entgegenradelnd. Die gequälten Nachbarn und die Hillbrich-Bande blieben zurück.

Wenn Hartwin, Hasso, Heilo und Hilmar von ihren Eltern mit geradezu bewundernswürdiger Beständigkeit ignoriert wurden, so ignorierten sie ihrerseits die gesamte Nachbarschaft. Andere Menschen existierten einfach nicht, weder sie selbst noch ihre lächerlichen Gärten. Sie schossen den Fußball über sämtliche Grenzen, Büsche und Hecken und setzten ihm, kaum daß er ihren Blicken entschwunden war, behende nach, wobei ihnen kein Zaun zu hoch, kein Busch zu stachlig war.

Saßen wir zum Beispiel gerade gemütlich an unserem Abendbrottisch, so raschelte es plötzlich in unserem Rücken, und Hasso brach durch den Fliederbusch.

»Wartet, do muß er irgendwo liege, i hab'des Scheißding glei g'funde«, teilte er seinen auf der Straße wartenden Brüdern markig mit und wühlte, ohne uns eines Blikkes zu würdigen, in den kostbaren Rhododendren. Hatte er den Ball gefunden, so schoß er ihn kräftig an unseren Ohren vorbei auf die Straße, woraufhin sich schießen und zurückschießen, schießen und zurückschießen wiederholten.

»Müßt ihr denn unbedingt hier auf der Straße Fußball

spielen«, schrie Valentin die Jungs eines Abends genervt an. »Es gibt doch schließlich auch Fußballplätze.«

»Die sen ons z' weit«, grinste Hilmar, und Hartwin fügte hinzu: »Ond außerdem wohnet mer hier!«

Daß andere ebenfalls »hier« wohnten, war schließlich deren Sache.

»Könntet ihr nicht auch einmal ein bißchen auf der Straße spielen und euch vielleicht mit den Hillbrich-Kindern anfreunden«, schlug ich Peer und Pia vor in der Hoffnung, daß uns der ewige Krach weniger stören würde, wenn unsere eigenen Kinder an ihm beteiligt wären.

»Nee«, sagten sie schlicht. »Die sind uns zu wild!«

Ich betrachtete sie nachdenklich. Offensichtlich hatte sie der ständige Umgang mit den sanften Schwabenkindern bereits völlig verändert. Noch vor einigen Jahren wäre zumindest Peer einer wilden Rangelei weniger strikt aus dem Weg gegangen.

»Und was die für Ausdrücke haben«, stellte Pia pikiert fest.

Der Umgangston der Hillbrich-Bande untereinander war allerdings von gepflegter Konversation weit entfernt.

»Glei werd' i dir's Kreuz aushenge, daß de Arsch en ere Schlenge hoimtrage musch!« schrie Hasso, wenn Hartwin sich etwa weigerte, ihm beim Wässern der Beete behilflich zu sein.

»I schlag' dir oins uff d' Gosch, daß dr Zäh de Hals naklapperet! « gab der zurück.

»Die haben überhaupt keine Erziehung«, bemerkte Valentin verbittert, wenn die Hillbrich-Bande wieder einmal nachhaltig seinen Feierabend störte und den Aufenthalt im Garten unmöglich machte.

»Kein Wunder, die Eltern kümmern sich ja auch nie um ihre Nachkommen. Ich möchte bloß wissen«, fügte er hinzu, »wie man sich unter diesen Umständen fünf Kinder anschaffen kann!«

Was den Punkt der Erziehung anging, so hatte ich des öfteren Grund zur äußersten Verwunderung. Denn mehrmals hatte ich beobachtet, daß Frau Hillbrich, eine spindeldünne rothaarige Frau, das blasse Gesicht aus einem ihrer vielen Fenster beugte und mit leiser Stimme sagte: »Hilmar, Hasso, Heilgart, kommt doch bitte einmal herein!« Und ich mußte neidisch mitansehen, daß die Kinder der Aufforderung mit einem Eifer nachkamen, der unter Jugendlichen sonst eher ungewöhnlich ist.

»Wie findest du das?« fragte ich Valentin, als wir den seltsamen Vorgang wieder einmal beobachtet hatten.

Er grinste.

»Bei denen ist's eben was Seltenes, von der Mutter gerufen zu werden, es muß den Kindern in den Ohren klingen wie: ein Wunder ist geschehen, und wer es sehen will, der muß sich beeilen. Prügeln können sie sich schließlich ungestört jeden Tag, aber von den Eltern wahrgenommen zu werden, das ist schon etwas Besonderes!«

In der Tat, die Hillbrichs gewährten ihren Kindern die Gnade der Beachtung sehr selten. Herr Hillbrich war ein stiller Mann, der wenig sprach und niemals lachte. Er war ein Gärtner aus Leidenschaft. Kam er am Abend nach Hause, so tauchte er wenig später, ohne seine Nachkommenschaft auch nur eines Blickes zu würdigen, in seinem Garten auf, wo er mit Akribie und geradezu wissenschaftlichem Ernst die Bäume von Läusen und die Büsche von Raupen befreite. Er huldigte der Idee des giftfreien Gartens, und da dieser riesige Ausmaße hatte, gab es so viel zu tun, daß für die Kinder nicht viel Zeit übrigblieb. War die Ungeziefersuche beendet, betätigte er eines seiner mißtönenden Geräte, um an Haus und Hof irgend etwas aus- oder umzubauen, einen Wäscheplatz einzurichten, den Schuppen zu erneuern oder was seinem nimmermüden Sinn auf dem langen Weg mit dem Rad auch immer eingefallen war. Allerdings drangen die mit der Schaffenslust verbundenen Geräusche nicht allzulaut an unser Ohr, das Geschrei seiner Nachkommen überdeckte es mit Leichtigkeit. Sie stritten sich auf der Straße und im

Garten, sie stritten sich auf dem Hof und auf der Wiese und an Regentagen prügelten sie sich bei stets geöffneten Fenstern im Haus mit einer Intensität, daß ich manchmal hoffte, das Dach würde sich heben.

Frau Hillbrich schien es nicht zu stören, schon weil sie fast niemals zu Hause war, und ich begann sie glühend um ihren sicherlich wunderbar stillen Arbeitsplatz zu beneiden, von dem sie gewöhnlich erst spät abends nach Hause zurückkehrte.

Herr Brösamle verabscheute die Hillbrichs beinahe noch mehr als wir. Erstens, weil sie seinen Pensionsfrieden nachhaltig störten und den Aufenthalt im Garten zu einer Nervenprobe machten, zweitens, weil er die Sippschaft schon um einige Jahre länger ertrug. Er hatte noch miterlebt, wie sie in den gerade wetterfest gemachten Rohbau einzogen, nahezu Tag und Nacht hämmerten und sägten, jegliche Beschwerde aus der Nachbarschaft ignorierten und so taten, als ob ihnen die Welt, die sie so emsig bevölkerten, allein gehörte.

Wir gewöhnten uns an, nach besonders strapaziösen Tagen, Sonntagen zumeist, an denen uns das nachbarliche Treiben überaus stark auf die Nerven gefallen war, mit Nachbar Brösamle der Klatschsucht zu frönen. Ach, was tat es gut, sich gegenseitig das Herz zu erleichtern. Wir klatschten und wetzten die Zungen, daß es eine Lust war. Diese Stunden, in denen wir uns besonders eng verbunden fühlten, verlegten wir in das Innere der Stuben, wo wir von Lärm und fliegenden Fußbällen verschont wurden.

»Des ka i Ihne ganz im Vertraue sage«, erklärte uns Herr Brösamle, »die hen sich bei dem Mordsbau total verkalkuliert. 's hat ja net groß ond protzig g'nug sei könne, ond jetzt fehlt's an Eck ond End. Oder wie mir Schwabe saget: Bei dene kommet d'Mäus mit verheulte Auga d' Behnetrepp ronter!«

»Ich verstehe gar nicht, warum sie die großen Jungs nicht in einem Sportverein oder einem Fußballklub anmelden«, ereiferte sich Valentin. »Gott, wir waren auch zu mehreren und haben Krach gemacht! Aber ich kann mich nicht erinnern, daß man uns erlaubt hätte, bis zehn Uhr auf der Straße herumzukicken und dazu einen solchen Mordslärm zu machen«, fügte er mit einem Anflug von Neid hinzu.

»Des isch doch viel z' teuer«, sagte Herr Brösamle und schenkte Wein nach. »Sie glaubet gar net, was für a troschtloses Lebe sich henter mancher Eigeheimmauer abschpielt. Die Leut rechnet mit em letschte Pfennig, um überhaupt baue z' könne, sie planet die Rente von der Oma ond 's Lehrlingsgehalt von ihrm Jüngschte mit ei, ond 's Spül- ond 's Badewasser au no. Ond des womöglich jahrelang. Aber 's Häusle stoht, ond was sich hinter der Tür abschpielt, goht koin ebbes an! I sag' Ihne, de Hillbrichs isch alles über de Kopf g'wachse, 's Haus, d' Okoschte ond die Kinder au.«

Ich warf einen Blick zu dem Hillbrichschen Anwesen hinüber. Das Haus mit seinen ausladenden Erkern und Veranden erschien mir im grauen Licht der Abenddämmerung wie ein riesiges, gefräßiges Ungeheuer, welches die Hillbrichs samt ihrer Nachkommenschaft nach und nach vertilgte. Was mochte dieser Kolossalbau aber auch gekostet haben. Mir schwindelte, wenn ich mir die Summe vorstellte.

»Also heut ka i's Ihne ja sage«, fuhr Nachbar Brösamle fort, »als Sie damals so oglücklich in Ihrm Gärtle vor Ihrer kloine Heck ond Ihrer Weide voller Räuple g'schtande sen, do han i's Ihne net sage wolle, 's wär am Afang vielleicht z'viel g'wese... aber Ihr Vorgänger hat die Wohnung hauptsächlich deswege verkauft, weil er die Nachbarschaft von dene Hillbrichs net länger hat ertrage könne. Dorum hat er des Gärtle au net bepflanzt, weil er hätt net in Ruh dren sitze könne. Der Mann war vielleicht a bißle empfindlich, aber dem seine Nerve waret halt von der dauernde Bauerei scho total kaputt. Ja, a Nachbar isch scho wichtig, wenn mer so weit drauße wohnt wie mir.«

Das hatte er wohl recht erkannt. Wir wurden geradezu unruhig, wenn wir die Hillbrichs einmal fünf Minuten lang nicht hörten. Anstatt uns an der köstlichen Stille zu erfreuen, spitzten wir die Ohren, um herauszufinden, wo sie wohl gerade steckten. Brösamle lachte.

»Ja, ond no, als der Bau endlich fertig war, waret au die Kender groß g'nug, daß mer se hat alloi lasse könne. No hat die Frau glei's Schaffe ang'fange. Seither sen se au so verwildert!« Er seufzte. »Ja, ja«, sagte er dann, »Kender mache isch koi Konscht, aber 's Verheba!«

Das G'sellschaftsleben

Oh, wenn no's G'wisse net wär!

In unserem vierten Sommer im Ländle stellten wir eines Morgens fest, was wir früher fast für unmöglich gehalten hätten: Wir waren aus unerfindlichen Gründen einfach nicht mehr dazu gekommen, in Urlaub zu fahren.

Diese Erkenntnis erfüllte unser Herz mit Verwunderung. Reisen gehörte früher zum unbedingten Muß in unserem Leben und dem unserer Freunde. Man verzichtete lieber auf die seit Jahren fällige Couchgarnitur, die Erneuerung des Teppichbodens und die Anschaffung einer Spülmaschine, man war bereit, allenfalls des Morgens Zeitungen austragen zu gehen und die alte Rostkarre noch über einen zehnten Winter zu schleppen, als daß man im Urlaub zu Hause geblieben wäre. Ein Urlaub in »Balkonien« – so etwas war einfach nicht vorstellbar. Man hätte an seiner Seele und seinem gesellschaftlichen Rang Schaden genommen und gar nicht gewußt, wie man den mißlichen Umstand im Bekanntenkreis hätte rechtfertigen sollen.

Die Urlaubsreise ist der heilige Gral des Ruhrgebietlers, im Stellenwert ähnlich wie das Häusle für den Schwaben. Die Frage: »Wo geht's im Urlaub hin?« wird überall gestellt, und man ist bemüht, sie mehrmals im Jahr unter Nennung attraktiver Ziele zu beantworten. Ist man von den verschiedenen Reisen zurückgekehrt, so wird man gefragt, wie es denn gewesen sei, es werden Adressen und Tips ausgetauscht, Dia-Abende veranstaltet und die Küchenkreationen des italienischen Meisterkochs daheim am Essener Kochtopf ausprobiert. Nun war unser Urlaub im ersten Jahr wegen des Umzuges ins Wasser gefallen. Allein dieser Umstand stimmte uns nachdenklich. Schließlich waren wir auch zu früheren

Zeiten umgezogen, oft und gern, quer durch das Land, aber wir hatten doch, kaum daß die Möbel einigermaßen plaziert waren, rasch unseren Urlaubskoffer gepackt, um wenigstens noch ein paar Tage an irgendeinem Strand zu liegen.

Obwohl unser Kapital im ersten Jahr im Ländle noch unversehrt vorhanden war, hatten wir, kaum daß unser Fuß die neue Heimat betreten hatte, keine rechte Lust verspürt, zu verreisen. Es mochte daran liegen, daß wir zum erstenmal eine richtige Ferienlandschaft unmittelbar vor der eigenen Haustür fanden. Der wahre Grund für unsere plötzliche Reiseunlust war wohl eher in der Tatsache zu suchen, daß uns auf einmal niemand mehr nach unseren Urlauben fragte, weder nach den gewesenen noch nach den geplanten. Hinzu kam, daß wir innerlich wesentlich gelassener geworden waren. Wir hatten diese schreckliche Unruhe abgelegt, diese Hast, die uns früher von Aktivität zu Aktivität, von einer Zerstreuung zur nächsten, von einem Urlaubsland zum anderen getrieben hatte.

Im ersten Sommer war uns die Wende, welche die Dinge genommen hatten, noch nicht so recht zu Bewußtsein gekommen!

»Wir bleiben in diesem Jahr auf unserer eigenen Terrasse, machen schöne Ausflüge und sehen uns die Gegend an. Wir wollen einmal ausgiebig wandern«, hatten wir uns versichert.

»Das Geld sparen wir lieber für einen tollen Skiurlaub, der darf ja dann ruhig etwas mehr kosten.«

Aber dann war es so gekommen, daß wir im Winter dazu doch nicht die rechte Lust verspürten. Schließlich hatten wir die Loipen vor der Tür und Schnee, so viel man nur beiseite fegen konnte. Warum sollten wir unser gutes Geld in den Kamin des »Schweizer Hofes« jagen, nur um anstelle des heimischen ausländischen Schnee unter den Skiern zu fühlen?

Dann waren wir erneut umgezogen und hatten uns mit

Buxus und Salix beschäftigt, anstatt mit Schlemmeradressen in Frankreich. Auch in diesem Jahr hatten wir die fehlende Reise kaum vermißt, obwohl von überall her Ansichtskarten mit bunten Grüßen unserer Freunde und Bekannten aus dem Ruhrgebiet eintrafen.

»Es ist sagenhaft hier in Jugoslawien«, schrieb Jutta. »Alles spottbillig, das Wasser glasklar, Schnaps und Zigaretten sind fast umsonst zu haben. Unter uns, Kläusken ist fast immer angetütert. Gruß – high – Klaus«, hatte Kläusken darunter geschrieben. Andere grüßten uns von ihrem Segelschiff, welches sie gemietet hatten, um die italienische Küste abzuschippern, wieder andere bestiegen die Alpen. Trine schickte Grüße aus Griechenland.

Liebe Schwaben, was macht die Scholle, wie singt die Heimat? Hier in Griechenland singt sie am lautesten. Kein Wunder, daß so mancher Tourist angesichts der fünfhundertsten Akropolis das Bedürfnis hat, den Rhein zu preisen. Ich würde gern die Füße in seinen Fluten kühlen, statt dessen bin ich gestern zum erstenmal auf einem Esel geritten. Ein stolzes Gefühl. Trotz der Strapazen ist es schön hier. Auch wenn wir das Land weniger mit der Seele als mit Devisen suchen, es ist doch ein recht teurer Spaß. Ich rufe an, wenn ich zurück bin. Gruß Trine.
P.S. Wohin fahrt Ihr in diesem Jahr?

Daß wir eine eigene Wohnung gekauft hatten – mit Garten, komfort. 92 qm., Ebk., Fbh. schien keinen unserer Freunde sonderlich zu interessieren.

Ich betrachtete mir die einzelnen Karten, und irgendwie kam mir die ganze Reiserei plötzlich lächerlich vor. Da reisten sie in fremde Länder, trafen überall die eigenen Stammesbrüder, ließen sich auf dem Marktplatz von Venedig, vor der Akropolis und dem Hoteleingang fotografieren, schrieben Ansichtskarten und kamen mit dem

Gefühl zurück, die weite Welt entdeckt zu haben, albern im Grunde!

Auch von Lis kam Post. Sie war wieder in selber Besetzung in die Toskana gefahren. Ich betrachtete die Fotos vom romantischen Essen im »Burghof«. Innen blieb alles still, keinerlei Sehnsucht schnürte mir die Brust zu wie noch vor wenigen Jahren. Ich hatte auch keine Zeit, mir die Bilder lange anzusehen, ich mußte sehen, daß der Salat gegossen wurde, ehe die Sonne zu hoch stand.

Dann kamen alle zurück, riefen an, erzählten, wie es gewesen war und fragten mit Zurückhaltung in der Stimme, warum wir denn schon wieder zu Hause geblieben seien? Trine fragte gar mit gesenkter Stimme, ob wir Geld brauchten, schließlich sei es doch unbedingt notwendig, daß man einmal »rauskäme«. Wie sollte man sonst überleben? Ob wir denn gar keine Sehnsucht nach unsern Stammesbrüdern aus dem Ruhrgebiet hätten? In ganz Europa, vorwiegend an den spanischen, italienischen, jugoslawischen und französischen Küsten, seien sie praktisch von Mai bis Oktober in Massen anzutreffen.

Wir sagten: »Ja, ja« und »keine Sorge« und »aber natürlich «, waren jedoch unschlüssig.

Wenn man es sich recht überlegte, war ja der Garten erst im Sommer so richtig schön. Man konnte praktisch den ganzen Tag im Freien sein, man konnte grillen und bis Mitternacht draußen sitzen. Auch war ungewiß, ob man den Garten in der Hitzeperiode überhaupt so lange allein lassen konnte, die Blüte der neu gepflanzten Stauden würde man auch verpassen und die erste Stachelbeerernte, von dem empfindlichen Salat ganz zu schweigen, der sicher, kaum daß er uns abreisen sah, vor Kummer augenblicklich »schießen« würde...

Dennoch gaben wir uns einen Ruck. Wir brauchten ja nicht gleich für die gesamten Ferien das Weite zu suchen, zwei Wochen taten es auch, und wir hätten Zeit und Muße genug, uns den heimischen Freuden und dem Garten zu widmen.

Wir besorgten uns Prospekte und wühlten lange und unentschlossen darin herum. Schließlich buchten wir zwei Wochen Rabbac, Istrien, Jugoslawien, eigenes Haus, Terrasse und Grill. Dasselbe hatten wir hier auch, allerdings ohne Blick aufs Meer, das mußte man zugeben.

Einige Tage ehe wir losfuhren, rief Trine an. Sichtlich erleichtert und hochbefriedigt nahm sie zur Kenntnis, daß es ganz so schlimm, wie sie befürchtet hatte, mit uns doch noch nicht stand.

»Ach, ich freu' mich für euch«, sagte sie. »Es wurde ja auch Zeit, daß ihr euch mal ein bißchen erholt, nach all den Aufregungen der letzten Jahre. Wie lange bleibt ihr denn?«

»Drei Wochen!« sagte ich schnell und log eine dazu.

»Vier wären klüger gewesen«, meinte sie. »Aber es ist besser als überhaupt nicht rauszukommen. Schreib mir, wie es gewesen ist, und heb die Adresse auf, nach Jugoslawien wollte ich auch immer mal.«

In Jugoslawien waren wir vor einigen Jahren schon einmal gewesen. Es hatte uns damals gut gefallen, diesmal gefiel es uns gar nicht.

Entweder hatte sich das Land verändert oder wir: wir fanden nicht mehr so recht zueinander. Die Landschaft, aus der Sicht des Ruhrgebietes als »pittoresk« gepriesen, erschien uns öde und karg, es gab zuviel Steine und viel zu wenig Grün! Das Angebot des örtlichen Supermarktes befriedigte mich nicht, da gab ja unser eigener Garten mehr her, und was die Stammesbrüder betraf, die wir zugegebenermaßen in Massen antrafen...

»Fritzken, hasse noch'n bisken von dem billigen Fusel aus em Supermarkt?«

»Nee, habbich nich, den habbich gestern mit dem Theo aus Wanne-Aikel ausgesoffen« ... waren sie eigentlich immer so hemdsärmelig, so lautdröhnend gewesen? Waren wir früher auch so? Bestimmt nicht. Wahrscheinlich hatten sich die Leute in der langen Zeit unserer Abwesenheit ganz einfach drastisch verändert, oder ausgerechnet die unsympathischen unter ihnen waren nach Istrien gereist. Es erwies sich wieder einmal: »Es gab überall sottiche und sottiche«!

Ohne jeglichen Abschiedsschmerz fuhren wir wieder nach Hause. Im Gegensatz zu früher wurde die Landschaft auf dem Rückweg immer schöner.

»Jetzt sen mer bald do!« sagte Pia zufrieden, als die dunklen Höhen des Schwarzwaldes am Horizont auftauchten. »Jetzt freu' i mi richtig auf mei Ferie z' Haus!« bestätigte Peer.

Der Garten erwartete uns in vollendeter Pracht. Das weiße Schneewittchen blühte unverdrossen, Taxus, Cypressus und Pinus erfreuten sich guter Gesundheit. Herr Brösamle hatte treu gegossen und alles bestens gepflegt. Er empfing uns mit einem Obstschnäpsle und hieß uns herzlich willkommen.

»Gut, daß Se wieder do sen«, sagte er. »Wie isch's denn g'wese?«

»Ach ganz schön! Wir zeigen Ihnen dann mal die Bilder, die wir gemacht haben, aber was war denn hier so los?« Im Gegensatz zu früher hatten wir wenig von unserer Reise zu erzählen, viel mehr interessierte es uns, was sich während unserer Abwesenheit zu Hause zugetragen hatte.

Brösamle lachte.

»Ach, Sie hen die schönscht' Zeit im ganze Johr verpaßt!« Er zeigte zu dem Hillbrichschen Anwesen hinüber. »So schtill wie in de letschte Woche isch's hier fei no nie g'wese!« Er senkte die Stimme! »Die Hillbrichs, die hen nämlich beide gleichzeitig Urlaub g'hett, und weil se ihr Saubande net sehe ond net höre wolltet, hen se se en a Jugendlager g'schickt. Wie im Paradies isch's hier g'wese! Mer hat sogar d' Vögele zwitschere höre!« fügte er hinzu, um zu verdeutlichen, *wie* still es während unserer Abwesenheit war. Wir hörten dies mit Mißmut. Da hatten wir uns selbst an eine der belebtesten Küsten Europas begeben und unter dem Gejohle trinkfreudiger Touristen gelitten, derweil wir im eigenen Garten die Vögele hätten zwitschern hören können. Saumäßig blöd kamen wir uns vor! Wie gut, daß wir noch zwei volle Wochen hatten, in denen wir uns von unserer Reise erholen konnten.

Den Rest unseres Urlaubs verbrachten wir in vollendeter Eintracht. Wir werkelten wie rechte (aber glückliche) Spießer in Haus und Garten herum, genossen täglich ein ausgiebiges Frühstück auf unserer blumenumkränzten Terrasse (wobei wir die Vöglein zwitschern hörten) und ernteten die ersten Stachelbeeren. Wir durchstreiften die nähere und weitere Umgebung und besichtigten die kleinen Kurbäder, ein Weingut und Straßburg.

Gut erholt hatten wir uns am Ende unseres Urlaubs auch. Als am letzten Ferientag die Hillbrich-Bande zurückkehrte und, frisch gestärkt, zum erstenmal den Fußball in unseren Garten schoß, da bombardierte ich die Jungs nicht mit giftigen Blicken, sondern rief ihnen freundlich zu, sie bräuchten sich nicht zu bemühen und sich persönlich durchs Gebüsch zu wühlen. Ich kroch statt ihrer geduldig im Jasmin herum und warf den Ball mit einem Lächeln zurück.

Was übrigens die Eltern der Hillbrich-Bande betrifft, so hatten sie die Abwesenheit ihrer Sprößlinge nicht etwa dahingehend mißbraucht, Hand in Hand über ihre Äcker zu wandeln und sich des Abends im romantischen Schein des Mondes zu ergehen. Sie hatten die gute Gelegenheit genutzt und ihr Haus neu tapeziert.

Trotzdem schienen auch sie mit ihrem Urlaub vollkommen zufrieden zu sein. Ich sah *sie* kein einziges Mal in Panik davonradeln, und auch *er* wirkte gelöster als sonst. Wahrscheinlich hob bereits die bloße Abwesenheit seiner Nachkommen die Daseinsfreude!

Valentin behauptete sogar, er hätte ihn zweimal »ganz deutlich!« lachen hören!

Das in den ersten Jahren im Ländle so schmerzlich vermißte Gesellschaftsleben war mit der Zeit nach und nach in Vergessenheit geraten. Wir hatten in den beiden vergangenen Jahren selbst soviel zu »schaffen« gehabt, daß wir sogar unsere Freunde sträflich vernachlässigten. Wohl telefonierten Usch und ich regelmäßig miteinander und versprachen uns gegenseitige Besuche, doch meist blieb es dabei. Der Kauf unseres eigenen »Anwesens«, die Anlage des Gartens und später die Pflege desselben hatten unsere Zeit und unsere Gedanken vollkommen ausgefüllt. Vor allem der Garten war Schuld daran, daß wir irgendwie kaum noch »heraus«gekommen waren, und so hatten wir den Slogan »Laßt Blumen sprechen« treulich befolgt.

Doch nun, im zweiten Herbst, stellten wir fest, daß uns das alleinige Gespräch mit unseren Pflanzen nicht mehr ausreichte. Zwar konnte man nicht abstreiten, daß sie durchaus mit uns »sprachen«, aber wir mußten auch feststellen, daß sie meist mit Bitten an uns herantraten und uns ihre ständige Quengelei nach Wasser, Dünge- und Ungeziefervernichtungsmitteln als alleiniger »Gesprächsstoff« nicht mehr befriedigte. Wir spürten deutlich das Verlangen, die Gießkanne einmal aus der Hand zu stellen und andere Gesprächspartner zu bewirten.

»Ist dir schon mal aufgefallen, daß wir inzwischen über einen so großen Bekanntenkreis verfügen, daß wir zum Sommerausklang eine richtige Party veranstalten könnten?« fragte mich Valentin eines Morgens.

Ich sah ihn fragend an.

»Ich dachte«, meinte er, »wir laden jetzt, wo es abends noch warm ist, mal zu einem Gartenfest ein, ich meine«, fügte er eilig hinzu, »so aufwendig wie damals bei den Bringles braucht es ja nicht zu sein.«

»Wen könnten wir denn einladen?« fragte ich. »Kriegen wir überhaupt genug Leute zusammen?«

»Pah«, Valentin machte eine wegwerfende Handbewegung. »Ich hab' das mal ausgerechnet, wir kennen inzwischen außer Willi und Usch auch elf Schwaben, die wir einladen könnten. Nämlich: die Bringles, die Mugglhahns, Herrn Brösamle, Charlotte und Peter und die Leute aus dem Haus, die sollte man schon deswegen einladen, weil es vielleicht ein bißchen lauter wird, außerdem sind sie wirklich nett.«

»Ja gut«, sagte ich, »obwohl die Mugglhahns ...«

»Wir waren dreimal in ihrem Wohnzimmer«, gab Valentin zu bedenken, »und Frau Mugglhahn hat uns manch wertvollen Tip in bezug auf unseren Wohnungskauf gegeben!«

»In bezug auf Treppenhauspflege auch«, erinnerte ich ihn. »Außerdem kennen wir Herrn Mugglhahn kaum. Aber wenn du meinst, daß wir ihnen verpflichtet sind ...«

Die Mugglhahns hatten an dem betreffenden Samstag keine Zeit, aber alle anderen kamen. Herr Brösamle steuerte sogar noch seinen Sohn, den Schäfer von der Alb, bei und die Mälzers eine Omi, die gerade zu Besuch weilte. So kam eine nette Runde zusammen, in der Usch und Willi die einzigen Reigschmeckten waren. Es fiel aber nicht weiter auf, da man sich unter Gleichgesinnten befand. Usch begann gleich, mit Herrn Brösamle zu fachsimpeln.

»Ich sehe drüben in Ihrem Garten einige Tomatenstauden, wie war die Ernte?« fragte sie.

Brösamle lachte zufrieden.

»Gut, a paar Kilo han i sicherlich ronterg'holt, trotz em kühle Sommer!«

»Rote oder grüne?« fragte Usch mißtrauisch.

»Rote freilich, saftig ond süß, wie halt a rechte Tomat sei soll!«

»Versteh' ich nicht«, sagte Usch, »ich habe zwölf Stökke gesetzt und habe jetzt massenweise grüne Tomaten, massenweise!« wiederholte sie leicht verbittert. »Wie kriegen Sie Ihre denn rot?«

»Ach, i mach's halt nach der alte Methode«, lachte Brösamle. »Die Früchte dürfet alle nur am a oinzige grade Stamm hänge, die Seitetrieb knips' i weg, i han domit die beschte Erfahrunge g'macht!«

»Ja und was machen Sie mit den grünen?« fragte Usch. »Legen Sie sie auf die Fensterbank oder wickeln Sie sie ein?«

»Ach, die werf' i alle weg«, sagte Brösamle gemütlich. »Erschtens will i se net ewig romliege han. Ond zweitens werdet se zwar rot, aber net richtig süß. Die schmecke mir net!«

Usch sah ihn staunend an.

»Sie sind aber ein merkwürdiger Schwabe!« stellte sie dann fest.

»Des ka scho sei«, bestätigte Brösamle lachend. »Aber bei dere oistämmige Methode hen Se gar net so viel grüne. Probieret S' es aus!«

Ich hörte dem Gespräch mit einem Ohr zu, mit dem anderen lauschte ich einer Geschichte, die ich bereits kannte und die Willi gerade noch einmal zum besten gab.

»Kucken Se sich dieses Horn an meinem Hinterkopf an, keine Angst Frau Bringle, fassen Se ruhig mal hin, doll watt? – Datt hab' ich mir nämlich letzte Woche bei der Gartenarbeit zugezogen.« Er machte eine bedeutungsvolle Pause und fuhr fort: »Und wollen Se wissen wie? Ja, ich hatte nämlich meine Wiese gesenst, gar nich so leicht für'n Anfänger, aber et war mir ganz gut gelungen und nachdem ich datt Gras zusammengerecht hatte, hab' ich die Harke gegen die Wand gestellt, schön mit den Zinken nach vorne, wie der Städter datt so macht! Und wie ich mir mein Werk so begucke, da tret' ich 'n Schritt zurück, und von hinten mit der Ferse genau auf die Zinken und mit einer Wucht ohnegleichen knallt mir der Stiel gegen den Schädel und wie ich mich umdreh', da tret' ich von vorne nochmal drauf, und datt verfluchte Ding saust mir auch noch gegen die Vorderseite, genau auf die Stelle, wo bei anderen der Verstand sitzt!«

Willi wand sich vor Lachen auf dem Stuhl, bei seinen Zuhörern hielten sich Mitleid und Schadenfreude die Waage. Nur Brösamle lachte ungeniert.

»So Leut wie Sie han i gern«, teilte er Willi mit und wischte sich die Lachtränen aus den Augen, »die über ihr eigene Dommheit a Späßle mache könnet.«

Valentin und ich räumten gerade auf, als Brösamle am nächsten Morgen auf unserer Terrasse erschien. Wir begrüßten uns.

»Des war amol a gelungene Party geschtern«, sagte er. »I han scho zu meim Soh g'sagt, die Leut aus em Rhein-Ruhrgebiet, die verschtehet eifach z' feire, do gibt's gar nix!«

»Früh krümmt sich was ein Häkchen werden will«, sagte ich lachend. »Oder anders ausgedrückt: was Hänschen nicht lernt...«

»Oh, die schwäbische Hansel, die lernet's fei au no!« beruhigte er mich. »I bin bloß komme, um Sie zur Hoketse eizulade, grad heut isch eine bei uns im Dorf, hen Se des net mitkriegt?«

Ich wollte ihm nicht sagen, daß der Besuch des Volksfestes vor einigen Jahren nicht dazu angetan gewesen war, die Sache zu wiederholen. Auch eine Hocketse hatten wir nur ein einziges Mal besucht... Aber Herrn Brösamle wollten wir die freundliche Aufforderung, mit ihm zusammen hinzugehen, nicht abschlagen.

Nun, in seiner Gesellschaft, gefiel es uns schon besser! Wir setzten uns an einen der langen Tische zwischen das Volk, labten uns wie die anderen an Wein und Ripple und sahen uns zufrieden um. An sich war es doch ganz nett, in der warmen Sonne zu sitzen, zu essen, zu trinken und nichts sonst zu tun – so erholsam, so entspannend.

»Sen Se 's erschte Mal uff re Hocketse?« erkundigte sich Herr Brösamle.

Valentin lachte. »Nein, wir haben schon mal eine besucht, aber unter uns, damals hat es uns nicht sonderlich gefallen. Wir hatten es uns... nun, ein bißchen anders vorgestellt.«

Brösamle sah uns fragend an.

»Wie anders...?«

»Ja nun, ein wenig fröhlicher halt, ein bißchen ausgelassener. Wir hatten nicht gewußt, daß sich die Mordsgaudi im Rippleessen, Vierteletrinken und ausgiebigem Schweigen erschöpft. Wir haben uns immer gefragt, was so ein Schwabe eigentlich von seiner Hocketse hat, konnten das Geheimnis jedoch nie ergründen!«

Brösamle lachte.

»Ah, des ka i Ihne sage. Der Schwob lädt halt genau zu dem ei, was mer zu erwarte hat, wenn mer nagoht, zum Nahocke, denn des isch nämlich's Feschtliche, im Gegesatz zum Schaffe. Daß es was zum Trenke ond Esse gibt, des isch fascht scho übertriebe...«

Wir sahen uns um. Ja, wenn man es so betrachtete, so hatten sich die Schwaben natürlich vollkommen richtig benommen, denn gehockt hatten sie, tadellos, ausdauernd und geduldig.

Ich dachte an unsere früheren Reisen, auf denen wir zuweilen Schwaben getroffen hatten, die ausgesprochen fröhlich gewesen und einem »Aus-sich-Herausgehen« keinesfalls abgeneigt waren. Nur im eigenen Land schien dies aus unerklärlichen Gründen nicht möglich zu sein. Ich teilte Brösamle meine Gedanken mit. Er lachte herzlich.

»Ja, im Ausland, da isch es au ebbes anders«, sagte er dann. »Da isch mer weit weg von dahoim ond von de Nachbarn!« Er beugte sich vertraulich zu mir hin. »An ond für sich send d' Schwobe nämlich gern luschtig, wenn no 's G'wisse net wär!« Er lachte wieder.

Als wir später Seite an Seite nach Hause gingen, sprach Valentin ihm unseren Dank für den gelungenen Nachmittag aus.

»Das war eine schöne Abwechslung, es war sehr nett, daß Sie uns mitgenommen haben. Heute hat es uns schon wesentlich besser gefallen als beim ersten Mal!«

»Ah, so a Feschtle, des isch g'naugenomme nix für Sie«, gab Brösamle zur Antwort. Wir sahen ihn fragend an. Er zwinkerte uns freundschaftlich zu. »Ha, weil Sie dahoim öfters a Hocketse genießet, do isch des freilich nix B'sonders meh.«

Von Herrn Brösamle bekamen wir auch den Rat, uns einmal die »Krönung« sämtlicher Hocketsen anzusehen, nämlich das Stuttgarter Weindorf.

»Do geht's scho wesentlich luschtiger zu«, verriet er uns. »Do könnet Se sogar Bekanntschafte mache!« fügte er vielsagend hinzu.

Obwohl wir eigentlich keinen großen Wert mehr darauf legten, »Bekanntschaften zu machen«, da wir mit unserem Bekanntenkreis inzwischen recht zufrieden waren, machten wir doch einen Versuch.

Allein die Aussicht auf so viel Ausgelassenheit, daß es möglich war, mit den Leuten ins Gespräch zu kommen, reizte uns.

Brösamles augenzwinkernde Prophezeiung im Sinn, näherten wir uns der Innenstadt. Ein großer Teil derselben war mit Tischen und Ständen zugebaut. Hier und da erklang schmissige Musik.

Wenn auch niemand auf den Tischen tanzte, so herrschte doch lebhafte Unterhaltung, da ließ sich nichts sagen. Die gesamte Atmosphäre war schon ein wenig ausgelassener, Brösamle hatte nicht übertrieben.

Und richtig, kaum saßen wir, schon kamen wir mit dem netten Ehepaar an unserem Tisch ins Gespräch.

Die Musik spielte recht laut. Ich verstand nicht gleich, was der gutaussehende Mann mit dem Bärtchen und den dunklen Augen mir zurief.

Ich legte die Hand hinter das Ohr, er verstärkte sein Stimmvolumen.

Seine Stimme war tief, männlich und angenehm.

Aha, jetzt wußte ich, was ihn bewegte. Ob hier ansässig oder nur auf der Durchreise.

»Nein, hier angesiedelt! Nein, nicht hier in Stuttgart,

eine Stunde weit weg, auf dem Land, an sich aus der Nähe von Düsseldorf...«

Er beugte sich auffallend interessiert über die Tischplatte. Ich sah es mit pochendem Herzen. Sein dunkler Blick traf den meinen. Ich tauchte tief hinein. Er schenkte mir ein Lächeln, ich erwiderte es. Dann öffnete er den Mund:

»Habet Se a günschtig's Bauplätzle g'funde?«

Den Rest der Nacht verbrachten wir in angeregtem Gespräch. Wir diskutierten über den Immobilienmarkt, die Preise für Wohnungen und Bauplätze. Beide waren sie der Meinung, daß eine Eigentumswohnung im Verhältnis zum eigenen Haus mit Garten unverhältnismäßig teuer sei und taten die Prophezeiung kund, daß wir in einigen Jahren sicher auch bauen und unser »eigener Herr« sein wollten. Unsere neuen Freunde wußten, wovon sie sprachen, auch sie hatten erst eine kleine, dann eine große Eigentumswohnung gehabt, das Glück jedoch erst im Eigenheim und im eigenen Garten gefunden. Ob wir schon mal einen eigenen Garten besessen hätten...

Oh, dazu hatten wir viel zu sagen. Wir hatten überhaupt viel zum Thema zu sagen und grinsten nicht mehr so blöd und unwissend wie noch vor einigen Jahren, als wir bloß Mieter waren und nicht recht wußten, um welchen Problemkreis sich die Gespräche drehten.

Es war ein wirklich schöner, ein richtig gelungener Abend.

Als wir uns voneinander verabschiedeten, überreichten uns unsere neuen Freunde einen Zettel mit Adresse und Telefonnummer mit der Bitte, sie doch recht bald einmal zu besuchen.

Wir versprachen es ihnen, getan haben wir es nie. Wir kamen einfach nicht dazu!

Dritter Teil

Eig'nes Heim – Glück allein

Das Traumhaus

Im schönschte Wiesengruhunde
möcht' i begrabe sei!

Mit den Jahren wuchsen die Büsche und die Kinder. Die Säulenzypresse hatte das Badezimmerfenster der Märzens erreicht und stahl ihnen die Morgensonne. Der Flieder bedrängte den Jasmin in einer Art und Weise, daß es beinahe unverschämt war, und ohne mit der Wimper zu zucken, schritten wir zur Tat und schnitten ihn radikal zurück. Die beiden wackeren Knötericbe nötigten uns mit der Zeit weniger Respekt ab, als daß wir sie mit zunehmender Sorge betrachteten. Es würde eines Tages noch dazu kommen, daß die Pergola unter ihrem Gewicht zusammenbrach. Von dem mittleren Rhododendron mußten wir uns trennen. Er war von seinen Brüdern rechts und links erstickt worden.

Unser Garten war schließlich ganz von selbst und ohne jegliches Zutun zu jener »gezähmten Wildnis« herangewachsen, nach der ich mich anfangs so gesehnt hatte.

Auch Peer und Pia waren herangewachsen. Sie wuchsen zunächst aus ihren Kinderzimmern, dann aus der Gartenidylle und schließlich aus dem Familienleben und dem Dorf hinaus. Es geschah genau das, was wir, wie die meisten Eltern, nicht vorausgesehen hatten: die Kinder strebten zurück in die Stadt.

Was sollten sie auf dem Dorf auch tun? Mit ländlicher Idylle konnte man sie nicht mehr locken, anderes gab es nicht.

Sie maulten oft herum und fielen mir auf die Nerven.

»Nichts, aber auch gar nichts kann man hier anfangen!« beklagte sich Pia. »Es gibt kein Kino, keine netten Veranstaltungen, kein halbwegs nettes Lokal, nicht einmal einen Jugendtreff...«

»Stell dich doch an den Dorfbrunnen«, schlug Peer vor. »Oder wie wär's mit dem Stammtisch in der ›Traube‹? Der scheint mir immer gut besucht«

Pia warf ihm einen giftigen Blick zu.

»Stell du dich doch an den Dorfbrunnen, ach, selbst wenn man bloß mal in eine Eisdiele will, muß man schon eine Tagesreise in die Stadt unternehmen, und alles muß man samstags machen, unter der Woche kommt man überhaupt nicht raus!«

Ich sah sie an. Im Grunde hatte sie ja recht. Ich seufzte, erst leise, dann lauter. Als direkte Folge davon seufzte auch Valentin. Er kaufte einen Zweitwagen. Von da an wurde ich der Privatchauffeur meiner Kinder. Ich brachte sie zu den einzelnen Aktivitäten und holte sie auf Anruf wieder ab. Im Winter war dies alles kein Vergnügen und auch im Sommer war es lästig.

Aber Peer und Pia gehörten nun, den Kinderschuhen entwachsen, einfach nicht mehr so recht in unser Dorf. Sie gehörten zum Umkreis ihrer Schule, und die war nicht in unserem Ort. Mit zunehmendem Alter nahm auch die Zahl der Kurse zu, welche am Nachmittag abgehalten wurden. Dann lohnte sich die Fahrt hin und her nicht, und sie blieben gleich über Mittag fort. Der Schule gegenüber lagen attraktive Treffpunkte, z.B. eine Pizzeria und eine Teestube, wo man sich ungestört treffen und über die Lehrer, andere Mitschüler und die unverständigen Eltern reden konnte, die so weit hinausgezogen waren, aufs Dorf, wo nichts los war, wo man verkümmerte und schlicht dem Wahnsinn verfiel. Bald erreichten meine Zentrale (so kam mir unser Heim inzwischen wirklich vor) Anrufe, die mir nicht gefielen.

»Ich bleibe heute über Nacht bei Ute«, teilte Pia mir kühlen Tones mit. »Wir wollen zusammen arbeiten. Utes Eltern haben nichts dagegen!«

»Die Party ist gerade so schön in Schwung, du brauchst mich nicht abzuholen, ich schlafe bei Ulli«, erklärte auch

Peer per Telefon. »Reg dich nicht auf, es ist gar nichts dabei, kein Grund zur Sorge!«

Natürlich sorgte ich mich, rückständig wie ich war. Ich hatte nie zuvor etwas von einer Ute gehört oder von einem Jungen namens Ulli. Es mußten interessante Menschen aus einer anderen Welt sein. Von Ute hörte ich in der kommenden Zeit allerdings öfter. Sie war die beneidenswerte Tochter hochgebildeter Leute, welche an der Durchgangsstraße nach Böblingen eine Dachgeschoßwohnung bewohnten und einen Umzug in die Stuttgarter City planten.

»Sie sind jedes Wochenende unterwegs«, erzählte Pia, »und sind überhaupt oft weg, weil sie keinen blöden Garten am Hals haben, in dem sie dauernd herumkriechen, um Schnecken zu fangen! Ihr seid ...«

»Es genügt«, bemerkte Valentin hinter seiner Zeitung.

»Ist doch wahr!« schrie Pia und knallte die Tür hinter sich zu.

Peer entzog sich der dörflichen Misere auf seine Weise. Er trat in einen Leichtathletikverein ein, der einige Ortschaften von unserer entfernt ein Übungsgelände besaß. Dort »trainierte« er. Anfangs zweimal die Woche, bald nahezu täglich, besonders gern an Wochenenden.

Dann erreichte uns am Samstagabend ein Anruf, mit der Mitteilung, »daß wir heute alle im Clubhaus übernachten«. Vor morgen abend käme er nicht zurück. Nein, es sei nicht nötig, daß wir uns sorgten.

»Die Kinder werden erwachsen«, stellte Valentin fest.

Das wurden sie, aber so schnell?

Das dörfliche Leben begann meine Nerven zu strapazieren. Im Sommer ging es ja noch, aber im Winter! Seit der Erfindung der schrecklichen Rolläden versank unser Dorf ab fünf Uhr abends in absolute Finsternis. Wo früher allüberall ein trauliches Licht davon zeugte, daß hinter jedem Fenster Menschen saßen, rasselten nun im gesamten Ort zur selben Zeit die Rolläden runter. Man verbarrikadierte sich, als ob Meuchelmörder hinter jedem

Zaun lauerten. Nirgends ein erleuchtetes Fenster, nirgends eine Spur von Leben. Kam ich um fünf vom Einkaufen zurück, so lief ich zwischen grabesfinsteren Häuserreihen entlang. Ich trotzte dieser scheußlichen Sitte, indem ich unser Licht demonstrativ leuchten ließ, bis Valentin nach Haus kam. Er begrüßte mich, zog den Mantel aus, schimpfte über das schlechte Wetter und begann unverzüglich rrrrrrrrrrssssss sämtliche Rolläden herunterzulassen.

»Unser Wohnzimmer ist das einzige, das man von weither leuchten sieht«, sagte er vorwurfsvoll. »Ich versteh' gar nicht, wie du hier gemütlich sitzen kannst, wo dich alle Leute sehen können!«

Valentin war eigentlich der einzige, dem unser dörfliches Leben nach wie vor gut gefiel. Kein Wunder, er kam ja täglich hinaus, er fuhr in die Stadt, kam mit vielen Menschen zusammen und konnte durch hellerleuchtete, menschenüberfüllte Straßen und Kaufhäuser gehen, wann immer er wollte. Unsere Dorfeinsamkeit betrachtete er eigentlich als eine Art komfortables Wochenendhaus, in welches man nach einer Woche voll anregender Großstadtluft gern zum Weekend zurückkehrte.

»Ist doch herrlich hier«, sagte er, wenn er sich am Samstagmorgen zum Frühstück im Garten niederließ und den Kaffee unter dem blühenden Knöterich trank. »Wunderbar!«

Ich kam mir wie die »Lindenwirtin« vor, deren einsam gelegenes Gasthaus man immer wieder gern aufsucht, deren Brombeerkuchen man lobt und die lächelnd ein »Schnäpsle« kredenzt, ehe die Wochenendgäste sich wieder aufmachen, um ihrem städtischen Leben entgegenzueilen. Die »Lindenwirtin« sprach des öfteren davon, ihre »Wirtschaft« zu schließen und sich ebenfalls in die Stadt zu begeben, aber Valentin ging auf meine diesbezüglichen Bemerkungen nicht ein. Er sprach von einem herrlichen Fleckchen, welches aufzugeben geradezu eine Sünde wäre, von Erholung, die nach einer hektischen Woche in der

Stadt absolut nötig sei und der Wirkung unverpesteter Luft.

»Gerade jetzt, wo unsere Büsche endlich hoch sind«, setzte er gewöhnlich als letzten und stichhaltigen Trumpf hinzu.

Ich blieb allmorgendlich mit unseren Büschen zurück.

Im Haus hatte sich einiges verändert. Herr Brösamle hatte dem Druck seiner Tochter nachgegeben und war in das Obergeschoß des neuen Hauses gezogen, welches diese gebaut hatte. Die Familien Märzen und Krüller hatten ihre Wohnungen verkauft. Beide waren Hausbesitzer geworden. In der Wohnung der Krüllers wohnte ein kinderloses Ehepaar. Beide waren berufstätig und fuhren jeden Morgen in die Stadt. Neidisch sah ich ihnen nach. In die Wohnung der Märzens war eine Familie mit zwei Kindern eingezogen, acht und zehn Jahre alt. Sie waren ihrerseits aus der Stadt aufs Land gezogen, »damit die Kender en freier Omgebung aufwachse könnet!«

»Warte nur balde«, dachte ich, wann immer ich sie sah.

An einem schönen Vorfrühlingstag im März, ich kehrte gerade die Straße, kam Valentin früher als gewöhnlich nach Hause. Er hätte sich einen halben Tag frei genommen, um mit mir zusammen ein Haus zu besichtigen, das zum Verkauf stünde. Ich warf den Besen in den Keller und folgte ihm eilig ins Haus.

»Erzähle«, drängte ich, »wie groß, wie alt, und vor allem, wo steht es?«

Valentin setzte sich und bat um Kaffee.

Das Haus, um das es sich handelte, war ein schon älteres Einfamilienhaus, Baujahr 1935, in der Nähe der Stadt gelegen. Herr Siegle, ein Arbeitskollege von Valentin, wollte es verkaufen. Es handelte sich um sein Elternhaus, in dem er fünfzig Jahre lang gelebt hatte. Nun war die alte Mutter gestorben, und Herr Siegle seinerseits wurde von Panik ergriffen. Was, wenn auch er stürbe, ohne ein einziges Mal im Leben gebaut zu haben? Seine Frau unterstützte ihn in seinen diesbezüglichen Gedanken. Sie war die alte Bude und die Stadt zu gleichen Teilen leid, sie sehnte sich nach etwas Neuem – auf dem Lande! Valentin setzte sich an den Eßtisch und zeichnete den Grundriß des Siegleschen Hauses auf, welches er bereits am Morgen besichtigt hatte.

»Ich wollte dir den Mund nicht unnötig wäßrig machen«, setzte er erklärend hinzu. »Also hier ist das Parterre. Man kommt in eine geräumige Diele. Unten befinden sich eine große Küche, eine Wirtschaftskammer, ein Gäste-WC und das Wohnzimmer. Es reicht über die gesamte Breite des Hauses und geht vorn zur Straße und hinten zum Garten hinaus.«

»Vorn zur Straße befindet sich auch ein kleiner Erker mit drei Fenstern, hinten eine Terrasse.«

Die Terrasse interessierte mich wenig. Ich gierte nach dem Erker. Dort würde ich mir einen Sitzplatz einrichten, durch die drei Fenster hindurch würde ich dem »Leben« zuschauen können. Ich roch es bereits, ich hörte es pulsieren.

»Oben gibt es dann noch das Bad, das Schlaf- und zwei Kinderzimmer. Der Dachstock ist ausbaubar.«

Er schaute suchend nach einer Zigarette. Ich lief und holte sie ihm. Dienstbeflissen gab ich ihm Feuer.

»Ja, und nun die Lage!« Er warf mir einen Blick zu. »Von der City sind es ungefähr drei S-Bahnstationen, ein ruhiger Vorort, recht zentral und doch schon ein bißchen ländlich.« Er lachte. »Im schönschte Wiesengruhunde möcht' ich begraben sein!«

Ich stand auf und holte den Stadtplan. Was mich betraf, so hatte ich bereits seit einigen Jahren das Gefühl, »im schönschten Wiesengrunde begraben zu sein«. Es war aber nicht der rechte Moment, Valentin darauf hinzuweisen.

Ich entblätterte die Karte. Valentin fuhr mit dem Zeigefinger die Strecke vom Herzen der City bis zu »unserem Haus« nach. Es schien nicht allzu weit.

»Ja, also hier die Durchgangsstraße bis zu dieser Kreuzung, an der Ecke ist ein großes Kino, dann hier abbiegen, Richtung Hotel »Löwen«, dann ein Stückchen weiter bis zum Einkaufszentrum, hier an der Ecke ist ein großes Kaufhaus, da links rein, in diese stille Anliegerstraße«, er warf mir einen Blick zu, »alter Baumbestand, kaum Neubauten, und hier ist es dann sofort. Hinten mündet die Straße in einen Park und dahinter liegt ein Wäldchen, ich hoffe, es stört dich nicht allzusehr!«

Nein, das Wäldchen störte mich nicht. Die Wegbeschreibung gefiel mir sehr. Ein Kino, an der Ecke ein großes Kaufhaus, eine Anliegerstraße, die Häuser alt, ebenso die Bäume ... ich trällerte vergnügt vor mich hin. Ich liebte unsere neue Behausung bereits, noch ehe ich einen Schritt hineingetan hatte. Ich beugte mich zu Valentin hinüber und küßte ihn.

»Ach, Liebling«, rief ich überschwenglich. »Ich liebe dich! Du hast meine innigsten Wünsche erraten!«

»Es gibt Dinge, die schwerer zu erraten sind als ausgerechnet deine Wünsche«, sagte er trocken.

Am kommenden Samstag besichtigten wir das Haus.

Es gefiel mir sehr. Der kleine Garten machte einen etwas vernachlässigten Eindruck, aber das würde sich unter unserer sachkundigen Pflege rasch ändern. Die Rosen standen viel zu schattig, der Efeu kümmerte in der prallen Sonne vor sich hin. Die Büsche schrien förmlich nach einem kräftigen Rückschnitt. Die Siegles schienen wenig von Gartenpflege zu verstehen. Sie waren eben richtige Städter, die niemals auf dem Land gewohnt hatten und einen Pflaumenbaum nicht von einer Sonnenblume unterscheiden konnten, das sah man ihrem Garten an! Der Garten interessierte mich ohnehin erst an zweiter Stelle. Ich strebte in das Haus. Was ich dort sah, erfüllte mein Herz mit Freude. Die Küche war geräumig und ringsum gefliest wie zu Nesthäkchens Zeiten, das Wohnzimmer war hoch und hell. Vorn heraus gab es den versprochenen

Erker, hinten heraus eine bezaubernd altmodische Terrasse mit steinerner Brüstung und ausgetretenen Stufen, die in den Garten hinunter führten. Es war *das* Traumhaus.

Valentin träumte nicht, er war hellwach.

Die gesamte Heizungsanlage war renovierbedürftig, die Fenster im Obergeschoß nicht isolierverglast. Auch mit der Wasserversorgung stimmte etwas nicht. Drehte man die Hähne auf, so kam ein schauerliches Grunzen aus den Eingeweiden des Hauses, jedoch nur ein spärlicher Wasserstrahl. Aber die Wände der Diele waren getäfelt, die Türen von einem Kunstschreiner angefertigt, die Treppe schön geschwungen. Ich ging andächtig umher, sah alles mit frohen Augen, richtete das Wohnzimmer in Gedanken bereits ein und verjüngte mich zusehends. Kaum zu Hause ergriff ich Stift und Millimeterpapier und begann das Haus einzurichten. Valentin errechnete derweil mit gerunzelter Stirn die Kosten für die nötigen Renovierungsarbeiten.

Herr Siegle hatte uns eine Heizkostenrechnung gezeigt, bei deren Anblick wir dachten, er hätte ein Schloß und kein simples Einfamilienhaus geheizt. Valentin rechnete und rechnete. Schließlich legte er den Stift zur Seite.

»Also, der Grundpreis an sich ist nicht hoch, wenn man die gute Lage und die Größe des Grundstücks bedenkt. Aber wenn wir nur die nötigsten Reparaturen vornehmen lassen, kommen wir leicht auf... Er nannte eine schwindelerregende Summe.

Schwindelerregend im ersten Augenblick, ehe man angefangen hatte, vernünftig darüber nachzudenken! Denn schließlich, wenn wir unsere Wohnung günstig verkauften und den Zweitwagen abschafften und überhaupt ein bißchen sparten, bedachten, daß die hohen Fahrtkosten wegfielen und die Lebensmittel preiswerter waren, und wenn man noch das Spül- und das Badewasser – und den Urlaub... Also, wenn man das alles bedachte, dann war das Haus trotz der Renovierung gar nicht so teuer, dann war es fast schon eine Gelegenheit! Was uns zudem zum Kauf gerade dieses Hauses trieb, lag in der Tatsache begründet, daß es alt war, daß sämtliche umliegenden Häuser alt waren und daß sie vorwiegend von älteren Herrschaften bewohnt wurden. Die Schuhmachers links waren in den Fünfzigern und betrieben eine Galerie in der City, die Lohmanns rechts waren im Rentenalter. Man brauchte nicht zu befürchten, daß sie des Sonntags Fußball spielten. Siegles bestätigten uns, daß es in den Gärten »beinahe langweilig ruhig« zuging. Sie selbst strebten aus der Stadt hinaus, aufs freie Land. Sie hatten ein schönes Grundstück in Waldnähe gekauft, neu erschlossenes Bauland, und gehörten zu den ersten Bauherren. Nun langweilig-ruhig würde es in den nächsten Jahren bei ihnen sicher nicht zugehen. Allzu lange würde es übrigens nicht dauern, bis sie ihr altes Haus räumten, um in das neue zu ziehen. Die Siegles hatten sich zum Kauf eines Fertighauses entschieden. Frau Siegle bekam ganz glänzende Augen, als sie uns die Vorzüge dieses Hauses schilderte. Alles würde neu sein, diese Tatsache erschien ihr am erwähnenswertesten. Neue Heizkörper, neue Teppichböden, neue Türen und neue Armaturen. Sie lief und holte den Prospekt, in dem sie abgebildet waren. Ich betrachtete sie mir leidenschaftslos. Wie schnell war ich der tadellosen Wasserhähne, welche wir in der Kreisstadt ebenso wie auf dem Land gehabt hatten, überdrüssig geworden, wie schnell der neuen Türen und der neuen Teppichböden.

Ein halbes Jahr mochte noch vergehen, ehe wir in das Sieglesche Haus ziehen konnten, Zeit genug, um unsere Wohnung zu verkaufen.

Wir schritten eilig zur Tat!

Komf. EGW. 92 qm. geh. Ausst. EBK. FBH. eig. Gart. zu verk.

Wenn mer nix schafft,
kommt mer bloß uff domme Gedanke!

Nach allem, was wir in den letzten Jahren gehört hatten, sollte es gar nicht so leicht sein, eine Eigentumswohnung zu verkaufen. Wieder einmal beschäftigten wir uns in den kommenden Wochen intensiv mit dem Immobilienmarkt. Das Angebot an Eigentumswohnungen war erschreckend hoch. Seitenweise füllten die zum Verkauf stehenden »Objekte « die Spalten. Wir sahen es mit Entsetzen, Zukunftsängste, unser Traumhaus betreffend, im Genick.

»Wieso stehen denn so viele Wohnungen zum Verkauf? Waren die Besitzer etwa in finanzielle Schwierigkeiten geraten? Gefiel ihnen das, was sie hatten, nicht mehr, oder gibt es einen anderen Grund?«

»Der eigentliche Grund«, meinte Valentin, »liegt sicher darin, daß der Schwabe nur selten schon in jungen Jahren gleich sein Häusle auf ein teures Grundstück stellen kann, wohl aber darin seinen eigentlichen Lebenssinn sieht. So plant man sein Leben im ›Dreistufentakt‹, Mieter, Eigentumswohnung, Haus. Um die letzte Stufe, den Hausbau finanzieren zu können, ist es nötig, die Wohnung, möglichst mit Gewinn, loszuwerden. Genau das ist des Überangebotes wegen, eben nicht mehr so leicht!«

Ich sah bereits ungeahnte Schwierigkeiten auf uns zukommen.

»Da sind wir ja glücklicherweise wieder auf der Stufe gelandet, auf der wir angefangen haben!« ereiferte ich mich. »Auf der Stufe der Bittsteller, die den anderen die Füße küssen müssen!«

»Weniger die Füße küssen als einen niedrigen Preis angeben!« bemerkte Valentin. »Jeder, der heutzutage eine Wohnung kaufen will, kennt doch die Lage und ist nicht mehr bereit, den angesetzten Preis zu zahlen! Die warten sicher alle auf ein Schnäppchen!« fügte er verbittert hinzu. Nun, wir wollten die Sache mit Mut und Optimismus angehen. Schießlich stand fest, daß nach wie vor Wohnungen gekauft wurden, warum sollte das Auge eines finanzstarken Käufers nicht auf unsere fallen?

Zunächst mußte der finanzstarke Käufer per Annonce auf unser »Objekt« aufmerksam gemacht werden. Die Annonce mußte auffallen und gut formuliert sein. Diese Aufgabe beschäftigte uns ein ganzes Wochenende lang. Sie vereinte nach längerer Zeit die Familie wieder einmal am runden Tisch, wo wir uns zusammenfanden, um unsere Vorschläge anzubieten. Jeder hatte Papier und Bleistift vor sich liegen und war um die treffsicherste Formulierung bemüht.

EGW. 92 qm. EBK. FBH. eig. Gart. – der Vorschlag von Pia wurde einstimmig abgelehnt. Anzeigen dieser Art standen ja massenhaft in der Zeitung, wir würden in dem riesigen Angebot glatt untergehen!

Valentin schlug vor, die Anzeige, eingedenk der wertvollen Ratschläge, die uns Frau Mugglhahn damals gegeben hatte, mit dem Wort *Privatverkauf* beginnen zu lassen. Das Wort, fett gedruckt, sprang ins Auge. Eingeweihte wußten gleich: ein kostspieliger Makler wurde umgangen, das Wort allein suggerierte bereits einen Preisnachlaß. Ja überhaupt der Preis! Wie hoch sollte, konnte man gehen? Es war höchst unbefriedigend, weniger zu verlangen, als wir selbst bezahlt hatten. Also unsere eigenen Kosten mußten wir schon wieder hereinbekommen, zuzüglich der Kosten für die Gartenanlage. Wir rechneten und betrachteten die Endsumme. Ein stolzer Preis – alles, was recht war, aber doch reell. Nun, man würde ja sehen, schließlich war der Garten »fertig«, kein kümmerlicher Anfänger, der erst noch wachsen mußte, nein, in unserem Garten konnte man sich gleich in die

Sonne legen, um sich, unbeobachtet von neugierigen Augen, am Sommer zu erfreuen. Das war schon einen stolzen Preis wert. Überhaupt Garten! Ich lachte. Ich erinnerte mich plötzlich an die Mühe, die wir gehabt hatten, um überhaupt eine Eigentumswohnung mit Garten zu finden. Es schien gar nicht so viele davon zu geben. Intensiveres Studium der Zeitungen bestätigte den angenehmen Verdacht! Es gab kaum Objekte mit eigenem Garten.

Aha, wir hatten also etwas Besonderes anzubieten. (Leider auch etwas von der Stadt besonders weit Entferntes!) Also, anstelle *Privatverkauf* lieber *Gartenwohnung* als Aufhänger. Allein das Wort suggerierte bereits kommende Sommerfreuden. Sollte man den Preis gleich nennen oder lieber Verhandlungsbasis schreiben? Vielleicht war es besser, die möglichen Käufer zunächst einmal herbeizulocken und sie den Köder riechen zu lassen, anstatt sie mit dem hohen Preis gleich abzuschrecken? Nach langem Hin und Her entschlossen wir uns schließlich zu einer großen Anzeige in der Stuttgarter Zeitung für die nächste Samstagausgabe.

Gartenwohnung, 92. qm. geh. Ausst. EBK. FBH. gr. Ter. Eig. Gart. sehr niedr. Nebenk. Idyllische Lage. zu verk.

Peer meinte, *zu verkaufen* wäre Blödsinn, das könnte sich jeder halbwegs gebildete Mensch doch denken, daß wir sie nicht verschenken wollten. Also strichen wir *zu verkaufen* und schrieben *Preis Verhandlungssache.*

Die Woche, die dem Erscheinungstermin der Anzeige vorausging, war von hektischer Betriebsamkeit erfüllt. Wir renovierten die Wohnung. Ich spürte bereits den kritischen Blick schwäbischer Hausfrauen. Womöglich schreckten sie vor dem Kauf zurück, wenn sie in der Abstellkammer einen Flusen gewahr wurden. Es war überhaupt ein unangenehmer Gedanke, daß schon bald unser Familienleben auf so empfindliche Art und Weise gestört werden würde, nämlich durch Scharen fremder Leute, die das Recht hatten, unsere Wohnung bis in den hintersten Winkel zu inspizieren.

Am Freitag besorgte Valentin im örtlichen Tapetenladen eine Teppichreinigungsmaschine und reinigte den Teppichboden im Wohnzimmer. Er trocknete nur langsam. Wir warteten! Es wurde Mitternacht, ehe wir die Möbel wieder zurück ins Zimmer stellen konnten. Es war viel Arbeit, wir schufteten wie die Verrückten. Dabei kam ich mit der Nase versehentlich an die Gardinen. Sie rochen, wie Gardinen in Raucherwohnungen meistens riechen, nicht gerade angenehm.

»Du hättest sie waschen sollen«, sagte Valentin vorwurfsvoll.

Nun, dazu war es jetzt zu spät. Wir würden die Besichtigungstrupps einzeln, in kleinen Gruppen ins Wohnzimmer führen, daß bloß kein wildes Gedränge entstand und eine empfindliche Schwabennase in die Falten unserer Übergardine gestoßen würde. Man mußte ja an alles denken, schließlich wollten wir verkaufen!

Ich war schon jetzt erschöpft!

Am Samstagmorgen jagte ich die Familie um sieben aus den Betten, zwang sie im Stehen und in der Küche zu frühstücken und rannte in panischer Hast durch die Schlafzimmer, wo ich die Decken in die Bettkästen stopfte und die Betten selbst mit tadellos gebügelten Überdekken verhüllte. Die Kissen reihte ich ordentlich auf und versah ein jedes in der Mitte mit einem kleinen Kniff. Das sah hübsch, vor allem unbenutzt aus.

Zufrieden betrachtete ich mein Werk und schloß die Zimmer ab. Wie im Museum würden sich die Türen erst wieder zur Besichtigung öffnen. Anschließend wurde das Bad makellos gewienert, das Kaffeegeschirr von Hand gespült. Schließlich hatten die Interessenten das Recht, auch die Spülmaschine zu besichtigen und die innere Verkleidung zu prüfen. Dann sollten sie nicht vor schmutzigen Tassen zurückschrecken. Um neun war alles parat! Valentin und ich rauchten im Freien eine Zigarette, die Kippen vergruben wir im Petunienkasten. Dann radelte Peer los und besorgte die »Stuttgarter«. Mit fliegenden Fingern suchten wir unsere Anzeige. Sie war gut plaziert und sprang gleich ins Auge, denn sie war größer als alle anderen. Nun, das konnte man für 200 Mark auch verlangen.

Wir setzten uns ordentlich auf die Couch und warteten. Die Zeit verging! Einmal klingelte das Telefon, aber es war bloß ein Freund von Peer, der fragen wollte, ob er am Nachmittag vorbeikommen könnte. Ich winkte energisch ab. Das fehlte noch, daß am Tag X, an welchem unser Schicksal besiegelt werden konnte, eine Person, welche mit Sicherheit *nicht* als Käufer in Frage kam, hereinspazieren und Dreck in unser »Objekt« tragen würde. Um eins schickte ich Pia zur Imbißbude, mit dem Auftrag, für uns alle Hähnchen zu kaufen. Die Makellosigkeit der Küche durfte nicht gefährdet werden.

Anschließend saßen wir wieder da. Das heißt, Valentin und ich saßen da, die Kinder hatten sich kurzfristig verabschiedet, um Freunde zu besuchen, sie wollten jedoch frühzeitig zurückkommen.

Von der Kirchturmuhr schlug es drei, es klang traulich durch den stillen Nachmittag.

»Heute ist kein günstiger Tag«, sagte Valentin.

»Hab' ganz vergessen, daß heute langer Samstag ist. Die Leute werden in der Stadt zum Einkaufen sein.«

Ich nickte. »Sie werden die Anzeige erst heute abend lesen und morgen anrufen.«

Valentin grinste. »Oder gar nicht«, sagte er mit Galgenhumor.

Ich strafte ihn mit einem vernichtenden Blick.

Der Tag verging, ohne daß sich ein einziger Interessent gemeldet hätte. Um sechs kamen Peer und Pia zurück. Sie putzten sich hingebungsvoll die Schuhe ab, ehe sie unser *Objekt* betraten.

»Hat jemand angerufen?«

Ich schüttelte stumm den Kopf.

»Sie haben den ganzen Tag zu schaffen gehabt«, tröstete Pia.

»Sie werden erst heute abend dazu kommen, die Zeitung zu lesen und dann sicherlich morgen früh anrufen!«

»Sicher«, sagte ich. Valentin schaltete den Fernseher ein. Wie gut, daß wir ihn hatten. Er lenkte uns ab, ohne daß er oder wir Schmutz produzierten. Um elf gingen wir zu Bett.

Es hatte niemand angerufen.

Ich stellte den Wecker auf halb acht.

»Wir müssen auf alle Fälle früh parat sein«, sagte ich.

»Ja«, gähnte Valentin.

Der Sonntag kam, es war ein windiger, grauer Tag. Wolken jagten am Himmel dahin, feiner Nieselregen verunreinigte meine frisch geputzten Fensterscheiben. Der Wind rüttelte die Zweige des Jasmins.

»Heute wäre kein guter Besichtigungstag«, bemerkte Valentin, als wir uns, die Kaffeetassen in der Hand, gegen die Küchenschränke lehnten.

»Der Garten macht keinen guten Eindruck. Die Leute können sich gar nicht richtig vorstellen, wie idyllisch es hier an einem sonnigen Tag ist, daß wir drei Gartensitzplätze und bis abends Sonne haben. An einem solchen Tag fällt einem eher ein, wie weit es bis zur Stadt ist und mit wieviel Arbeit ein solcher Garten verbunden ist, als daß man an die Freude denkt, die er einem schenkt.«

Wir setzten uns wie tags zuvor ins Wohnzimmer und vertieften uns noch einmal in die Anzeigen. Mal sehen, was die Konkurrenz so anzubieten hatte. Nun, eigene Gärten auf jeden Fall nicht. Auch waren die meisten Anzeigen mickrig klein. Jemand hatte gar nichts weiter angegeben als den dürftigen Hinweis: *EGW zu verk.* So etwas Blödes war ja kaum zu fassen.

Peer grinste. »Der hat vor fünf Jahren wahrscheinlich auch mit einer Riesenanzeige angefangen und ist mit zunehmender Finanzschwäche immer bescheidener geworden. Jetzt läßt er halt nur noch per Dauerauftrag eine Anzeige für fünf Mark los.« Ich sah meinen Sohn stumm an. »Stell dir doch mal vor«, fuhr er fort. »Jede Woche eine Anzeige für 200 Mark, das sind nach einem Monat 800 Mark, und wir waren doch bloß ganze viermal in der Zeitung.«

»Ach, ich will jetzt nicht länger darüber reden«, beendete ich das Thema. Ich hatte nicht die geringste Lust, mir vorzustellen, daß wir für 800 Mark nur viermal in der Zeitung stehen würden. Nach zwei Monaten wären das schon 1600, nach einem Vierteljahr 2400 Mark.

»Außerdem«, fuhr Peer ungerührt fort und biß in seine Semmel, wobei zwei Krümel herunterfielen (ich zwang ihn, dieselben *augenblicklich* wieder aufzuheben), »außerdem kennen die Leute unsere Anzeige beim viertenmal bereits. Sie werden sie finden und sagen: ›Guck mal hier, diese teure Gartenwohnung, die werden die nicht los, wahrscheinlich so eine alte Bude, die keiner haben will. Gut, daß wir da nicht angerufen haben‹!«

Pia lachte.

»Nee, grad da werden sie anrufen, weil sie davon ausgehen, daß Leute, die schon so lange annoncieren, inzwischen vollkommen mit den Nerven runter sind. Die kann man dann leicht um den Finger wickeln und den Preis drücken. Wahrscheinlich«, spann sie den Gedanken weiter aus, »sammeln ganz Pfiffige gerade die Anzeigen, die immer wieder auftauchen, in Ordnern und warten ganz ruhig ab. Irgendwann melden sie sich dann, wenn sie sicher sind, daß die Leute, die zum siebenundsiebzigstenmal annoncieren, inzwischen vollkommen weich sind. So würde ich das machen«, fügte sie vergnügt hinzu.

Die Gespräche unserer Kinder machten uns nicht froh. Zeugten sie auch von logischem Denkvermögen, so konnten Valentin und ich gerade dieses an gerade diesem Morgen nicht gut vertragen.

»Gut«, fauchte ich. »Dann bleiben wir eben unser Leben lang hier hocken, oder wir vermieten und mieten uns irgendein langweiliges Ding in einem Hochhaus, das zu vermieten ist, weil der Besitzer es auch nicht loswerden kann. Dann kommen wir halt nie zum eigenen Haus, schon gar nicht zu dem, das wir gern hätten.«

Sie sahen mich erschrocken an, und Pia sagte, sie hätte ja nicht von unserem Fall, sondern von all den anderen Fällen gesprochen, die die Zeitung füllten.

»Es ist ja erst zehn«, versuchte auch Peer mich zu beschwichtigen. »Die Schwaben sind höflich, die stören am Sonntag nicht vor elf.«

Ach, ich hätte mich auch morgens um vier liebend gern stören lassen, sogar den Toilettenspülkasten von innen und den Teppichboden von unten gezeigt und zusätzlich im Garten einen Handstand gemacht, wenn sich nur ein einziger Interessent gemeldet hätte.

Der Sonntag verging, nichts geschah.

Am Montag nahmen wir unser gewohntes Leben wieder auf. Unsere teure Anzeige *Gartenwohnung* würde in verschiedenen Haushalten jetzt schon zusammen mit den sonntäglichen Abfällen in die Mülltonnen gewandert sein. Diese Vorstellung machte mich recht traurig. Valentin ertrug die Pleite mit gespieltem Gleichmut.

»Ruf diesmal vier kleinere Zeitungen an«, trug er mir auf. »Am kommenden Wochenende wollen wir es anders anpacken. Anstelle einer großen, lieber vier kleine Anzeigen. Im Text variabel, verschiedene Stichworte. Gartenwohnung, Privatverkauf, Eigentumswohnung und Ländliche Lage, dann die üblichen Angaben.

Am nächsten Samstag begann das Spiel aufs neue, allerdings warteten wir nur noch zu dritt. Peer hatte sich abgesetzt. Er meinte, Stabhochspringen sei mit weniger Anstrengung verbunden als dieses »keimfreie Warten«. Mir war es recht, daß er frühmorgens von dannen zog. Jede Person weniger verringerte auch die Gefahr, daß etwas verschmutzt wurde.

An diesem Samstag besorgten wir gleich vier Zeitungen. Die Anzeige war jeweils textgemäß gedruckt, fiel jedoch kaum ins Auge. Kein Mensch würde sie in dem Gewühl finden können.

Gegen zehn klingelte das Telefon. Ich riß den Hörer hoch. Es war Frau Märzen, unsere frühere Nachbarin.

»Ich habe gerade Ihre Anzeige gelesen, diese Gartenwohnung, das ist doch Ihre, nicht wahr?« fragte sie in munterem Ton.

Ich bestätigte, daß es sich um unsere Anzeige handelte. Wahrscheinlich hatten die geselligen Märzens in ihrem großen Bekanntenkreis jemanden, der genau das suchte, was wir anzubieten hatten. Beziehungen mußte man haben. Mein Herz schlug schneller.

»Ja, sonst wollte ich eigentlich nur mal fragen, wie es Ihnen geht. Wissen Sie, mein Mann und ich, wir haben gewettet, ob das Ihre Anzeige ist, wir sind halt mal neugierig gewesen.«

Wie schön. Die Märzens waren halt mal neugierig gewesen. Sie hatten gewettet und bloß mal hören wollen.

»Ach wir sind froh, daß wir unsere Wohnung noch so gut losgeworden sind, das wird mit jedem Jahr schlimmer. Die Zeitungen stehen ja voll!« fügte sie hinzu.

Das brauchte sie mir nicht zu sagen.

»Na, ich wünsch' Ihnen auf jeden Fall viel Erfolg. Sie wollen sicher auch bauen?« fragte sie neugierig.

»Nein, wir haben vor, nach Florida auszuwandern«, hätte ich am liebsten gesagt, doch ich beherrschte mich. »Wir haben eine alte Villa gekauft«, sagte ich gleichmütig. »An sich ist es uns ganz egal, ob wir verkaufen oder vermieten! Wir probieren's halt mal.«

»Gratuliere«, sagte Frau Märzen. »Viel Freude im eigenen Haus, das ist ja doch etwas ganz anderes als nur eine Wohnung.«

»Sicherlich«, sagte ich und legte auf.

An diesem Wochenende klingelte unser Telefon ungewohnt oft. Es riefen Trine und Lis an, einige Schulkollegen von Pia und Peer, jemand, der sich verwählt hatte, und ein Kollege von Valentin.

Sie alle wunderten sich, mit welch kaum verhohlener Enttäuschung wir ihre freundlichen Anrufe registrierten und wie eifrig wir darauf bedacht waren, sie so schnell wie möglich zu beenden. Schließlich hatten wir so etwas wie eine wichtige Geschäftsleitung, die nicht blockiert werden durfte.

Am Sonntagabend gingen wir mutlos zu Bett.

Das wunderbare alte Haus, das wir so gerne kaufen wollten, die *alte Villa* samt Nesthäkchenküche und Steinbalustrade, samt Erker einschließlich dem »Leben« davor, grüßte abschiednehmend und sehr von ferne. Andere, sicherlich recht unsympathische Menschen, welche die schönen alten Kacheln in der Küche gar nicht richtig zu schätzen wußten, ja sie in ihrem Unverstand herausreißen würden, hatten, so wie es aussah, das unverdiente Glück, in »unser« Haus zu ziehen. Valentin und mir blieben der Spaziergang an demselben vorbei und die Blicke, welche wir über das geschwungene Gitter des Vorgartens werfen durften. Anschließend konnten wir unseren Neid ins Dorf zurücktragen, in dem wir auf immer und ewig festsaßen, irgendwann von Knöterich und Geißblatt überwuchert. Peer und Pia aber würden eines nicht allzu fernen Tages ausziehen, in die weite Welt hinausgehen und uns aus dieser zuweilen bunte Kartengrüße senden.

»Wir wollten doch immer einen kleinen Teich anlegen«, sagte Valentin in meine düsteren Vorstellungen hinein. »Vielleicht sollten wir das trotz allem am nächsten Wochenende endlich in Angriff nehmen.«

»Jetzt, wo wir verkaufen wollen?« Ich glaubte mich verhört zu haben.

»Ist doch egal, Schätzchen«, gähnte er und löschte das Licht. »Wenn mer nix schafft, kommt mer bloß auf domme Gedanke!«

Offensichtlich konnte man mir die meinen bereits von der Stirn ablesen.

Gewonnen!

Mei Heim isch mei Castle

In der folgenden Zeit überlegten wir, ob vielleicht etwas mit der Anzeige nicht in Ordnung war. Wie anders war es zu erklären, daß sich niemand meldete? Das konnte doch einfach nicht mit rechten Dingen zugehen. Sicher, wir hatten gehört, daß es sehr schwer war, eine Wohnung zu verkaufen, daß viele leer standen, aber wir hatten geglaubt, daß es heute eben schwerer war, die Leute zum Kauf zu bewegen. Daß sie gar nicht erst kamen, um die angebotenen Objekte überhaupt in Augenschein zu nehmen, das hatten wir nicht für möglich gehalten.

Nachträglich wurde uns auch die oftmals geradezu devote Haltung klar, mit der wir zu der Zeit, als *wir* als mögliche Käufer einer Eigentumswohnung aufgetreten waren, behandelt wurden. Wahrscheinlich waren wir, ohne es zu ahnen, die ersten Kunden gewesen, die sich nach einem Jahr gemeldet hatten. Auch hatte man uns, was wir jetzt erst merkten, vielfach auf eine falsche Fährte gelockt. Meist war uns nämlich angedeutet worden, daß sich bereits ein anderes Paar für die Wohnung interessiert, ja eigentlich so gut wie entschlossen hätte, dieselbe zu kaufen. Es sei empfehlenswert, sich in den folgenden Tagen, möglichst sofort, zur Unterschrift zu entschließen. Diese Hinweise hatten uns immer das Gefühl vermittelt, daß es so schlecht, wie immer gesagt wurde, auf dem Wohnungsmarkt nun auch wieder nicht stand.

In der folgenden Zeit seufzte ich viel.

Die Kinder und Valentin hatten die Woche über Abwechslung, sie kamen heraus. Sie waren mit anderen Menschen zusammen, ich jedoch blieb allein in unserem »Ladenhüter« zurück. Bald kam ich mir selbst wie ein

Ladenhüter vor. Außerdem wurden die Siegles inzwischen unruhig. Eines Abends klingelte das Telefon.

»Wie steht es denn nun mit dem Verkauf Ihrer Wohnung?« fragte Herr Siegle unverblümt. »Allzuviel Zeit dürfen Sie sich nicht mehr lassen!« Er machte eine Pause und fügte dann hinzu: »Fairerweise möchte ich Ihnen sagen, daß sich da inzwischen auch ein anderes Paar interessiert ...«

Ich knallte den Hörer auf die Gabel.

»Da haben wir es«, jammerte ich. »Jetzt sitzen wir in der Falle! Angekettet an unser verdammtes Eigentum! Ich habe es ja immer gesagt, Besitz macht unfrei, wie konnten wir nur diese Wohnung kaufen und so weit hinausziehen! Hier will keiner hin, die sind alle klüger als wir!«

»Beruhige dich doch«, sagte Valentin, »noch ist nicht aller Tage Abend!«

Aber ich wollte mich nicht beruhigen lassen.

»In die Nesseln haben wir uns gesetzt«, ereiferte ich mich. »Jawohl in die Nesseln! Wären wir damals bloß nach Hamburg gezogen, dort wären wir nie auf die blödsinnige Idee verfallen, unbedingt etwas Eigenes haben zu müssen, das man dann nie im Leben wieder los wird. Weißt du was«, ich schöpfte Atem, »wir geben noch eine einzige, eine letzte Anzeige auf. *Eigentumswohnung zu verschenken!* Da will ich doch mal sehen, ob man uns dann noch immer ignoriert.

»Das wollen wir tun«, sagte Valentin, »aber bitte erst morgen!«

Inzwischen hatten wir uns längst daran gewöhnt, die Anzeigen vollkommen routinemäßig und leidenschaftslos allwöchentlich aufzugeben. Kaum, daß wir überhaupt noch nachsahen, ob sie auch gedruckt wurden. Die Gesamtkosten für sämtliche Anzeigen wurden regelmäßig und allmonatlich von unserem Konto abgebucht. Wir registrierten es mit zunehmender Verbitterung. Man konnte das Geld genausogut in die Gosse werfen.

Am 25. Juni, nachmittags um fünfzehn Uhr fünfundzwanzig, klingelte das Telefon. Ich nahm den Hörer ab. Eine weibliche Stimme meldete sich. Sie sprach hochdeutsch, leicht rheinisch gefärbt. Ob die Gartenwohnung, die wir in der Kreiszeitung annonciert hätten, noch zu haben sei.

Ja, sie wäre noch frei, flüsterte ich heiser.

Ach, sie hätte die Anzeige leider erst heute gelesen, da sie und ihr Mann fünf Wochen in Urlaub gewesen und gestern abend erst zurückgekehrt wären.

»Ihre Annonce hab' ich janz zufällig jefunden, meine Nachbarin hatte 'n kleinen Ablejer in der betreffenden Seite einjewickelt!« Sie lachte. »Komisch, nicht?« Ich bestätigte, daß dies in der Tat sehr komisch sei.

Ihr Mann und sie, plauderte die Dame weiter, suchten schon seit geraumer Zeit nach einer Eigentumswohnung mit eigenem Garten, allzu viele würden ja nicht angeboten. Es sei doch ein eigener Garten und nicht bloß ein Gartenanteil?

Ich beeilte mich zu versichern, daß gerade der Garten das Schönste an der ganzen Wohnung sei.

Allerdings, ich schluckte, müsse ich ihr fairerweise sagen, daß sich andere bereits gemeldet hätten, eben weil, wie sie ja selbst feststellen konnte, eine solche Gartenwohnung nicht leicht zu finden wäre. Trotzdem könnten sie und ihr Mann das Objekt natürlich gern ansehen.

»Ja, wir haben leider nur am Sonntag Zeit«, sagte sie. »Gegen elf, oder ist Ihnen datt zu früh?«

Nein, das war mir nicht zu früh. Ich hätte auch die Zeit um drei Uhr morgens ohne mit der Wimper zu zucken akzeptiert.

»Also dann bis Sonntag«, sagte die Frau und wollte auflegen.

»Warten Sie«, schrie ich. »Sagen Sie mir doch bitte Namen und Telefonnummer, es könnte ja etwas dazwischen kommen!«

»Ach datt hätt ich fast verjessen«, lachte die Dame. »Wir heißen Greule, 402088. Adschö!«

Greule. Mochte sie auch unverkennbar eine rheinische Frohnatur sein, der Name ließ darauf schließen, daß *er* es *nicht* war. Mir war jetzt schon klar: *sie* würde sich in den Garten verlieben und *er* den Preis desselben drücken wollen. Trotzdem war ich froh! Ich rief Valentin an.

»Wir haben Kunden«, rief ich. »Sie kommen Sonntag!«

»Warum nicht heute?« fragte er. »Heute ist das Wetter gut, der Garten präsentiert sich von seiner besten Seite, am Sonntag regnet es vielleicht, oder die Hillbrichs kikken den Fußball genau dann übern Zaun, wenn die Leute sich gerade zum Kauf entschließen wollen. Nicht auszudenken!« Er legte erschöpft auf. Ich tat dasselbe. Valentin hatte recht, alles wollte bedacht sein!

Valentins düstere Prognose sollte sich bewahrheiten.

Bis Freitag war das Wetter makellos, der Garten eine malerische Idylle. Am Samstag veranstaltete ich einen größeren Hausputz, während sich draußen bereits die Sonne verdunkelte. Am Abend klatschte der Regen gegen die Fenster. Valentin schob energisch das Kinn vor.

»In diesem Zustand zeige ich die Wohnung nicht«, teilte er mir mit. »Der Preis ist ein bißchen hoch und nur durch den ungewöhnlich schönen Garten zu rechtfertigen. Kein Mensch wird bei diesem Wetter einsehen wollen, warum er zehntausend Mark extra für Bäume ausgeben soll, die sich im Sturm biegen. Nein, die Leute müssen bei herrlichstem Wetter kommen, sich auf der Stelle unsterblich in den Garten verlieben, den Kopf verlieren und möglichst gleich unterschreiben.«

Ich sah ihn schweigend an. Fraglich, ob Herr Greule zu jenen Menschen gehörte, die jemals den Kopf verloren und infolgedessen unüberlegte Käufe abschlossen.

Valentin ging ans Telefon und rief die Greules an, um ihnen zu sagen, daß der Besichtungstermin eines unvorhergesehenen Zwischenfalles wegen (dabei warf er betrübte Blicke zum Fenster hinaus) leider verschoben werden müsse. Am kommenden Sonntag würden wir sie jedoch gern erwarten.

»Und wenn es wieder regnet?« fragte ich beklommen.

»Reg mich bitte nicht auf«, sagte Valentin. »Wir dürfen jetzt keinen Fehler machen, es geht schließlich um sehr viel Geld!« Hastig zündete er sich eine Zigarette an.

»Es wird nämlich ohnehin sehr hart werden. Er war am Apparat und, wie er sich anhörte, ist er ein echter Schwabe! Und was ich noch sagen wollte«, er warf mir einen geradezu verzweifelten Blick zu. »Es wird am nächsten Sonntag *nicht* regnen!«

»Natürlich nicht«, sagte ich gehorsam.

Bis zum Mittwoch windete es. Dann klarte der Himmel auf. Ich betete, daß es warm genug sein möge, draußen einen kleinen Umtrunk anzubieten. Die Greules mußten die Stunden in unserem Garten so genießen, daß es ihnen anschließend fast unmöglich schien, ohne ihn leben zu können.

Am Sonntagmorgen strahlte die Sonne von einem tiefblauen Himmel. Gleich nach dem Aufwachen wurden wir von einer immensen Schaffenslust gepackt, wie sie ihresgleichen selbst im Schwabenland noch nie zuvor gesehen worden war. Die Kinder richteten ihre Zimmer makellos, ich drapierte sämtliche Terrassenmöbel so gut es nur eben möglich war. Valentin versuchte sich als Regisseur jener Gartengeselligkeit, die wir den Greules vorführen wollten.

»Peer, wenn sie klingeln, machst du dich am Grill zu schaffen, vorher natürlich gut vorbereiten, damit er gleich brennt. Pia, du legst dich am besten in die Hängematte, aber nicht einfach platt reinknallen, ein bißchen charmant wenn ich bitten darf, nimm den Dackel in den Arm und wiege dich ein wenig hin und her, das macht sich sicher nett. Dine, du legst dich auf die breite Liege, nimm am besten ein Longdrinkglas in die Hand und lies in einer Zeitung. Es muß alles ganz natürlich wirken, als wenn wir alle Tage so lebten.

Die Stunde vor Ankunft der Greules verging in äußerster Betriebsamkeit. Valentin entdeckte kurz vor elf am

Kühlschrank eine Schmutzspur und putzte sie hastig weg.

»Der ganze Kühlschrank klebt vor Dreck«, teilte er mir vorwurfsvoll mit. »Guck mal, sogar das Firmenschild!« Er kniete nieder. Er war gerade dabei, die Buchstaben besagten Firmenschildes mit der Stricknadel zu säubern, als es klingelte. Wir sprangen auf. Ein jeder begab sich in seine Position.

Pia ergriff den sich heftig sträubenden Dackel und zwang ihn in die Hängematte. Ich warf mich auf die Liege und ergriff die Zeitung. Vor Aufregung hielt ich sie erst verkehrt herum.

Peer übergoß den Grill mit Spiritus und steckte ihn an. Es gab eine gewaltige Flamme, dann qualmte es und stank! Peer stocherte verstört in der Glut herum, aber es war jetzt nicht mehr zu ändern. Hustend betraten die Greules die Terrasse.

»Ach, Sie erwarten wohl Gäste, da stören wir sicher!«

»Nein, Sie stören überhaupt nicht«, riefen wir im Chor. »Wir grillen jeden Sonntag, es ist gar nichts Besonderes, wirklich!« Ich lächelte so gewinnend wie möglich. »Im Sommer leben wir ja eigentlich ausschließlich im Garten. Wir benutzen die Wohnung fast gar nicht!«

»Datt is praktisch«, sagte Frau Greule, »watt Anton?«

»Ja!« antwortete Anton kurz. Er sprach »Honoratiorenschwäbisch«, und es war ihm deutlich anzusehen, daß es ihm schnurzegal war, wo wir im Sommer unsere Koteletts brieten.

Wir zwangen sie an den Gartentisch. Peer lief und holte den vorbereiteten Krug mit der »Erfrischung«. Ich stellte einen kleinen Imbiß dazu. Nebenan hörten wir einen der Hillbrichjungs laut schreien. Ich hustete lauter.

»Also datt is ja'n Plätzchen zum Verlieben, watt Anton?« bemerkte Frau Greule und schloß genießerisch die Augen, das Gesicht gegen die Sonne gewandt. »Ehrlich, an so watt hatte ich immer jedacht!«

Anton war ein Mann von der nüchternen Sorte. Angewidert betrachtete er den Grill, der immer noch vor sich hinqualmte und übel roch. Sicherlich fand er es höchst seltsam, daß wir nicht einmal an einem einzigen Tag, noch dazu zu so früher Stunde, darauf verzichten konnten, ihn in Betrieb zu setzen. So viel Rücksicht konnte man als Kunde eigentlich erwarten! Man konnte ihm seine Gedanken förmlich von der Stirn ablesen.

»Nächstes Mal kein Grill«, notierte ich in Gedanken. »Lieber ländliches Buffet!«

Wir stießen an. Frau Greules Laune stieg. Herr Greule räusperte sich. Er hatte nicht vor, eine geschäftliche Besprechung zu einer Art Volksfest ausarten zu lassen. Er kam zur Sache.

»Die Wohnung liegt sehr abseits!« teilte er uns mit. Diese traurige Tatsache war uns bekannt. Trotzdem waren wir nicht bereit, sie zuzugeben.

»Das scheint nur so«, beeilte sich Valentin zu versichern. »Schließlich sind es bis zur S-Bahn nur fünfzehn Minuten, und sie hat direkte Verbindung zur City. In gut einer halben Stunde sind Sie in der Innenstadt.«

»Datt is doch gar nich so weit Schätzken«, mischte sich Frau Greule ins Gespräch. »Und wenn man ländlich wohnen will, dann muß man eben 'n bisken watt rausfahren.«

»Ihre Frau hat recht«, sagte Valentin und schenkte nach. Frau Greule trank ein zweites Glas, Anton lehnte ab. Er wollte seinen klaren Verstand keinesfalls vernebeln lassen. Als nüchterner Mann hatte er bereits ausgerechnet, was dieses eine Gläschen ihn letztendlich kostete. Man würde es auf den Preis aufschlagen. Er verweigerte sogar die Nuß, die Pia ihm anbot.

Wie vorausgesehen wurde es ein harter Kampf. Frau Greule ließ keinen Zweifel darüber aufkommen, wie sehr ihr die Wohnung plus Garten gefiel. Herr Greule wünschte, daß sie ihre Begeisterung nicht so laut und so offen äußerte. Er erwähnte mehrmals, daß eine Wohnung, die so weit abseits gelegen sei wie die unsrige, preislich nicht so hoch angesetzt werden dürfte. Valentin wiederum bedachte Schweiß und Kosten, die wir in diese traumhafte Gartenanlage investiert hatten. Er wollte sie einem Mann wie Anton, den er nie zuvor im Leben gesehen hatte und der ihm darüber hinaus äußerst unsympathisch war, nicht kampflos überlassen. Frau Greule wiederum glaubte uns aufs Wort, als wir noch einmal, diesmal ausführlicher, von dem Ehepaar erzählten, welches sich vor einer Woche so gut wie zum Kauf entschlossen hatte. Wenn sich die Greules nicht jetzt auf der Stelle entschieden, konnten wir für nichts garantieren. Frau Greule geriet leicht in Panik, Herr Greule musterte uns unzufrieden. Ein unbehagliches Schweigen entstand.

Valentin lehnte sich zurück. Ja nun, es sei Mittagszeit, wir hatten, wie gesagt, vorgehabt zu grillen, die Glut sei gerade schön heiß, ob wir die Greules vielleicht zu einem Würstchen einladen dürften.

»Ja«, sagte Frau Greule.

»Nein«, wehrte er entschieden ab. Er erhob sich entschlossen. In ihm wühlte ein Mißtrauen, gegen welches wir mit all unserem Charme nicht ankamen. Ich zwinkerte Peer zu. Er holte die vorbereiteten appetitlich arrangierten Grilladen und baute alles neben dem Grill auf. Pia schlenderte in den Gemüsegarten, holte eine Schüssel Zwiebeln, nahm am kleinen Terrassentisch Platz und begann, fröhlich vor sich hinsummend, dieselben zu schälen. Es war ein schönes Bild. Frau Greule hatte Zeit sich daran zu ergötzen.

»Wohin wollen Sie denn ziehen?« fragte sie mich.

Ich senkte die Augen.

»In die Stadt, es ist leider unumgänglich geworden. Wir werden zwar wieder einen Garten haben, aber Sie wissen ja, wie diese Stadtgärten sind. Sie haben immer etwas Tristes, schon der umliegenden hohen Häuser wegen!« Ich schluckte. »Im Moment weiß ich noch gar nicht, wie ich den Abschied von unserem Plätzchen hier überstehen soll! Wissen Sie, wenn man jedes einzelne Pflänzchen selbst gepflanzt, selbst gegossen und hochgepäppelt hat...«

Frau Greule nickte. Ja, sie kannte die Gärten in der Stadt, eingezwängt zwischen hohe dunkle Mauern. Sie legte mir tröstend die Hand auf den Arm.

»Vielleicht können Sie später einmal, wenn Sie alt sind, zurück aufs Land ziehen!« sagte sie.

Ich nickte tapfer. »Ich hoffe es!« sagte ich schlicht.

Peer und Pia begannen den Tisch zu decken. Sie stellten derbes, blaues Keramikgeschirr auf eine grobgewebte blau-grüne Decke. Einen bunten Sommerstrauß dazu, einen Korb mit duftendem Brot. Valentin begann, den Salat zu mischen. Ein schönes Bild. Ländlich!

Frau Greule warf einen wehmütigen Blick auf den schön gedeckten Tisch und das Brett mit dem Grilladen. Herr Greule trieb zum Aufbruch.

Der Abschied bekam etwas Hastig-Plötzliches.

»Wir melden uns bestimmt!« sagte Frau Greule.

»Wahrscheinlich«, schränkte er ein.

»Warten Sie nur nicht zu lange«, rief Valentin ihnen nach. »Sie wissen ja, es gibt noch andere Interessenten und... über den Preis einigen wir uns bestimmt!«

»Sicher«, erwiderte Herr Greule mit Nachdruck.

Wir hörten sie an unserer Hecke vorbeigehen und leise miteinander sprechen. Dann klappten die Wagentüren. Wir sanken erschöpft in unsere Sessel. Valentin wischte sich den Schweiß von der Stirn.

»So was ist anstrengender als eine Brautschau!« sagte er. »Das erträgt man bloß einmal im Leben!«

»Sie war reizend«, sagte ich.

»Sie ja«, erwiderte Valentin. »Aber er war 'n knochenharter Typ! Knochentrocken!« wiederholte er mit Nachdruck.

Am Abend klingelte das Telefon. Valentin nahm den Hörer ab. Es war Herr Greule.

Die Wohnung hätte ihnen »an sich« recht gut gefallen, sagte er, nur eben recht abgelegen. Kein direkter S-Bahnanschluß. Daher, er habe es ja bereits angedeutet, erschiene ihm der genannte Preis als nicht ganz angemessen. Kurz und gut: zehntausend runter!

»Fünf«, sagte Valentin.

Es entstand eine Pause. Ich hörte das hastige Ticken der Küchenuhr.

»Ist das Ihr letztes Wort?« fragte Herr Greule.

»Mein allerletztes«, sagte Valentin und legte auf.

In der Nacht schliefen wir schlecht.

Am nächsten Morgen rief Valentin mich aus dem Büro an.

»Mir zittert noch etwas die Hand«, teilte er mir mit. »Aber es geht schon wieder! Greule hat angerufen!«

Er machte eine wirkungsvolle Pause.

»Und?« fragte ich mit trockenem Hals.

»Er hat zugesagt. Fünftausend Preisnachlaß. Nächste Woche gehen wir zum Notar.«

Mir war schwindelig vor Erleichterung. Einen einzigen Interessenten hatten wir gehabt, und dieser hatte unsere Wohnung gekauft, es war beinahe kaum zu glauben.

»Ich hätte nie gedacht, daß dieser Typ sich so schnell entschließen würde«, sagte Valentin. »Noch dazu zu meinen Bedingungen. Gestern sah es weiß Gott nicht so aus. Wirklich, sehr merkwürdig.«

Ich lachte. »Cherchez la femme«, sagte ich dann.

Zwei Monate später zogen wir ins eigene Haus.

Es war schon ein erhabenes Gefühl!

Wir gingen langsam von Raum zu Raum, stiegen vom Erdgeschoß in die erste Etage hinauf und wieder zurück. Wir gingen in den Garten und mehrmals um das ganze Haus herum. Es war doch etwas ganz anderes, als wenn man nur eine Etagenwohnung besaß. Der Umzugstermin lag auch günstig. Es war Sommer, im Herbst würden wir das Nötigste gerichtet haben, dann war noch Zeit, sich um den Garten zu kümmern. Er war wirklich arg vernachlässigt, wir planten die Umgestaltung der gesamten Anlage noch vor dem Winter. Bei Herrn Fux waren wir bereits vorstellig geworden. Er plädierte wortgewaltig für die »Verjüngung« des Gartens, er plante und zeichnete. Auch wir verjüngten uns bei der bloßen Vorstellung, wieviel reizvolle Möglichkeiten in der schattigen, müde vor sich hinkränkelnden Anlage steckten. Die Siegles würden Augen machen, wenn sie uns übers Jahr einmal besuchten.

Das weiße Schneewittchen trug übrigens jetzt schon zur Verjüngung bei: Direkt vor die Terrasse gepflanzt, blühte es unverdrossen und schien den Umzug in die neue Umgebung unbeschadet überstanden zu haben. Valentin hatte es an unserem letzten Tag in der alten Wohnung heimlich ausgegraben, denn schließlich wollten wir den Greules auch nicht alles überlassen. Wir gingen davon aus, daß sie die einzelnen Büsche und Bäume sicher nicht gezählt hatten und eines Tages »ihren« Rosenbusch in »unserem« Garten wiedererkennen würden.

Diesen Urlaub verbrachten wir damit, unser neues Haus zu beziehen, das Wohnzimmer zu tapezieren und das Gäste-WC zu fliesen. Die größeren Investitionen wie die Erneuerung der Heizungsanlage und die Erneuerung der Fenster im oberen Stockwerk mußten warten. Nach und nach wollten wir das Haus in den kommenden Jahren modernisieren. Es mußte ja nicht alles am ersten Tag geschehen.

Das Haus und die Arbeiten an demselben würden uns über Jahre hinaus vollkommen beschäftigen. Es schadete nichts. Zeit und Mühe investierten wir ja jetzt für uns und die nachfolgenden Generationen, und schließlich – wie Valentin ganz richtig bemerkt hatte: »Wenn mer nix schafft, kommt mer bloß uff domme Gedanke!« Die Weisheit dieses Spruches hatte ich ja in der jüngsten Vergangenheit am eigenen Leib erfahren. Wenn man es genau nahm, so hatte ich doch recht wenig geschafft, und der Inhalt meiner Gedanken war dementsprechend ausgefallen.

Trällernd strich ich das schön gewundene Treppengeländer. Es sollte bayrisch-blau werden, passend zu der neuen blaugeblümten Tapete, die wir in den Flur geklebt hatten. »Dir geht's gut, was?« rief Valentin vom oberen Stockwerk herunter. Er war dabei, zwei Wandlampen zu montieren, eine Tätigkeit, die auch seiner Seele gutzutun schien und sich auf seine Laune positiv auswirkte.

»Kein Wunder«, rief ich zurück, »egal, wohin ich meine Blicke auch wende, alles macht mich zufrieden. Alles ist einfach wunderschön, sogar der dicke Farbfleck auf meiner Bluse!«

»Da haben wir aber verdammtes Glück gehabt«, tönte es von oben herab. »In der letzten Zeit hatte deine Frohnatur ja merklich Schaden erlitten. Ich hatte sogar das Gefühl, daß du heimlich davon träumtest, dein Bündel zu packen und zurück in die alte Heimat zu wandern. Erinnerst du dich noch an den Abend, an dem du mir gestanden hast, wie sehr du es manchmal bereust, daß wir damals nicht doch nach Hamburg gezogen sind und uns statt dessen auf das Musterländle einschließlich seiner kraft- und geldzehrenden Immobilienspiele eingelassen haben?«

Ich trat einen Schritt zurück und betrachtete mit zusammengekniffenen Augen mein Werk. Prachtvoll sah es aus. Bayrisch-blau schlängelte sich das frisch gestrichene Geländer vom Erdgeschoß in die erste Etage und endete dort als kleines Podest. Gerade groß genug, daß man es mit einem schönen Farn schmücken konnte. Herrlich würde es aussehen.

»Was sagtest du gerade?« rief ich hinauf. »Ich habe nicht zugehört!«

Valentin ließ seine Lampen im Stich und kletterte die Leiter herunter. Er beugte sich lächelnd über das Geländer. Die blaue Farbe desselben paßte gut zu seinen Augen, ich sah es mit Freude.

»Ich hatte das Bedürfnis, dich daran zu erinnern, daß du vor gar nicht langer Zeit den Wunsch geäußert hast, gar kein eigenes Haus mehr zu wollen und statt dessen dem Ländle mitsamt seinen Absonderlichkeiten für immer den Rücken zu kehren!«

Ich strich mir mit der farbbekleckssten Hand eine Haarsträhne aus dem Gesicht und dachte, daß es schön wäre, die Türen passend zum Geländer zu streichen. Schon der Flur sollte jedem Gast signalisieren, welch wunderbares Haus er soeben betreten hatte.

»Deine Worte von damals hast du wohl alle vergessen?« grinste Valentin von oben herab.

Ich ergriff den leeren Farbeimer und stieg in den Keller, um einen neuen zu holen.

»He, du, ich hab'dich was gefragt!« schrie er mir nach. »Das Thema ist dir wohl peinlich, wie?«

»Was geht mi mei saudomms G'schwätz von geschtern an?« brüllte ich zurück.

Resümee(le)
Zukünftigen Reigschmeckten zum Geleit

Unter uns, im Ländle lebt sich's gar nicht übel! Man hat am Anfang Angst davor, aber das geht vorbei. Es ist ähnlich wie bei einer Operation: Die Vorstellung, die man sich von derselben macht, ist schlimmer als die Sache selbst. Hat man dem Unvermeidlichen erst einmal mutig ins Auge geblickt, geht alles seinen Lauf, und hinterher fragt man sich, warum man sich eigentlich so geängstigt hat. Man muß sich nur vor Augen halten, daß schließlich auch andere die Schwellenangst überwunden und den Schritt gewagt haben und daß sie doch alle recht glücklich und zufrieden leben. (Die meisten sogar im Eigenheim, an welches sie zu Hause wohl niemals gekommen wären!)

Wenn man den »Ruf« vernimmt, so verhindere man tunlichst, erst lange nachzudenken oder gar den Verwandten- und Bekanntenkreis in die Umzugspläne einzuweihen. Ihre diesbezüglichen Bemerkungen und Ratschläge werden den Entschluß nicht eben erleichtern. Man schnüre sein Ränzel, mache sich beherzt auf den Weg und gebe Großmannssucht und Hochmut an der Grenze ab. Anschließend wandert's sich schon bedeutend leichter.

Wenn man erst einmal da ist, ist das Schwerste überwunden, vor allem die schweren Gedanken. Man hat keine Zeit mehr, darüber nachzugrübeln, ob das, was man neuerdings so treibt, eigentlich einen Sinn hat und ob es dem eigenen Wunsch entspricht. Vom ersten Tag an hat man zu schaffen, sei »Sach« zu machen und in Ordnung zu halten. Man kommt nicht mehr zum Denken, man hat zu tun.

Natürlich leidet man am Anfang unter Heimweh, unter Einsamkeit und mangelnder Ansprache. Aber die schöne

Natur entschädigt einen für manches, und mit der Zeit paßt man sich den Bewohnern des Ländles und den Pflanzen an: ohne es so recht zu merken, verstummt man täglich etwas mehr. Man richte sein eines Auge auf »sei Sach« und das andere nach innen und suche dort nach verborgenen Werten. Dies ist ein langsamer Prozeß, der sich unmerklich vollzieht, und es tut nicht weh. Wir haben dieses seltsame Phänomen an uns selbst erlebt.

Mit den Jahren erfahren die Lebensgewohnheiten grundsätzliche Veränderungen. Manch ungesunde Liebhaberei fällt weg, man fühlt sich kräftiger als je zuvor, was sich wiederum positiv auf die Schaffenslust auswirkt. Sich regen bringt Segen – der Kontostand beweist es nach einiger Zeit. Auch Belohnungen bleiben nicht aus.

Im Ländle kann man nämlich einen Rang erreichen, der einem im »großen Vaterland« zeitlebens versagt bleibt: man kann ein Haus bauen und die Hälfte davon vermieten, wodurch man anderenorts bloß Vermieter, im Ländle jedoch Herrgöttle wird. So gesehen lohnt es sich doch, sich ein bißchen anzustrengen.

Am besten ist, man macht es so, wie wir es gemacht haben: Ohne groß zu fackeln und ohne lang darüber zu reden, frisch gewagt ins Wasser, in diesem Fall ins Ländle gesprungen und sich dann zäh und geduldig von unten hochgearbeitet, nämlich im ortsüblichen Dreistufenplan: Mietwohnung, Eigentumswohnung, *Haus!* Das gibt dem ganzen Leben ein Gerüst und einen Sinn, das sorgt für Ansehen und Gesprächsstoff, der einem andernfalls recht bald auszugehen droht.

Bis man die letzte Stufe erreicht hat, sind in der Regel die Kinder groß. Zu diesem Zeitpunkt hat man es gewöhnlich geschafft, daß man sich heimisch fühlt, Schwäbisch recht gut versteht, von seinen Nachbarn anerkannt und sogar angesprochen wird. Daran sieht man, daß Zähigkeit sich letztendlich immer auszahlt.

Wenn sich die Enkel ankündigen, ist es Zeit, darüber nachzudenken, wie man den Kindern bei der Realisierung ihres Dreistufenplans behilflich sein kann. Das eint die Generationen, die anderswo ja manchen Konflikt miteinander haben sollen, wogegen sich im Ländle Jung und Alt beim Anblick eines Richtkranzes verbündend die Hände reichen.

So wächst die dritte Generation heran. Sie sind schon richtige Schwaben, die sich gar nicht mehr vorstellen können, daß die Großeltern, als sie einmal jung waren, nicht im Ländle gewohnt und ganz anders gelebt haben sollen. Wenn die Enkel dann von dem Bauplätzle erzählen, das sie gefunden haben und gern kaufen möchten, dann, Freunde, hat man's bald in Ehren geschafft, und neue Aufgaben warten auf Erfüllung.

Also, was diesen Punkt betrifft: Es höret nimmer auf!

Una Troy im dtv

Mutter macht Geschichten

Eine jung gebliebene Witwe, die es satt hat, sich von ihren drei erwachsenen Kindern bevormunden zu lassen, entschwindet eines Tages. dtv 1286 / großdruck 25003

Die Pforte zum Himmelreich

Zwei recht unkonventionelle Ordensschwestern im Kampf mit der Äbtissin des Klosters. dtv 10405 / großdruck 25052

Ein Sack voll Gold

Eine heitere Familien- und Liebesgeschichte vor dem Hintergrund eines konservativen irischen Dorfes. dtv 10619 / großdruck 25002

Trau schau wem

Als Ellen O'Sullivan den armseligen Hof ihrer Eltern für viel Geld verkaufen kann, wollen ihre Geschwister ihr plötzlich vorschreiben, wie sie ihr Leben einrichten soll... dtv 10867

Kitty zeigt die Krallen

Eine seit zweiundzwanzig Jahren glücklich verheiratete Frau nimmt den Kampf mit einer attraktiven Nebenbuhlerin auf. dtv 10898

Stechginster

Acht Ruhe suchende Weihnachtsurlauber in einem romantischen Gästehaus werden von sechs fanatischen Jugendlichen in einen ungewöhnlichen Kriminalfall verwickelt. dtv 10989

Das Schloß, das keiner wollte

Ein adeliger Verwandter hinterläßt einer eher bescheiden lebenden Lehrerfamilie ein Schloß. dtv 11057

Eine nette kleine Familie

Die allseits beliebte Lehrerin Miss Meade will Ordnung in die Verhältnisse einer »netten kleinen Familie« bringen, die durch die Ankunft eines fünften Kindes in ihren Grundfesten erschüttert wird ... dtv 11150

Läuft doch prima, Frau Doktor

Ann Morgan ist nicht nur Ärztin aus Leidenschaft, sondern auch verantwortlich für ihre beiden jüngeren Geschwister, die ihr diese Aufgabe in keiner Weise erleichtern. dtv 11214

Die Leute im bunten Wagen

Eleanor Moore und ihre Großnichte Rose stellen den Park ihres Herrensitzes »fahrendem Volk« als Winterquartier zur Verfügung. dtv 11350

Amei-Angelika Müller im dtv

Foto: Studio Kleiber

Pfarrers Kinder, Müllers Vieh
Memoiren einer unvollkommenen Pfarrfrau

Sie ist ein Morgenmuffel, Kochen ist nicht ihre Stärke, und auch sonst entspricht sie nicht dem Ideal einer Pfarrfrau. Sie wollte auch alles andere werden, nur das nicht. Doch sie lernte einen Theologiestudenten kennen – und lieben.
dtv 1759 / dtv großdruck 25011

In seinem Garten freudevoll...
Durchs Gartenjahr mit Wilhelm Busch

Jeder glaubt Wilhelm Busch zu kennen, doch eine Seite des berühmten Zeichners, Dichters und Philosophen ist weniger bekannt: Er war ein großer Naturfreund und Hobbygärtner. Amei-Angelika Müller hat diesen »anderen« Wilhelm Busch aufgespürt in seinen Briefen, Gedichten und Zeichnungen, in denen er von Gärtners Freud und Leid erzählt, das menschliche Leben mit dem Ablauf der Jahreszeiten vergleicht und Tiere und Pflanzen beobachtet.
dtv 10883

Ich und du, Müllers Kuh
Die unvollkommene Pfarrfrau in der Stadt

Nach sieben Jahren in der ländlichen Pfarrei folgt Amei-Angelika Müller ihrem Mann auf eine Pfarrstelle in der Stadt. Neue Erlebnisse und Erfahrungen warten auf die »unvollkommene Pfarrfrau«, von denen sie mit viel Selbstironie und gekonnter Situationskomik erzählt.
dtv 10968

Sieben auf einen Streich

Eine herzerfrischend fröhliche, witzige und humorvolle Familiegeschichte: Sieben Geschwister nebst Anhang, insgesamt siebzehn Personen, darunter nicht weniger als drei Pfarrer, versammeln sich zu einem Familientreffen im Harz. Vergnügliche Einblicke in eine ganz und gar unmögliche Familie...
dtv 11204

Veilchen im Winter

Was macht eine junge Frau, die sich von ihrem skibegeisterten Ehemann zum gemeinsamen Winterurlaub überreden läßt, obwohl sie selbst völlig unsportlich ist und den Winter zutiefst verabscheut? Sie würde nach wenigen Tagen enttäuscht und zornig abreisen – wäre da nicht eine gleichgesinnte Seele in Gestalt eines kleinen Jungen.
dtv 11309

Isabella Nadolny im dtv

Ein Baum wächst übers Dach

Ein Sommerhaus an einem der oberbayrischen Seen zu besitzen – wer würde nicht davon träumen? Für die Familie der jungen Isabella wurde dieser Traum in den dreißiger Jahren wahr. Doch wer hätte zum Zeitpunkt der Planung und des Baus daran gedacht, daß dieses kleine Holzhäuschen eines Tages eine schicksalhafte Rolle im Leben seiner Besitzer spielen würde? dtv 1531

Seehamer Tagebuch

Heiter-ironisch erzählt die Autorin in diesem unkonventionellen Tagebuch vom Einzug des ersten Fernsehers in die ländliche Idylle des Seehamer Holzhäuschen, von einer Mittelmeerkreuzfahrt, von Putzfrauen und Handwerkern. Erinnerungen an den Vater werden lebendig, an viele kleine Begebenheiten und Erlebnisse. dtv 1665

Vergangen wie ein Rauch
Geschichte einer Familie

Als einfacher Handwerker aus dem Rheinland ist er einst zu Fuß nach Rußland gewandert und hat es dort zum Tuchfabrikanten gebracht, in dessen Haus Großfürsten und Handelsherren, der deutsche Kaiser und der russische Zar zu Gast waren: Napoleon Peltzer, der Urgroßvater des Kindes, das ahnungslos die Portraits und Fotographien betrachtet, die in der Wohnung in München hängen. dtv 10133

Durch fremde Fenster
Bilder und Begegnungen

Treffsicher und liebevoll schildert Isabella Nadolny Menschen, denen sie begegnete und die sie bewundert. »Alltägliche Leute? Sie sind alle etwas Besonderes, denn sie haben ihre Merkwürdigkeiten und ihre Schicksale – man braucht nur hinzuschauen und hinzuhören, so wie es Isabella Nadolny mit Anmut und Empfindsamkeit hier tut.« (Frankfurter Allgemeine Zeitung) dtv 11159

Providence und zurück

»Zuhause ist kein Ort, zuhause ist ein Mensch, sagt der Spruch, und es ist wahr. Hier in diesem Sommerhaus war kein Zuhause mehr seit Michaels Tod...« In ihrer Verzweiflung über den plötzlichen Tod ihres Mannes folgt Isabella Nadolny einer Einladung in die Staaten. Von New York über Boston bis Florida führt sie diese Reise zurück zu sich selbst. dtv 11392

Ilse Gräfin von Bredow:

Kartoffeln mit Stippe
Eine Kindheit in der märkischen Heide

Das »reizende Fleckchen Erde«, wie es die Sommerfrischler nennen, ist in den Augen seiner Bewohner das »mickrigste« Dorf weit und breit. Aber es ist ein Kindheitsparadies. Hier leben in einem höchst ungräflich einfachen Forsthaus die Bredows, Nachfahren eines der ältesten Adelsgeschlechter in der Mark Brandenburg. Und hier wachsen in den dreißiger Jahren Ilse und ihre Geschwister auf. Es ist eine glückliche Kindheit, an die sie sich erinnert, geprägt von der geliebten Mutter, dem bärbeißig-gutmütigen Vater, von skurrilen Verwandten, ehrgeizigen Erzieherinnen, von Hausmädchen, Spielkameraden und den Leuten aus dem Dorf mit all ihren Tugenden und Schwächen. Bredow erzählt mit »herzerfrischender Natürlichkeit« (Verena Auffermann in der ›Rhein-Neckar-Zeitung‹), ›naiv, frisch, ehrlich und echt« (Geno Hartlaub im Deutschen Allgemeinen Sonntagsblatt‹). dtv 11537

Ephraim Kishon im dtv

Foto: Isolde Ohlbaum

Nicht so laut vor Jericho

Kishon kämpft mit den Tücken der Bürokratie, sieht die väterliche Autorität durch seinen Sohn Amir erschüttert, berichtet über seine Schwierigkeiten mit Waschmaschinen, Freunden, Kontaktlinsen und der großen Hitze von Tel Aviv.
dtv 989

Der Blaumilchkanal

Satirische Sketche und Szenen, die alle ihre Uraufführung in der »Grünen Zwiebel«, Kishons eigener Kleinkunstbühne, erlebten. »Er mockiert sich über die Zustände im heutigen Israel derart, daß man dortselbst am liebsten einwandern möchte. So etwas hat es lange nicht gegeben: einen unmittelbar positiven Satiriker.« (Süddeutsche Zeitung)
dtv 993

Salomos Urteil – zweite Instanz

In dieser Sammlung nimmt der unerschöpfliche Einfallsreichtum Kishons schier globale Ausmaße an: Da verständigen sich Nixon und Kossygin zu früher Stunde über das rote Telefon und werden Maos »rotgoldene Worte« mit vollem Erfolg auf israelische Verhältnisse angewandt. Der Leser erhält unter anderem Gelegenheit, in Spanien einen Stierkampf aus Kishonscher Sicht zu erleben oder mit ihm in der Schweiz in Lebensgefahr zu geraten.
dtv 1038

Es bleibt in der Familie

Vom Kleinkrieg mit den entfernten Verwandten und den allzu nahen Nachbarn, von Familienfeiern und -katastrophen, von Einbrechern, Wettervorhersagen, Nächstenliebe und Krankenbesuchen, vom technischen Fortschritt und den Schwierigkeiten, sich komplizierte Straßennamen zu merken.
dtv 10440

Bekenntnisse eines perfekten Ehemanns

Kishons gesammelte Erfahrungen, Erkenntnisse und Erlebnisse aus 25 Ehejahren. Ein heiter-satirisches Trostbuch für alle »Leidensgenossen« vom besten aller Ehemänner. Dieser Sammelband seiner besten Geschichten über »sie« und »ihn« ist das Ergebnis seiner »retrospektiven Selbstanalyse«.
dtv 10496